KB123468

통일신라편

한국의 명시가

— 김창룡

보고사

『한국의 명시가』
-고대·삼국시대 편-에 부쳐

　　명시가(名詩歌)란 말이 한갓 유명한 시가란 뜻일까? 그보다는 명작 시가라는 의미 안에서 탄탄하고 합당해 보인다. 문득 '명작(名作)'이란 정의를 사전에서 찾았더니, '이름이 널리 알려진 훌륭한 작품'이라고 한다. 널리 알려짐과, 훌륭함이라는 두 가지 조건이 붙은 셈이다. 하지만 명작의 조건에 꼭 널리 알려진다는 전제가 필수일 것 같지는 않다. 오히려 '명불허전(名不虛傳)'의 반면에는 '낭득허명(浪得虛名)'의 경우가 마저 없지 않겠기 때문이다. 알려지지 못했으나 그 자체로 훌륭한 작품성만 갖춰있다면 그것이 명작의 자격으로서 하등 손색이 없으리라 한다. 그럼에도 세상사엔 운수란 것이 있어 암만 훌륭하다손 운이 채 닿지 못한 비운의 명작들이 인류사 안에 없지 않겠기 때문이다. 촌철살인의 훌륭한 명언(名言)들의 경우도 훨씬 압도적인 수가 아직도 더 많은 사람들한테 잘 주지되지 못한 채로 있다. 사람에 견준대도 명인(名人)이란 존재가 또한 반드시 매스컴을 타서 알려진 장인(匠人)만을 가리키는 뜻은 될 수 없고, 어느 산림 이항(里巷)에 은거하여 있을 망정 그가 지닌 덕량이나 재량이 뛰어나다면 명인이 아닐 수 없겠다. 역시 인정을 받고 못하고의 도정에는 진정 운수의 작용이 없지 않은 것이다. 차이코프스키가

피아노협주곡 1번을 처음 완성했던 당시에도 그랬고, 반 고흐의 그림들 또한 그의 생존기간 안에서는 거의 성공을 거두지 못했던 불우(不遇)의 명작들이다. 김시습의 『금오신화』가 이 땅에서 제대로의 평가를 얻은 것도 근대 이후에나 가능한 일이었다. 이렇듯 널리 알려진 것, 인기 있는 것, 칭송 받은 것 외에도 명작의 존재는 얼마든지 천지간에 깃들어 있을 터이다.

요컨대 명작이고자 하면 그것이 클래식이어야 한다. 장구한 시간의 터널, 유유한 세월의 산맥을 넘을 수 있는 오랜 전통성이 확보돼야 한다. 당대에는 인정을 받은 양했지만 다음 시대, 또는 그 다음 시대쯤 가서 잊히고 만다면 명작이라 함에 낯이 서지 않을 것이다. 여기 실은 시가문학 작품들은 그런 의미에서 장구한 세월토록 그 면원(綿遠)한 생명력을 용케 지켜온 작품들이기에 명시가 되기에 전혀 나무랄 데 없이 의연한 노래와 시의 클래식이다.

다만 줄잡아 무려 2000년 이상 굽이굽이 흘러온 한국의 명품들을 단박에 이루 담아낼 길은 없기에 시대별로 나눠 엮기로 했고, 여기서는 상고시대에서 삼국시대까지로 한정하였다. 연속하여 통일신라에서부터 고려 때까지의 시간을 초월해 온 작품들을 모아 편저할 예정이다.

이 책 구상의 초기에는 제목을 '쉽게 읽는 한국의 명시가'로 정했었다. 나름으론 팝 분야에서의 'Easy listening'처럼, 'Easy reading'을 성사시켜 보려 무진 애를 썼다. 그런데 만들어 놓은 글을 읽고 또 읽고, 암만 생각에 생각을 거듭해 보아도 '쉽게 읽는'이라는 수식구가 못내 부담을 떨어내지 못해 결국엔 '한국의 명시가'로 낙착하면서 뜻을 접고 말았다. 그래서 혼자 시름하되, 아마도 나란 천성은 생래적으로 현학(衒學) 취향이 고질로 되어 쉬운 글을 쓰기는 난망한가 보다, 남몰래 애꿎은 탄식을 흘리고 말았다. 궁극에 '쉽게 읽는'이라는 선망의 표현도 얹혀 못 볼 터수이런가 못내 상심조차 하였지만, 정말 내 딴으론 그렇게 하기 위해 상당한 노력을 기울였음은 사실이다.

한 권의 책을 세상에 펴서 내는 데는 저술자 한 사람의 힘만으로는 되지 않는다는 사실도 오랜 저작 생활 안에서 체감을 더한다. '인인성사(因人成事)'라는 말처럼 그 과정에는 반드시 귀기울여주고 눈여겨 봐주는 분들의 적지 않은 신세를 입게 마련이다. 그리고 지금 또 출간의 앞에서, 내 생애의 보루인 보산(寶山) 김진악 오사(吾師)와 묵가(墨家)의 가족들, 보고사의 김흥국 대표와 권송이 편집자께 새삼 감하(感荷)의 정회가 그윽하다.

乙未 5월 新綠
新亭書屋에서
저자

『한국의 명시가』
-통일신라시대 편- 출간의 앞에

　　나는 세월의 흐름을 내가 자아내는 책 안에서도 흠칫 깨닫고 놀란다. 바야흐로 『한국의 명시가』-통일신라 편의 서문을 꾸리려다 작년 초여름에 첫 번째 『한국의 명시가』-고대·삼국시대 편을 낸 일이 1년 2개월 앞의 사실인 줄 알았기 때문이다.

　　대학 다닐 때 고사성어들을 읽던 중 문득 '득롱망촉(得隴望蜀)'이란 고사가 인상적이었던가 보다. 광무제가 롱(隴)이란 땅을 차지하였으나, 이에 그치지 않고 다시 촉(蜀)을 넘본다는 말이다. 좋게 말하면 야망이 크다는 뜻이고, 부정적으로 말하면 욕심이 끝없다는 뜻이다.

　　그 시절 내가 사는 영등포 3동에 화교(華僑)가 운영하는 중국음식점이 있었는데, 거기 나이 많은 여주인의 신상으론 이 말을 알 것 같아서 득롱망촉을 아는가고 조심스럽게 말을 물었는데, 뜻밖에 주인은 무슨 말인가 하고 귀 기울이다가 모른다고 하였다. 그 순간 꽤 당황했던 기억이 지금도 생생하게 남아 있다. 당시에 나는 자만함이 없고 겸손하였던지 내가 아는 지식이나 상식은 다른 사람 누구도 다 알고 있으려니 생각했기에 그만 낭패를 본 것이다. 그런데 사십유오년(四十有五年)의 세월이 지나 버린 지금은 내 문투를 일반 사람이 잘 알아들을 수 있을까를 걱정하는 상황으로 바뀌어버렸다. 그것은 내가 고등학교 때부터 옛스러운 자전(字典)의 어휘들에 대한 취향이 비상해서 그 세월 동안에 거기 심력을 기울였기 때문이다. 나의 이 현학적인 추구는 수십 성상(星霜)을 지내면서 그만 글쓰기 상의 고

질이 되어 버렸다. 얼마든 쉬운 단어로 바꾸어 써도 소통이야 될 것은 알지만, 나는 도저히 바꾸려는 념(念)을 내지 못하고 있었다. 그러한 작문이 그만 더 내게는 고풍스럽고 운치 있어 보였던 까닭이다.

하지만 근년에 『한국의 명시가』를 작성하면서는 이젠 일반에조차 보이고 싶어 그같은 나의 습벽을 최대한 자제해야겠노라 마음먹었다. 지난번 고대·삼국시대 편에서도 그렇고, 지금 이 통일신라 편에서도 자못 그 태세로 임하기는 했지만… 이거야 도무지 페이스오프(face off)보다 더 힘든 일만 같게 느껴진다.

욕심이란 말도 나왔지만, 사람의 욕구가 물질에 대한 탐욕이거나 사람에 대한 심욕(心慾)만은 아니다. 책을 내거나 또는 걸작을 남겨 자신을 세상에 알리고자 애쓰는 욕망이 어쩌면 더 큰 욕심일지 모른다. 나도 어쩔 수 없는 욕망의 노(奴)인가 보다. 근자에 채신지우(採薪之憂)로 어느 때보다 긴장도 높은 생활을 하고 있는데도 이 일을 그만둘 줄을 모른다. 그야말로 앞의 득롱망촉 전고(典故) 중에 광무가 자신의 정복군 장수인 잠팽(岑彭) 앞으로 보낸 서신 중의 글귀, "사람들은 만족 모르는 것을 싫어한다지만 이제 롱을 얻으니, 다시 촉을 바라게 되는군. 매번 군사를 출동시킬 때마다 머리가 다 희어진다네(人苦不知足 旣平隴 復望蜀 每一發兵 頭鬚爲白)"가 진정 실감으로 다가온다.

다만 학자나 예술가의 욕념(欲念)만은 세간의 소유욕과는 조금 차별을 두어 청욕(淸慾) 즉 맑은 욕심이란 말로 우대하기도 한다. 아마도 일반 욕심과는 달리 이런 명예욕엔 그나마 세상 사람들에게 돌려주는 정신적인 반대급부 같은 것이 있다고 믿어서인가 보다.

그래도 광무제야 역사에 우뚝이 죽백에 그 이름을 남겼지마는, 오늘날 한국이라는 작은 나라의 어느 한 와각(蝸角)에서 염천(炎天)에 혼자 머리 긁적이면서 겨우 만들어내는 저서 작업이야, 그것이 사경(死境)에 이른들 알아줄 사람 거의 없다. 이 시대의 대학생들에게 20세기의 큰 학자인 저 양주동 박사를 아는가를 물어보면 눈만 까막까막하면서 모른다고 하는 판이다. 당연히 박사 필생의『고가연구(古歌研究)』같은 거저(鉅著) 또한 무안색(無顏色)한 시대가 되고 말았다. 그러니 여타의 제제다사(濟濟多士)들이야 말해 무엇 하리. 하물며 후세를 겨냥해선 무슨 의미가 있으랴.

이런 마당에 세상에 잘 들리지도 않고, 게다가 불과 한식경도 안 되어 존재가 사그라지고 말 이 작업을 그래도 해야 하는 건지는 여전히 미지수이다. 하지만 이 일을 하지 않고 지내는 날엔 마음에 형극(荊棘)이 돋고 우울에 빠져드니, 손놓을 수도 없는 이것 역시 어쩌면 천명(天命)인지 모르겠다.

이번 책은 지성인을 위한 서예 문인화 교양지인 〈월간묵가〉에 연재한 글들 가운데 통일신라시대의 것만을 모아 체계를 갖춘 것이다. 같은 출판사에서 같은 제목으로 호응이 되는 저서를 낸 감회가 색다르다. 보고사의 김흥국 대표와 편집을 돌봐 준 이경민 선생에게 감사의 마음을 드린다.

2016년 處暑에
新亭別業에서
景游散士

차 례

1

원왕생가 願往生歌

서방정토로 가는 길

文武王代有沙門名廣德嚴莊二人友善日夕約曰先
歸安養者須告之德隱居芬皇西里〔或云皇龍寺有西去房未知孰是〕蒲
鞋為業挾妻子而居莊庵栖南岳大種刀耕一日日影
拖紅松陰靜暮窓外有聲報云某已西往矣惟君好往
速從我來莊排闥而出顧之雲外有天樂聲光明屬地
明日歸訪其居德果亡矣於是乃與其婦收骸同營蒿里
既事乃謂婦曰夫子逝矣偕處何如婦曰可遂留夜宿
將欲通焉婦靳之曰師求淨土可謂求魚緣木德驚怪問
曰德既乃爾子又何妨婦曰夫子與我同居十餘載未
嘗一夕同床而枕況觸污乎但每夜端身正坐一聲念
阿彌陀佛号或作十六觀觀既熟明月入戶時昇其光
加趺於上竭誠若此雖欲勿西奚適千里者一步
可規今師之觀可去東則未可知也莊愧赧而退
便詣元曉法師處懇求津要曉作錚觀法誘之藏於是
潔己悔責一意修觀亦得西昇錚觀在曉師本傳與海
東僧傳中其婦乃芬皇寺之婢蓋十九應身之一德嘗
有歌云　　月下伊底亦　　　　　　　　無量
壽佛前乃　惱叱古音多可支白遣賜立　　　誓
音深史隱尊衣希仰支　兩手集刀花乎白良願往生
願往生　慕人有如白遣賜立　此身遺也置遣
四十八大願成遣賜去

『삼국유사』권5 '廣德 嚴莊' 조에 실린 〈원왕생가〉

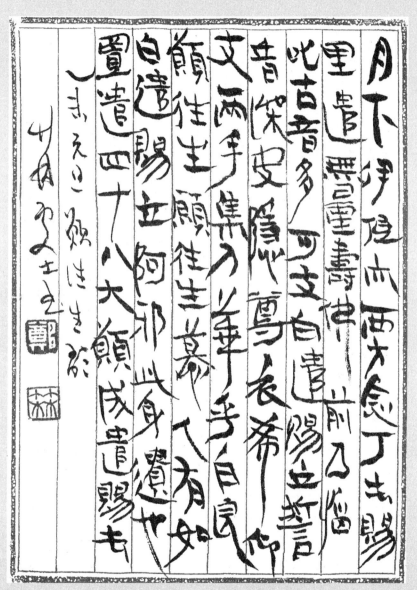

竹林 정웅표 筆墨. 양주동 해독의 〈원왕생가〉

〈원왕생가(願往生歌)〉는 신라 문무왕(재위 661~681) 때 승려 광덕(廣德)이 지었다는 10구체 향가이다. 『삼국유사(三國遺事)』권5 〈광덕(廣德) 엄장(嚴莊)〉조에 노래의 유래와 향찰 가사가 실려 전한다. 우선 유래를 담은 배경담부터 훌륭한 한 편의 설화이다.

文武王代 有沙門名廣德嚴莊 二人友善 日夕約日 先歸安養者 須告之 德隱居芬皇西里 蒲鞋爲業 挾妻子而居 莊庵栖南岳 大種力耕 一日 日影拖紅 松陰靜暮 窓外有聲 報云 某已西往矣 惟君好住 速從我來 莊排而出顧之 雲外有天樂聲 光明屬地 明日歸訪其居 德果亡矣 於是 乃與其婦收骸 同營蒿里 旣事 乃謂婦日 夫子逝矣 偕處何如 婦日 可 遂留 夜將宿欲通焉 婦之日 師求淨土 可謂求魚緣木 莊驚怪問日 德旣乃爾 予又何妨 婦日 夫子與我 同居十餘載 未嘗一夕同床而枕 況觸汚乎 但每夜端身正坐 一聲念阿彌陀佛號 或作十六觀 觀旣熟 明月入戶 時昇其光 加趺於上 竭誠若此 雖欲勿西奚往 夫適千里者 一步可規 今師之觀可云東矣 西則未可知也 莊愧赧而退 便詣元曉法師處 懇求津要 曉作淨觀法誘之 莊於是潔己悔責 一意修觀 亦得西昇 錚觀在曉師本傳 與海東僧傳中 其婦乃芬皇寺之婢 盖十九應身之一 德嘗有歌云.

문무왕 때에 광덕과 엄장이라고 하는 불가의 도를 닦는 사람이 있었다. 둘은 사이가 매우 좋았는데, 밤낮으로 약속하기를 "누구든지 먼저 극락세계로 가는 사람이 꼭 알려주기로 하자."고 하였다. 광덕은 분황사 서쪽에 은거하면서 신 삼는 것으로 업을 삼고 처자를 거느리고 살았다. 엄장은 남악에다 암자를 짓고 크게 농사일에 힘쓰면서 지냈다. 어느날 해 그림자가 붉은 빛을 드리우고 소나무 그늘이 고요히 저물어 갈 때, 창밖에서 무슨 소리가 들렸다. "나는 벌써 서방으로 가니 그대는 잘 있다가 얼른 날 따라오게." 엄장이 문을 열고 나가 둘러보니 구름 밖에서 하늘의 음악 소리가 나고 빛이 땅까지 닿아 있었다. 그 이튿날 광덕 머물던 곳을 찾아가 보니 광덕은 과연 죽어 있었다. 이에 엄장은 광덕의 아내와 함께 유해를 거둬 장사를 치렀다. 장사를 다 마친 엄장이 광덕의 아내에게 말하기를 "남편은 이미 죽었으니 이제 나와 사는 것이 어떻소." 하자, 그 아내가 "그리하지요."라고 대답하였다. 드디어 광덕의 집에 머물면서 밤이 되어 잠자리에 엄장이 정을 통하려 하자, 그의 아내가 응하지 않고 하는 말이 "스님께서 정토를 구하는 것은 마치 고기를 잡자고 나무에 오르는 격이겠 나이다."고 하였다. 엄장이 놀라 말 하기를, "광덕도 이미 그랬거늘 나라 고 안 될 게 무어요?" 하자, 그녀가

말하기를 "남편은 나와 같이 산 지 10년이 넘었지만 하룻밤도 한 자리에 누운 적이 없었거늘 하물며 몸을 더럽혔겠습니까? 그저 밤마다 몸 단정히 하고 반듯이 앉아서 한 소리로 아미타불의 이름만 염송했지요. 혹은 극락세계로 가기 위한 16관(觀)을 하는데, 관이 이루어지면 밝은 달이 문 안으로 들어올 때 그 빛에 올라 가부좌를 하고 앉아 있었지요. 정성을 다하기를 이와 같이 하였으니 서방정토를 원치 않은들 달리 어디로 가겠습니까? 무릇 천 리를 가는 사람은 그 첫 걸음에 알아볼 수 있는 법인데, 지금 스님의 수양법은 동쪽일망정 서방정토로 갈는지는 모르겠습니다."고 하였다. 엄장은 부끄러워 물러나 곧장 원효법사(元曉法師)의 거처로 찾아가 정성껏 득도의 길을 물으니, 원효는 정관법(淨觀法)을 지어서 권유하였다. 엄장이 이에 몸을 깨끗이 하고 뉘우쳐 일심으로 도를 닦아 또한 서방 극락세계로 올라갔다. 정관법은 원효대사의 본 전기와 『해동고승전(海東高僧傳)』 중에 있다. 광덕의 아내는 분황사 의 종이었더니, 바로 관음보살의 십구응신(十九應身) 가운데 하나였다. 광덕은 일찍 이 이러한 노래를 불렀다.

친구의 아내에게 이심(異心)을 품는 이야기 형태는 여기서만이 특출하였으니, 다른 어디서도 구관(求觀)하기 어려운 소재였다. 광덕 아내의 구기(口氣)를 빌려 표현된바 광덕이 달빛을 받으며 염불 삼매에 빠져있는 탐미적인 장면의 묘사가 단연 돋보인다. 『삼국유사』 전체 문장 중에 〈조신몽(調信夢)〉과 더불어 가히 일품이 라 할 만하다. 불교에서 달은 해탈의 표상이다. 이를 끌어들여 황홀한 종교적 신비

감마저 자아내는 그 수사법이 교묘하였다. 배경담에 이어진 향찰자의 노래이다.

> 月下伊底亦
> 西方念丁去賜里遣
> 無量壽佛前乃
> 惱叱古音多可支白遣賜立
> 誓音深史隱尊衣希仰支
> 兩手集刀花乎白良
> 願往生願往生
> 慕人有如白遣賜立
> 阿邪 此身遣也置遣
> 四十八大願成遣賜去

이에 대한 양주동의 신라어 해독 및 현대어 옮김은 대개 이러하였다.

둘하 이뎨	달님이시여, 이제
西方ᄭ장 가샤리고	서방 정토까지 가시려는가
無量壽佛前에	(가시거든) 무량수불 앞에
닏곰다가 숣고샤셔	일러 사뢰옵소서
다딤 기프샨 尊어히 울워러	서원 깊으신 부처님에게 우러러
두손 모도호슬바	두 손을 모아
願往生 願往生	왕생을 원하나이다, 왕생을 원하나이다
그릴사룸 잇다 숣고샤셔	그리워하는 사람이 있다고 사뢰소서
아으 이몸 기텨 두고	아아, 이 몸 남겨 두고
四十八大願 일고샬까	마흔 여덟 가지 소원을 이루실까.

일면, 김완진의 경우는 이러하였다.

ᄃ라리 엇뎨역	달이 어째서
西方ᄭ장 가시리고	서방까지 가시겠습니까
無量壽佛前의	무량수불 전에
곳곰 함죽 숧고쇼셔	보고의 말씀 빠짐없이 사뢰소서
다딤 기프신ᄆᆞᄅᄫᆞ라 울워러	서원 깊으신 부처님 우러러 바라보며
두 손 모도 고조ᄉᆞᆲ바	두 손 곧추 모아
願往生願往生	원왕생 원왕생
그리리 잇다 숧고쇼셔	그리는 이 있다 사뢰소서
아야 이 모다 기뎌 두고	아아, 이몸 남겨두고
四十八大願 일고실가	사십팔대원(四十八大願) 이루실까.

이 노래에 대한 논란거리는 크게 두 가지이다.

하나는 독해상의 문제로서, 무엇보다 첫 줄 '월하이저역(月下伊底亦)'을 푸는 방식에 있었다. 우선 '月下 / 伊底亦'으로 끊어 읽는 것은 초창기 양주동이 세운 바이니, '月下 / 伊底亦'이라 끊고 '달하 이뎨', 즉 '달이여 이제'라고 해독한다. '하(下)'는 오늘날의 누군가를 부르는 말 '-아/야' 등에 해당하는 호격조사이지만, 다만 '하'의 경우 오늘날과 달리 중세국어 이상에서는 높임의 뜻이 더해진다는 점에 각별 유의할 필요가 있다. 이를테면 〈용비어천가(龍飛御天歌)〉에서 '님금하 아라쇼셔'는 '임금아, 아십시오'가 아닌, '임금이시여, 아십시오'가 된다는 뜻이다. 이는 비단 조선시대에만 아니라 거슬러 고려시대의 언어에서도 이미 그러했다. 예컨대 원래 백제의 노래였다가 고려가요의 한 단위로 이어진 〈정읍사(井邑詞)〉에서도 '달하 노피곰 도다샤'가 '(어이) 달아, 높이높이 돋아서'가 아닌, '달님이시여, 높이높이 돋으셔서'로서 온당한 것이었다. 그런데 '하'의 존칭 내지 극존칭 호격조사의 구실은 고려 더 윗대의 신라 때에조차 이미 기존했던 양하니, 지금 여기서 그 자취를 확인하고 있는 것이다. '이저역(伊底亦)'은 '이제'라 하였으니 바로 눈앞에 있는 달에게 왕생을 기원하며 호소하고 있는 시점이 '지금 이 순간'이 된다. 현재 시제의 확보가 생생함을 더하는 효과를 가져다준다.

양주동에 반하여 '月下伊 / 底亦'으로 끊는 견해도 있다. 이때도 그 주장들은 제각각 참치(參差)하다. 우선 '하이(下伊)'를 처격 '-해'로 보고 여기 사이시옷을 덧붙여서 현대어의 '-의'로 해독하고, '저역(底亦)'은 '아래, 밑'이라는 '저(底)'의 뜻에 '역(亦)'을 음으로 읽어 '밑예'로 본바, '달의 아래'로 읽는 입장이다. 다르게는 '下伊(하이)'를 '아리', 즉 '아래'로 읽고 '저역(底亦)'을 '저기'로 읽는 독법이 있다. 또 달리는 '월하이(月下伊)'를 '다라리' 곧 '달이'로 읽고, '저역(底亦)'을 '엇뎨역', 곧 '어째서'로 풀이하는 방식이다.

서방정토를 간절히 축도(祝禱)하고 있는 노래의 주인공은 서방정토에 있는 아미타불 앞에 사뢰어 달라며 간절히 염(念)을 한다. 그렇게 하면 극락세계에 간다고 하는 불자들의 믿음에 따라 기원의 당사자도 아미타불 전(前)에 기도하여 소원을 이루려는 것이지만 그 간격은 아득하게만 느껴진다. 오직 달이라는 존재가 그 간격을 줄여준다고 신라인들은 믿었던가 보다. 그리하여 문득 간절한 비원(悲願)의 대상이 된 달은 그대로 기원자와 극락정토의 아미타불을 연락 중개해주는 메신저의 위치에 서게 된다. '달님이시여'의 경어법으로 소원을 달에게 빌었던 경우는 〈원왕생가〉만 아니라 백제가요인 〈정읍사〉에서도 밝게 드러나 있었다. 이렇듯 고대 사람들 앞에서 달은 서방정토의 사자(使者), 신비한 초월 능력을 지닌 존재였기에 달을 부르는 당사자가 기원의 대상 앞에 내는 부름말[呼格] 또한 일반적 평범한 수준일 수 없이, 극존칭으로 애소(哀訴)하는 것이다. 지금 〈원왕생가〉 역시 노래 당사자가 꼭 이루고자 하는 비장한 소원인 극락왕생을 달이라는 신비적인 존재 앞에 담아 실으려는 안타까운 몸짓의 한 편린인 셈이다.

독해상의 논란 외에 다른 하나는 작가가 누구인가의 문제이다. 이에 대해서도 크게 두 가지로 나뉘었거니, 그 발단은 배경담 문장 중의 한 구절인 "其婦乃芬皇寺之婢盖十九應身之一德嘗有歌云"을 어떤 방식으로 끊어 읽는지에 있었다.

1) 其婦乃芬皇寺之婢 盖十九應身之一 德嘗有歌云
그 아내는 바로 분황사의 여종이었으니, 대개 십구응신의 하나였다. 덕(德; 광덕)에게는 일찍이 노래가 있었는데…

2) 其婦乃芬皇寺之婢盖十九應身之一德 嘗有歌云
그 아내는 바로 분황사의 여종이었으니, 대개 십구응신의 한 가지 덕(德)이었다. (그런데 그 아내에게) 일찍이 노래가 있었는데…

여기서 '有歌' 즉 '노래가 있다'는 말을 일방에서는 곧이곧대로 노래가 있다는 말이지, 지었다는 뜻은 아니라고 하여 작자 미상으로 보는 측면도 없지 않다. 그럴 경우 특정한 개인의 기원이라기보다는 신라민 집단 전반에 미만한 정토왕생에의 보편적 염원의 산물로 간주될 만하다.

하지만 대다수는 관례상 '作歌(노래를 지었다)'의 다른 표현으로 인식하고 있다. 그런데 지었다고 했을 때조차 1)의 경우 광덕이 노래를 지었다는 뜻이 되지만, 2)의 경우처럼 '德'을 앞쪽에 붙여 읽으면 광덕의 처가 노래를 지은 상황으로 바뀌어 든다.

무릇 응신(應身)이란 중생을 제도 혹은 교화하기 위하여 때에 따라 여러 가지 모습으로 이 세상에 나타난다는 부처의 삼신(三身)-법신(法身), 보신(報身), 응신(應身)- 중 하나이다. 여기 관음보살의 19응신은 관음보살이 중생을 구제하기 위해 행한 다양한 변신을 말한다. 여기서처럼 광덕의 아내이거나 혹 어느 때는 분황사의 종으로 임의 현신(現身)한다. 그리고 문장 안에서 '그 아내는 十九應身之一'이라

관(세)음보살

고 했으니, 역시 남편의 왕생을 돕고자 관음보살이 행할 수 있는 여러 변신 가운데 한 가지 형상(形象)임을 알린 것이다. '十九應身之一形'이거나 '十九應身之一象'이라고 했다면 모르지만 난데없이 '덕(德)'이라 하면 문득 경색이 없지 않다. 물론 관음보살의 변신이 궁극적으로 중생에게 베푸는 덕인 것은 맞지만, 그것을 이해시킬만한 아무런 단계나 수순 없이 건너뛰듯 하는 표현이 비약의 느낌을 면하기 어렵다. 문장의 원리 면에서 본다 해도 '그의 아내이자 분황사의 여종=덕'이라는 등식보다 '그의 아내이자 분황사의 여종=변신의 한 가지'라 함이 어법상 훨씬 자연스럽다는 뜻이다.

게다가 설령 꼭 '德' 자로 표현하고 싶었다 하자. 그 말을 쓰려는 순간 다른 무엇도 아닌 하필 광덕의 이름자인 '德'과 겹치게 생겼는데, 혼란이 야기될 줄 뻔히 알면서도 무릅써 그 글자를 강행할 이유가 있는가 하는 의구심을 못내 떨칠 길 없다. 더군다나 『삼국유사』의 서술방식을 보면 처음 한 번은 온전히 이름을 다 쓰지만 그 다음 문장부터는 그 전체 이름을 쓰는 대신 뒤의 글자만으로 표현함이 관례이기에 더욱 그러할 뿐이다. 지금 여기서도 광덕과 엄장의 이름이 4~5차례 나오지만 두 번째부터는 '德'과 '莊' 같이 한 글자 쓰기방식대로 진행해나가고 있음을 볼 수 있다. 그리하여 현재는 광덕의 아내 아닌 광덕이 지었다는 주장이 대세처럼 되었다.

하지만 이 〈원왕생가〉를 포함하여 향가의 작가를 논하는 마당에 한 가지 크게 타진하고 넘어가야만 할 중요한 사실이 있다. 〈찬기파랑가〉와 〈안민가〉를 지었다는 충담사 또한 인물의 중요도에 비해 여타의 자료에선 나타나지 않음에, 궁극 충담사가 신라인들의 상상 속 가상의 인물일 가능성에 대한 논지도 일각에서 개진된 바 있다. 그런데 이는 하필 충담사에 국한해서만 그런 것이 아니었다. 〈헌화가(獻花歌)〉의 작가로 되어 있는 견우노옹이야 애당초 은자(隱者)의 모습으로 나타났으매 중후한 문헌에 의존할 나위가 없다고 하자. 그러나 거기 등장하는 바 강릉태수로 부임 간다는 순정공(純貞公)하며 대단히 기이한 이적(異蹟)을 보인 그의 처 수로부인(水路夫人)도 그 어떤 기록에서든 빌미 삼을 데가 없었다. 〈서동요(薯童謠)〉를 지어 신라 아이들에게 부르도록 시켰다는 서동(薯童)조차 예외가 아니다. 그 정체에 대해 설왕설래 하지만 저마다의 모순 속에 명백히 역사 속의 누구라는 결정에 이르지 못했을 따름이다. 그 뿐이 아니다. 진평왕 대에 혜성이 출현하는 불상사를 해결하기 위해 등장하여 〈혜성가(彗星歌)〉를 만들기까지 한 융천사(融天師)였다. 그렇게 국가 대사에 큰 공헌을 한 인물이련만 그가 또 수하(誰何)인지 도무지 오리무중 상태이매 이 황당한 상황에 대해 또 어찌 설명해야 하는지 난감할 뿐이었다. 〈제망매가(祭亡妹歌)〉의 작자이자 경덕왕의 위급을 도와 〈도솔가(兜率歌)〉를 지었다는 월명사(月明師)의 존재 또한 그 어떤 사료에서도 근거 잡을 길이 막연하였으니, 도대체가 향가의 주인공들을 역사 안에서 모색한다는 일이 그 자체 도무지 난망해 보일 뿐이었다. 그리하여 이들이 어쩌면 실재했던 인물들이 아니라, 혹 신라의 설화 대중들의 상상력이 만들어낸 존재들은 아니었나 하는 특단의 가정까지 대두하게 되었다. '절대적으로 확실하지 않으나 아마 그럴 것이라고 생각되는 성질'을 개연성(蓋然性)이라고 한다. 그러면 이에 수로부인이며, 서동, 융천사, 충담사, 월명사 등이 일시(一是) 가공의 이야기 속 주인공들일 개연성에 대해 생각해 보는 것이다.

돌이켜 설화 대중들이 창조해 낸 인물이었을 가능성은 저 '월명사 도솔가' 조에서 〈제망매가〉를 소개하고 난 뒤에 더해진 배경설화 안에서도 은근 엿볼 여지가 있다. 곧, '월명이 항상 사천왕사에 있으면서 가로 피리를 잘 불었다. 일찍이 달밤에 문 앞 큰길에서 이것을 불며 지나갔더니, 달님이 그 소리에 수레를 멈추었다. 이에 연유하여 그 길을 월명리(月明里)라 했고, 월명사(月明師)도 이 일로 인해 이름이 지어진 것이니…'라고 한 대목으로 이야기 속 주인공의 인명과 지명이 정해지는 상황을 얼추 확인할 수 있다. 동시에 그 이름 짓기의 주체는 또한 설화 대중이었음도 밝게 살필 수가 있다. 이러한 사례는 비단 월명사뿐만 아니라 저 〈헌화가〉에서의 '견우노옹(牽牛老翁)'한테서도 찾을 수 있으니, 다름 아닌 이야기 속 노인이 소를 끌고 가던 캐릭터를 캡처하여 그렇게 명명했음이다. 알고 보면 '서동(薯童)'이란 이름도 예외가 아니다. 역시 한 가족 단위 안에서 주고 받은 이름이 아니라 이야기 속에서 '마를 파는 아이'란 특징을 정형화시킨 결과였다. 제3의 문화층이 개입하여 인물을 정형화하는 이같은 현상은 하필 위의 향가들 경우에만 그치는 것은 아니었다. 저 다섯 살 된 아들의 갑작스런 실명(失明) 앞에 그 어머니가 천수천안(千手千眼)의 관음보살에게 아이의 광명을 빌었다는 노래인 〈도천수대비가(禱千手大悲歌)〉가 있다. 여기서 어머니의 이름이 '희명(希明)'이라고 했거니, 문득 이름의 뜻을 '광명(光明)'을 희구(希求)하다'로 풀었을 때 이 또한 그 이름과 상황이 우연한 일치라 할 것인가? 그리고 보니 혜성이 침범한 하늘의 변괴를 물리쳤다는 융천사(融天師)의 이름도 그냥 범연히 보고 넘길 일은 아닐 성싶다. 즉 '하늘[天]의 괴변을 융화[融]하였다'고 해서 붙여졌을 개연성이 일약 엄습한다. 향가 〈우적가(遇賊歌)〉는 익살스럽고 재물에 욕심 없으며, 또한 향가 잘한다는 노인이 만년에 지리산으로 들어가다 60인의 도적들을 만났고, 바로 그 도적들의 요구에 따라 즉석에서 지어부른 노래라 한다. 노래에 대한 비상한 재주를 지닌 사람이었던 그 노인은 이름을 '영재(永才)'라 했다는데, 이는 다름 아닌 '노래의 재주'란 뜻을 갖춘 말이었다. '永' 자에 '노래하다'의 뜻이 함께 깃들어 있는 까닭이다. 말하자면 향가 작가의 이름들은 한 가계(家系)의 출생 단계에서 비롯된 것이 아니라, 집단사회 안에서 노래 또는 설화 속의 특정 캐릭터에 맞게 붙여진 호칭임이 인지된다고 하겠다. 여기 광덕 또한 서방정토에 가기 위해 10년을 하루같이 '덕(德)을 넓히고자[廣]' 노력한 사람이었다 하여 그 의미에 맞춰 지어낸 이름일 수 있는 것이다.

물론 죽지랑(竹旨郞)이라는 화랑을 흠모하여 득오(得烏)라는 낭도가 지었다는 〈모죽지랑가(慕竹旨郞歌)〉와, 효소왕 시절 신충(信忠)이 효성왕의 왕자 시절 자기에게 한 약속을 잊어버린 것을 원망하여 지었다는 〈원가(怨歌)〉가 예외적인 모습을 보이고는 있다. 이 둘은 해당 인물들이 모두 『삼국사기』 안에서도 등장하여 확인이 가능한 경우였다. 반면, 위에 든 그 나머지 모든 인물들은 그 일어난 사건이 암만 비상히 컸을지라도 『삼국사기』와 같은 사서(史書)에서 끝내 확인 불가능한 사례로 남을 뿐이었으니, 여기엔 한갓 우연의 현상으로 치부할 수만은 없는 필연적인 그 무엇이 있다는 생각도 무리는 아니다. 그렇게 본다면 〈원왕생가〉의 작가가 광덕이니, 광덕의 처이니, 혹은 원효대사이니 하는 등의 논쟁 자체가 일체 부질없어 공허하게만 느껴진다.

한편, 향가의 주체를 신분의 관점에서 나누어 보는 일도 요긴한 관심 화두가 될 수 있다. 〈서동요〉는 진평왕 시대를 배경으로, 왕의 셋째 딸 선화공주와 후에 백제의 왕이 된 사나이를 맺어주었다는 향가이다. 선덕여왕 시대가 배경인 〈내여공덕가(來如功德歌)〉, 일명 '풍요(風謠)'는 당대의 고승 양지(良志)와 관련 있는 노래였다. 그리고 경덕왕 대의 〈제망매가〉와 〈찬기파랑가〉들이 또한 그 시대 왕사(王師) 격인 월명사와 충담사의 창작으로 되어 있고, 성덕왕 배경의 〈헌화가(獻花歌)〉와 〈해가(海歌)〉는 순정공의 부인과 관계된 노래이다. 도적 무리를 만나 그들 앞에서 노래한 영재(永才) 또한 당시의 지도자층으로 간주될 법하고, 〈처용가(處容歌)〉의 주인공인 처용(處容) 또한 저 동해 용왕의 아들 자격으로 헌강왕의 영접을 받았으니, 하나같이 상류계층의 문화권 안쪽에 있는 향가라고 할 만하였다. 귀족층이 주도했다고 할 만하나, 거기 비해 지금 이 문무왕 때를 배경으로 하고 있는 〈원왕생가〉에 오면 문득 주인공들이 귀족사회의 분위기와 멀어져 있다. 곧 이야기 속에서 광덕은 신을 삼는 것으로 업을 삼고 처자를 거느리고 살았다 했고, 엄장은 남악에 암자를 짓고 농사일에 힘쓰면서 지냈다고 했다. 이와 함께 희명(希明)이란 여인이 갑자기 눈이 먼 다섯 살 난 아이의 개안(開眼)을 위한 과정에 만들어졌다는 〈도천수대비가〉가 전반의 정조상(情調上) 평민권 노래라 할 만하니, 향가 문학의 국민문학적 광폭(廣幅)을 짐작할 만하다.

아울러 여기 〈원왕생가〉의 배경설화에 보면 광덕이 경건한 자세로 미타불을 칭념(稱念)해 있고, 또 16관행 등으로 왕생업을 지극히 닦았다고 함으로써 불교의 여러 종파 중에서도 미타신앙(彌陀信仰)을 기반으로 하고 있음을 간파하기 어렵지 않다. 동시에 서민의 현실 생활 속에 미타신앙이 깊이 뿌리내려진 사실을 볼 수가 있다. 월명사의 〈제망매가〉에서도 서방정토 아미타불의 세상인 미타찰에 가기 위해 도를 닦겠다고 하였고, 지금 서민인 광덕과 엄장이 서로 간에 선후 없이 그곳에 가기를 간절히 염원하고 있는 등으로, 이 신앙이 저변 확대된 모양이 한눈에 보이는 양하다.

또한, 여기 광덕과 엄장이 가기를 원하는 서방정토의 관념은 이승과 단절된 막막한 공간으로서보다는 현실세계와의 소통이 가능한 정도의 느낌이니, 이것이 바로 신라불교의 현주소인 것이다. 삼국이 팽팽히 대치하는 상황이었음에도 삼자가 나란히 불교를 숭상하는 마당이었다. 그런 중에도 불교를 수용하는 자세에 있어서만큼 신라는 고구려나 백제와 다른 점이 있었다. 곧 신라인들에게 있어 종교까지도 현실을 구(救)하고 해결하기 위한 방편 쯤으로 생각했던 듯싶으니, 그 가장 완연한 증거를 진평왕 대의 승려이자 학자인 원광법사(圓光法師, 542~640)의 이른바 세속오계(世俗五戒) 같은 데서 찾을 수 있다. 이는 일찍이 불교의 원 교리에도 없을 뿐만 아니라, 이 종교를 신앙하는 그 어떤 나라에서도 볼 수 없는 신라만의 특유한 사례라 하겠다. 유교의 이념과 다를 것 없는 충성으로 임금을 섬겨야 한다는 '사군이충(事君以忠)', 효로써 부모를 섬겨야 한다는 '사친이효(事親以孝)'와, 믿음으로써 벗을 사귀어야 한다는 '교우이신(交友以信)'까지는 그럴 수 있다고 용납해 두자. 그 다음의 전쟁에 임해서는 물러서지 말아야 한다는 '임전무퇴(臨戰無退)'에 이르면 문득 당혹감이 야기된다. 불교에 어디 전쟁의 요령에 대해 훈계한 말이 있을까마는 외려 불굴의 싸움 의지를 독려하고 있으니 선뜻 영문을 모를 일이다.

하지만 혼란의 느낌은 여기서 끝이 아니다. 오계(五戒)의 마지막은 살생을 택해서 해야 한다는 '살생유택(殺生有擇)'이니, 도대체 불교에 살생 개념이 없음에도 이에선 살생도 무조건 피하기만 할 일은 아님을 훈도한 것이다. 예컨대 그 구체적인 경우로 들어가되 육재일(六齋日) 및 봄·여름에는 살생하지 말 것과 꼭 필요한 만큼만 잡고 많이 죽이지 말 것 등이다. 세속오계는 곧 화랑도의 윤리적 지침 및 실천 이념을 계시한 다섯 가지 수신계(修身戒)였고, 이것이 제창된 때는 아직 삼국이 치열하게 대치하고 있는 시간대였다. 전쟁과 통일이라는 현실 문제를 어떡해든 성공적으로 완수해야만 했던 신라로서 불교 본연의 교시(敎示)만 따랐다간 당시의 절박한 현실 문제를 해결하기 어렵다고 판단하여 이처럼 독창적 절충의 해법을 모색하고 실천해 갔던 듯하다. 그렇다곤 하나 참으로 진고(振古)에 보기드문 변이(變異)가 아닐 수 없다.

신라의 현실주의적이고 자기본위적인 사고는 비록 신라가 통일을 이룩하고 난 뒤에도 달라짐이 없는 듯 싶으니, 지금 문무왕 대를 배경으로 한다는 〈원왕생가〉에서도 거듭 의연(依然)함을 나타낸다. 곧 이 노래 최종의 두 구인 '아으 이몸 기텨 두고 四十八大願 일고샬까'라고 한 의미가 못내 심상치 않다. 현대말로 '아아, 이 몸 버려두고 마흔여덟 가지 큰 소원 이루실 수 있으랴'라고 한 뜻은 독실한 신앙인으로 아미타불에 대한 무조건의 외경(畏敬) 대신, 뜻밖에 약간 당돌하기까지 한 말일 수밖에 없다. 수명이 한이 없는 부처라는 뜻의 무량수불은 바로 '아미타불(阿彌陀佛)'을 높여 이르는 말인데, 이제 경건히 두 손 모아 극락왕생을

아미타불

빌고 있는 신도의 처지야말로 아미타불 앞에 더 없이 미약할 따름이다. 그렇게 절대 가호가 있기만을 애타게 기다리는 절대 약자의 처지임에도 자신을 버려두었다간 아미타불이 크게 소원하는 48가지의 소원을 이룰 수 있겠느냐는 반문을 하였다. 『무량수경(無量壽經)』에 보면 아미타불이 전생에 법장비구(法藏比丘)였을 때 48가지 소망을 품고 세자재왕불(世自在王佛)에게 중생을 제도(濟度)하겠다는 서원(誓願)을 맹세했다고 한다. 그 내용의 요체(要諦)는 첫 번째로 불국토에 태어난 이에 대한 것, 두 번째로 아미타불 자신에 대한 것, 세 번째로 아미타불의 국토에 대한 것, 네 번째로 불국토에 왕생하려는 이에 대한 것 등 4가지이다. 이 48가지 소망이 이루어지지 않으면 자신은 결코 부처가 되지 않겠다고 밝혔고, 그 뒤 오랫동안 수행을 쌓은 결과 그 원을 성취하여 극락세계를 이룩하게 되었다고 한다. 〈원왕생가〉 중의 다섯 번째 구 '서원 깊으신'은 바로 이 사실을 캐내어 상기시키는 뜻이다. 그와 동시에 자신의 왕생 문제에 아미타불을 끌어넣어 연루시키고자 하는 강한 의지가 서려있는 말이기도 하니, 보기에 따라서는 으름장에 가깝다고도 하겠다.

무조건의 경배만은 아닌 이러한 위협조의 태도는 이 향가에서 처음 일어난 일은 아니다. 저 가야국 신화 속에 들어있으니 신 앞에 기구(祈求)하는 노래인 〈구지가(龜旨歌)〉에서도 만약 들어주지 않으면 구워 먹겠다는, 국문학자 사이에선 '위하(威嚇)'라는 표현을 쓰기도 한 으름댐이 있었는데, 여기서 다시 재현을 나타낸 것이다. "천 개의 손과 천 개의 눈을 가진 천수천안(千手千眼)의 관음이니 눈이 둘다 없는 나에게 눈을 주신다면 그 자비로움이 얼마나 크겠습니까"하는 애원(哀願)의 기도이지만, 문득 역언(逆言)하면 만약 주지않을 경우 그 무자비가 또한 얼마나 큰 것인지를 은근 상기시키면서 위하하는 속내가 숨어 있다. 그 위협적인 발상에서 〈구지가〉 및 〈원왕생가〉와 동일한 궤적 안에 있는 것이다. 고대 샤머니즘에서 모신(母神)은 천신(天神)에 비해 임의롭고 만만한 구석이 있어 비록 신일지라도 감히 이같은 위하가 가능할 수 있었는데, 지금 무불(巫佛) 습합(褶合)의 신라시대에 조차 변치 않고 드리워 계승을 보였다. 이렇게 향가는 신라다운 놀라움이 자못 준동하는 노래이기도 하였다.

2

반속요 返俗謠

구도(求道)와 사랑의 갈림길에서

家十六年爲瑤　趙見藝遂返初服嫁郭元振爲妾全唐　文志

陳子昂郭公姬薛氏墓誌銘姬人姓薛氏東明國王
金氏之胤也昔金王有愛子別食於薛因爲姓焉世
不與金氏爲姻其高曾皆金王貴臣大人也父承冲
有唐高宗時與金仁問歸國帝聘歐庸拜左武衛將
軍姬人幼有玉色發於穠華若彩雲朝升微月霄映
也故家人美之火䰈仙子開嬴臺有孔崔鳳凰之事
瑤愴悅之年十五大將軍薨遂剪髮出家將學金仙
之道西見寶手菩薩靚心六年靑蓮不至乃作詩遂
返初服而歸我郭公豪蕩而好奇者也離珊以

海東繹史一

迎之寶琴以友之其相得如靑島翡翠之妒變冀華
繁艷歌樂秘悲來以長壽二年太歲癸巳二月十
七日遇疾卒於通泉縣之官舍鳴呼哀我郭公悅然
猶若未止也寶珠以食之錦衾而舉之故國遠遠言
㱕未迢留殯於縣之南國不六貞也銘曰
□高邱之白雲芳額一見之何期哀淑人之永逝感
□□之春時頷作靑島長此翼觀魄来方遊故國㱕

　按東明即夫餘之始祖而誤揩爲新羅也金是
　羅王之姓也薛亦新羅之大姓也唐武德四年

化雲心兮思淑貞洉寂滅兮不見人瑤州芳兮思芬藍將奈何兮是清春

薛瑤詩 返俗謠 金順基 書

滄淵 金順基 書의 〈反俗謠〉

한국 문학사 초창기는 시가문학이 압권을 이루는 가운데 그 창작의 주체는 거의 남성의 일변도를 보이는 흐름이었다. 그 중 여류의 문학은 광대무변한 천공에 아주 눈빛 반가운 운간명월(雲間明月)처럼 자태를 드러내 보이기도 하였으니, 정녕 천행이 아닐 수 없다.

멀리 〈공무도하가(公無渡河歌)〉가 있어 여류의 첫 구기(口氣)를 나타냈다고도 하나, 이는 애당초 그 국적의 문제에 있어 한중간에 논란이 있는 바 쉽게 한국 최초의 여류작이라고 단정 짓기가 차마 어정쩡한 구석이 없지 않다.

암만해도 삼국시대로 접어들어 그 실효를 기대할 밖에 없는데, 고구려나 백제에서는 그같은 종적을 모색할 길이 바이 없고, 다만 신라라는 시간대 안에서 요행스런 자취가 발견된다. 중국 청대 1746년 편찬된 당시(唐詩) 전집으로 4만8천9백여 수의 작품을 수록한 『전당시(全唐詩)』에는 신라인의 시가 9수 실려 있는데, 이 중 여성의 작품은 진덕여왕(眞德女王, ?~654)의 〈태평송(太平頌)〉과 설요(薛瑤, ?~693)의 〈요(謠)〉 두 편이다. 〈요(謠)〉는 바로 〈반속요(返俗謠)〉를 말한다. 이 무렵의 7세기는 위진남북조 때까지의 고시체(古詩體) 뿐만 아니라 그보다 형식적으로 엄격함이 더해진 근체시(近體詩)도 새롭게 병행되었던 때였다. 하지만 두 작품이 모두 간소한 고시(古詩)의 틀을 따르고 있다.

기실 『전당시』 밖에서는 따로 여류의 한시를 더 발견할 수 있는 것도 아니다. 노래 분야로까지 확대해 본다고 할 때 희명(希明)이 지었다는 향가 〈도천수관음대비가(禱千手觀音大悲歌)〉 정도가 있을 뿐이니, 실로 그 냉청(冷淸)과 적막이 애석하기 그지없다.

하지만 역으로 생각하면 바로 이같은 요요(寥寥) 때문에 오히려 이 근소한 여류의 사조(詞藻)가 더욱 빛나는 결과로 작용하기도 했다. 하물며 설요의 진적(珍跡)은 한국문학사 전반의 여류 수품(手品) 가운데도 진덕여왕의 조어(措語)처럼 정치적인 의도도 없고, 희명처럼 일정한 목적을 앞세운 탄원(歎願)의 글도 아닌, 인간

본연의 성정을 고스란히 밝혀 보인 순수 서정시라는 점에서 다른 창작물과의 차별성이 극명히 드러난다.

설요는 신라 사람 설승충(薛承沖, ?~675경)의 딸로 전해진다. 당나라 시인인 진자앙(陳子昻, 661~702)이 지은 〈곽공희설씨묘지명(郭公姬薛氏墓誌銘)〉은 다름 아닌 곽원진(郭元振)의 첩인 설요를 위한 글인데, 설요에 대해 가장 친절한 일차적인 자료가 되고 있다.

그리고 이 땅에서 진자앙 묘지명의 온전한 부분을 중개한 이는 한치윤(韓致奫, 1765~1814)이었다. 한치윤은 『해동역사(海東繹史)』(人物考, '薛瑤') 안에 진자앙의 묘지명 전체를 충실하게 전재(全載)함으로써 설요라는 여인의 신상에 보다 근접할 수 있는 계기를 열었다. 특히 설요의 외모에 대해서도 상세히 묘사하고 있다.

姬人幼有玉色 發于穠華 若彩云朝升 征月宵英也 故家人美之 少號仙子.
곽공의 여자는 어려서부터 미색이었으니 농익은 꽃이 활짝 핀 모습이었다. 아침나절 꽃구름이 피어오르는 양, 밤꽃에 달 가는 양하였기에 집안사람이 아름다이 여겨 어릴 때 별명을 선자(仙子)라 하였다고 한다.

그녀의 소시 때 별칭이 '선자(仙子)'란 말까지 잊지 않고 적었는데, 이는 '신선'이란 뜻과 더불어 속칭 '선녀(仙女)'란 의미도 있지만, "여자의 외모가 아름다운 것을 비유(猶俗云仙女 或以喻女子之貌美者)"하는 말이기도 하다.

저 진(晉)나라 목공(穆公, B.C.659~621 재위) 때를 배경으로 한 풍류 고사가 하나 있다. 그 시절에 소사(簫史)란 이가 퉁소를 잘 불었다. 진목공의 딸 농옥(弄玉)이 그를 좋아하자 진목공이 허락하여 부부가 되었다. 그들 부부는 퉁소를 불어 뜨락에 공작(孔雀)과 백학(白鶴)을 불러들였고, 마침내 부부가 바로 그 새들을 타고 선계(仙界)로 올라갔다고 하는 전설인데, 설요는 이 고사를 듣고 크게 감열(感悅)하였다고 한다. 이 같은 신선 도교적 설화에 감동하였다 함은 이미 그녀의 천성(天性)이 인고(忍苦)를 전제 삼는 불계(佛系)와는 잘 맞지 않는다는 암시이기도 하다. 하지만 설요의 이 대목은 그 관점이 불교 쪽이냐 신선 쪽이냐의 종교면 보다는 '짝'의 이미저리(imagery)가 더 크게 부각 돼 보인다. 곧 설요의 가슴 속에 남녀 금슬에 대한 부러움이 보다 깊이 각인되었다는 의미로도 해석이 가능할 수 있기 때문이다.

진자앙의 묘지명을 더 읽어본다.

초당의 시인 진자앙.
그림 우측의 款識 시는 그의 대표작인
〈등유주대가(登幽州臺歌)〉이다.

年十五 大將軍薨 遂剪髮出家 將學金仙之道 而見寶手菩薩 靚心六年 靑蓮不至 乃作謠 遂返初服而歸我郭公

"15세 때 대장군인 아버지가 돌아가자 머리 깎고 출가하여 불도를 수행하려 보수보살(寶手菩薩)을 뵙고 6년을 조용히 안존(安存)하였으나, 청련(靑蓮)에 이르지 못하자 이에 노래를 짓고, 드디어는 환속하여 곽공 원진(郭元振, 656~713)의 첩이 되었다."

그때 설요의 나이가 21세라고 한다. 여기서 '청련(靑蓮)'은 옛 인도의 청련화(靑蓮花)라는 꽃에서 기인한 표현이다. 그 잎이 넓고 청색과 백색이 분명한 것이 대인(大人)의 맑고 큰 눈의 형상과 같다 하여 불가에서 불안(佛眼)을 빗댄 말이다. 불안은 곧 모든 법의 참모습을 환하게 보는 부처의 눈이다.

한치윤보다 약 반세기 앞에 아정(雅亭) 이덕무(李德懋, 1741~1793)도 설요에 대해 비상한 관심을 표명한 바 있었다.

　　誌又曰 姬人 幼而玉色 少號仙子 年十五 大將軍薨 剪髮出家 見寶手菩뮐薩
靚心六年 靑蓮不至 乃謠曰全唐詩 一日返俗謠 … 遂返初服 而歸我郭公 長壽二
年太歲癸巳二月十七日 卒於通泉縣之官舍 陳文止此 按貞觀十九年乙巳 薛
將軍死之 戰死駐驛山下 其時姬年十五 則姬辛卯生 是薛將軍歸唐十年 始生
斯女也.
　　진자앙의 〈묘지(墓誌)〉에 또, "설요는 어려서 얼굴빛이 옥과 같아 소싯적 별명을
선자(仙子)라 하였다. 15세 때 아버지 대장군이 죽자 머리 깎고 출가(出家)하여 보수
보살(寶手菩薩)을 보고 6년 동안 관심(觀心)하였으나 청련(靑蓮)이 나타나지 않자 이
에 노래를 부르기를, (『전당시』에 "일설에는 반속요(返俗謠)라 한다" 하였다.) … 드디어
속세로 돌아와서 우리 곽공(郭公)에게 시집왔는데, 측천무후(則天武后)의 장수(長壽)
2년(693), 곧 계사년 2월 17일에 통천현(通泉縣)의 관사(官舍)에서 죽었다." 진자앙의
여기까지의 글을 상고하건대, 당 태종 정관(貞觀) 19년(645)에 설 장군은 주필산(駐驛
山) 아래에서 전사하였다. 당시 설요의 나이 15세였으니, 신묘생이 된다. 설 장군이
당나라에 들어간 지 10년 만에 비로소 이 딸을 낳았던 것이다.

　　돌아보면 그녀가 지었다는 〈반속요〉가 7언 고시체(古詩體)의 엄연한 한시임에
도 다들 '노래[謠]'라는 표현을 쓰고 있음이 특이하다. 동시에 설요의 이 한시에
대한 해석이 논자마다 각이(各異)한 것도 특징이라 하겠는데, 그럴수록 이 시를
지은 설요의 참된 의중을 짚는 일이 한층 더 요긴해진다. 그런데 전부하여 고작
4행 27자에 불과한 시만 백번 들여다본댔자 표면의 메시지 외에는 더 이상의 정보
가 나올 리 없다. 이 마당에 처음 시를 대하여 풀이하던 선입견의 틀은 변할 리
없음이 자명하다.
　　그런데 다행히도 설요가 이 시를 어떤 경위에 따라 지었는지에 대한 약간의
배경담들이 부수되어 있다. 몇몇 문헌들 안에 소개된 바 설요 부녀의 당나라 입국,

조선후기 이덕무의 저서 『청장관전서』 안의 〈반속요〉와 설요 관련 기사

이방인 여자 설요와 지방관리 곽원진의 결합, 또 곽원진이라는 인물과 그의 행적들 면면이 〈반속요〉라는 시의 이해에 추진적인 역할을 하고 있다.

하물며 이 시의 경우 궁극적으로 '구도(求道)'를 택할 것인가, '청춘(靑春)'을 따를 것인가의 갈등 앞에서 단순히 양자택일한 것만으로 마무리되어 있지 않다. 다시 말해 시가 환속의 결심, 감성의 자유라는 테마에만 국한하지 않고 다음 상황에 두 남녀의 결합으로 연결된다. 이러매 그 막후의 확장성을 마침내 간과할 수 없다. 역시 작가가 그냥 자연의 본성을 선택하리라 하는 관념으로 마무리 지은 것이 아니라, 그 본성이 향하는 바 구체적인 상대가 있다. 따라서 이 시가 혹 연애의

단계에서 예고편의 의미로 지은 것이라면 관찰의 각도도 거기에 맞춰짐이 의당하다. 이제 그러한 복합적인 상황 안에 지어진 〈반속요〉의 메시지를 분석해본다.

化雲心兮思淑貞
洞寂滅兮不見人
瑤草芳兮思芬蒀
將奈何兮靑春

첫 구에 '化雲心'이라 했다. 『중문대사전』 안에서 '운심(雲心)'을 찾으면 "구름처럼 한산한 마음(閒散如雲之心)"으로 정의되어 있다. 여기의 한산은 한가하여 느긋한 마음을 뜻한다. '운심월성(雲心月性)'은 "담박하여 욕심이 없으니 명리를 추구하지 않는 성품(淡泊無欲 不營名利之性也)"이다. 따라서 원문의 '化雲心' 곧 운심(雲心)으로 화(化)했다 함은 탈속의 심사로 돌아갔다는 뜻으로 요해가 가능하다.

'洞'에는 골짜기·동굴·공허하다·동네·통하다·이르다(도달하다)·깊숙하다·의심하다 등의 의미가 있는데, 여기선 깊은 골짜기로서 아무 문제가 없어 보인다. 유성준이 「전당시 소재 신라인 시」 안에서 "구름같이 맑고 깨끗한 마음이 되니 생각이 정숙하고 굴은 죽은 듯 고요하여 아무도 뵈지 않네."로 번역한 것도 같은 맥락이라 하겠다.

반면, 그것은 시의 자구(字句)와 시인의 사생활에 기댄 해석에 지나지 않을 뿐 사실은 구도시(求道詩)에 다름 아니라는 견해도 있다. 곧 술어+목적어의 구조로 보아 '적멸에 도달하다(통달하다)'로 해석하는 측면이다. "적멸을 통달하니 사람이라고는 볼 수 없네." 그런데 적멸에는 하필 '자연히 없어져 버림'의 뜻 이외에도 '번뇌를 벗어난 높은 경지' 또는 '죽음'의 뜻까지 포괄하고 있으매, 이와 같은 술목(述目) 구조로의 해석 또한 불가능해 보이진 않는다. 다만 중요한 것은 문맥상의 호응관계이다. "적멸을 통달하니 사람이라고는 볼 수 없네."라고 하니 문득 무슨 말인지 어색해진다. 다만 이가원은 『조선문학사』에서 불법(佛法)엔 다만 적멸이 있을 뿐 인세적(人世的)인 정서는 조금도 보이지 않음을 그렇게 나타낸 것이라고 했다. 전혀 딴판으로 아예 '不見人'의 '人'을 보살로 간주한다는 관점도 있다.

> 깨끗한 마음 되고파 정숙을 생각했건만, 적멸에 빠져들어도 청련은 보이지 않네.
> (민병수, 『한국한시사』)

보당보살을 보는 경지에까지는 이르렀으나 불각(佛覺)에 완전히 이르지는 못하여 이 노래를 부르고 환속했다가 적멸의 이치를 통찰하려 했으나 끝내 보살은 보이지 않는다는 해석이다. 구름처럼 이는 마음 정숙으로 가라앉히고 적멸의 이치를 통찰코자 하나, 관음보살을 만날 수 없어 꽃다운 풀 향기만 가득하니 (정진 부족한) 이 청춘을 어찌할꼬. 그리하여 '요초의 꽃다운 향기 속에 이 청춘을 헛되게 불사르기엔 너무도 애석한 일임을 깨달았다'는 내용으로 수용한 것이다. 문면상의 '不見人(사람을 볼 수 없다)'을 청련부지(靑蓮不至)로 해석하였으니 진자앙의 묘지명 안에 들어있는 표현에 의탁한 것이지만, 청춘의 자유와 열정을 토로하는 서정시임을 감안할 때 보편성과 동떨어진 현학적 혐의에서 자유롭기 어렵다. 시인 고은이 이 설요의 시를 두고 『초사(楚辭)』투임에도, 단순함은 『시경(詩經)』의 국풍(國風) 쪽에 가깝다고 한 것도 보편성 및 대중성과 무관해 보이지 않는다.

주저되는 일은 또 있다. 어조사(語助辭) '兮'를 보는 관점이다. 이 용법은 위의 말을 완화(緩和)하고 아래의 말을 강조하는 뜻, 혹은 문장 끝이나 중간에 쓰여 감탄을 나타내거나 어기(語氣)를 부드럽게 하는데 쓰인다. 예컨대 진(晉) 도연명(陶淵明)의 〈귀거래사(歸去來辭)〉의 초두인 "歸去來兮 田園將蕪 胡不歸"(돌아가련다. 전원이 바로 거칠어지려는데 아니 돌아갈쏘냐)에서 그러하고, 또 전국시절의 협객 형가(荊軻)가 남겼다는 〈역수가(易水歌)〉의 경우를 보아도 다를 바가 없다.

風蕭蕭兮 易水寒　　바람은 쓸쓸히 불고 역수 강물 차갑다
壯士一去兮 不復還　대장부 한번 가면 다시는 돌아 못 오리.
探虎穴兮 入蛟宮　　범의 굴 어디인가, 이무기 궁에 들겠노라
仰天噓氣兮 成白虹　우러러 한 소리 외치니 흰 무지개 피누나.

굴원(屈原)의 〈어부사(漁父辭)〉에서 역시 같은 맥락이다.

滄浪之水淸兮　　창랑의 물이 맑으면
可以濯吾纓　　　내 갓끈을 씻고,
滄浪之水濁兮　　창랑의 물이 흐리면
可以濯吾足　　　내 발을 씻으리.

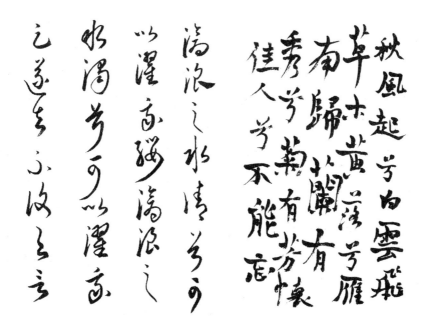

원대의 서가 康里子山(1295~1345)의 〈어부사〉(좌)와, 중국 현대 서법가 魏全欽의 〈추풍사〉

초패왕 항우(項羽)의 〈해하가(垓下歌)〉거나, 한고조 유방(劉邦)의 〈추풍사(秋風辭)〉에서도 예외가 아니다. 순행접속사로서 의미를 환기(喚起)시키는 구실은 인지할 수 있을망정, 앞의 말을 거슬러 의미전환을 꾀하는 역행접속사다운 기능은 찾아보기 힘들다. 그러므로 오히려 순행 개념으로 나가되, "구름 같은 마음이 되니 정숙함을 생각하고, 적멸에 통달하니 사람이라고는 볼 수 없구나"(조동일, 『한국문학통사』) 쪽의 풀이가 차라리 더 설득력 있다고 하겠다.

다만 통달했다고 하면 "6년을 정심하였으나 마침내 득도에 이르지 못했기에 이에 노래를 지었다(靚心六年 靑蓮不至 乃謠曰)"는 묘지명의 내용과 충돌이 따른다. 즉 설요는 중도에 뛰쳐나왔기에 적멸(열반)에 성공하지 못한 입장이고 보면 어느 편 해석도 수용이 어려운 결과에 닿고 만다.

하물며 전반부를 불교적 메시지로 해석하고자 할 때 생기는 애매함은 더 있다. 첫 번째와 두 번째 구절까지는 불자로서의 충실한 면모를 자신하다가 세 번째 구에 들어가서 돌연 아름다운 풀의 꽃다운 향기 속에 이 청춘을 헛되게 불사르기엔 너무나 애석한 일임을 깨달았다는 뜻으로 된다. 이 같은 해석은 한시의 기승전결 구성상, 세 번째 구에서 전환이 일어나는 일반적인 법식과 잘 들어맞는다는 점에선 일단의 의의를 확보한다. 그럼에도 불구하고 1·2구에서 종교적 높은 경지에 당당한 모습을 보이다가 돌연 3·4구의 풀들의 향기에 마음 흔들린다는 세속적 전환이 지나치게 황급해 보인다. 그 급작스러움은 마치 근엄한 표정을 하다 갑자기 어릿광대 웃음을 보이는 모양 같다고 할까. 또는 의젓하게 수염을 어루만지며 점잔을 보이던 도인이 느닷없이 덥다고 도복을 벗어제끼는 것만 같은 황당한 형상을 방불케 한다. 그리하여 전반 두 구와 후반 두 구 간에 문득 분위기적 경색을 면하기가 어려워진다.

손종섭(孫宗燮)은 『옛 詩情을 더듬어』라는 책에서 이 부분에 관해 독특한 해석을 내렸다. '골 깊어 괴괴한데 그리운 이는 안 보이네'라고 한 바, '不見人'의 인(人)

을 각별히 그리운 사람으로 의미를 좁혀서 풀었다. 그렇다면 이 경우 벌써 연인이 있는 상태에서의 창작이라고 보아야겠는데, 이때 그리운 사람이란 당연 곽진일 터이다.

3구에서의 '瑤草'는 예쁜 풀이다. 아름다운 꽃의 의미까지도 연역 가능하다. '芳'은 일반적으로 '꽃다울 방'으로 읽지만, '꽃답다'는 뜻 외에 '향기·좋은 냄새가 나다·향내가 난다'는 의미가 동반하니, 여기서는 바로 이 '향내가 난다'는 의미로서 맞아떨어진다. 따라서 '요초방혜(瑤草芳兮)'는 아름다운 꽃이 향내를 풍긴다는 말로 합당하다. 특히 여기에 나오는 '옥돌 요(瑤)' 자를 두고 많은 이들은 설요가 자신의 이름 속에 이 글자를 의식적으로 넣었으리라는 말들을 한다. 다시 말해 자신의 꽃다운 청춘을 은근 비유해 보고 싶은 마음에 짐짓 구사한 것으로 이해함인데, 일리가 없지 않다.

'분온(芬蒀)'은 '분온(氛氳)'으로 된 문헌도 있으나, 『전당시』에서의 '芬蒀'을 따르기로 한다. '芬'은 '좋은 향기·부드러워지다·부풀어 오르다' 등의 뜻이 있고, '蒀'은 '기운이 왕성한 모양·향기로운 모양'의 뜻이 있다고 했으니, 두 글자 간에 의미의 공통분모는 '기운 상승'과 '향내'로 축약된다. 그런데 여기서 '고운 풀 향내에 마음도 향기로워'와, '고운 풀 향내에 마음이 들썽거려(설레어)'의 둘 가운데는 바로 뒤에 있는 구와 상응하여 후자가 타당하다. 곧 인과적으로 볼 때 내 마음이 이토록 향기로우니 끓어오르는 이 청춘을 어이하겠는가의 연결은 무언가 부자연스럽고 맹숭맹숭하다. 거기 비해, 가슴 한껏 들뜨니 끓어오르는 이 청춘을 어이하겠느냐고 한다면 자연스럽고 멋들어진 시구가 된다. '설레다'는 '마음이 들떠서 두근거리다'라는 말이다. '들썽거리다·들썽들썽하다·들썽이다'의 사전적 의미는 '(사람이나 그 마음이) 가라앉지 않고 자꾸 어수선하게 들떠 움직이다'이니 이 개념 안의 어휘들이 가장 적실해 보인다.

제4행의 '將奈何'는 '장차 어이하려나·어이하면 좋을까·어찌하리·어쩌겠는가·어찌 할 수(어쩔 수) 없다'라는 말이니, '無可奈(何)'의 뜻이다.

맨 끝 어휘는 '靑春'이다. 이 역시 『전당시』 원전을 따른 것이다. '是靑春' 또는 '吾靑春'으로 되어 있는 곳도 있으나 그 대의에서 달라질 일은 없다. 그러나 두 음절의 '靑春'으로 끊어 마무리 짓는 편이 제일로 산뜻하면서 단호하다. 호소력 있으면서 함축미도 승(勝)해 보인다.

이제 저자가 설요의 한문시를 옮겨 풀이한 결과는 대체로 이러하였다.

> 탈속의 심사로 맑고 곧음 다졌었건만
> 깊은 골짝 적막한 곳에 그 사람 없고,
> 고운 풀 향내에 가슴 설레니
> 어찌할거나 이 청춘을!

진자앙의 묘지명에 곽원진은 호탕한 기질에 기이한 것을 좋아하니 갖가지 패물을 기꺼워하고 진귀한 거문고로 벗을 삼았다고 한다. 또 그 두 사람의 만남은 청조(靑鳥)와 비취가 서로 그리는 형상처럼 아주 간절했다고 한다. 그러나 아름다움도 그칠 때가 있고 즐거움이 다하면 슬픔이 온다고 했듯, 설요는 장수(長壽) 2년 계사년 2월 17일에 병에 걸려 통천현(通泉縣) 관사에서 삶을 마감한다. 장수는 측천무후가 서기 692년에 세운 연호이니 그녀가 세상을 등진 해가 서기 693년임이 포착된다. 그때 곽원진의 슬픔이 컸다고 하는데, 고국의 길이 멀어 다다르지 못할까 하여 현(縣) 소재의 혜보사(惠普寺) 남쪽 동산에 빈소를 두고 그녀의 정숙함을 잊지 못했다고 한다.

돌이켜 설요의 생애에 관해서는 진자앙의 글 안에서 가장 상세하였으니, 무릇 당대 굴지의 대시인이, 저 작은 동국(東國)의 신라 여인을 위해 자별한 관심으로 성심껏 이만큼 한 작문을 남겼다. 그리고 맨 뒤에는 명(銘)까지 짓고 새겨 그녀에 대한 애도를 보냈으니, 당나라 문단에서 시인 설요의 존재감을 알게 해주는 일단의 좌증이 된다고 볼 수 있다. 물론, 당시에 지명도 높았던 곽원진이라는 인물의 후광도 일조를 하지 않았나 하는 개연성마저 도외시하기는 어려워 보인다.

　설요가 신라인 설승충(薛承沖, ?~675경)의 딸이라 함도 진자앙이 지은 〈곽공희 설씨묘지명〉에서 나온 말이고, 『전당시』에서도 그 두 부녀의 이름을 적고 있다. 설승충은 당(唐) 고종(高宗) 때 김인문(金仁問)과 함께 당나라에 건너가 좌무위장군 (左武衛將軍)을 지낸 인물이기도 하다.
　한편 설계두(薛罽頭, ?~645)라는 인물이 있는데, 이 사람을 설승충으로 보는 견해도 없지 않았다. 조선조 말 이덕무(李德懋, 1741~1793)가 편한 『청장관전서(靑莊館全書)』 권54 '앙엽기(盎葉記)'에 보면 설요의 부친에 대한 얘기가 문득 달라진다. 다소 장황한대로 전수 옮겨 보인다.

　　全唐詩小傳曰 薛瑤 東明國人 左武衛將軍承沖之女 嫁郭元振爲妾 唐陳子昂舘陶郭公姬薛氏墓誌曰 姬人 姓薛氏 東明國王金氏之胤也 昔金王有愛子別食於薛 因爲姓 世不與金氏爲姻 其高曾皆金王貴臣大人也 父承沖 有唐高宗時與金仁問歸國 帝疇厥庸 拜左武衛將軍 陳文止此 按高句麗始祖爲東明王高朱蒙 今曰東明國王金氏 非也 金蛙生朱蒙故子昂以爲金氏歟 夫薛 新羅之大姓也 金亦羅王之姓也 唐武德四年 新羅人薛罽頭 隨海舶入唐 至太宗時拜左武衛果毅 及征高句麗 力戰 死於駐驛山下 太宗脫御衣覆屍 授職大將軍 金仁問新羅武烈王第二子也 年二十三 入唐 高宗時挾唐師 共征百濟 後官至柱國死於唐 昂所謂薛承沖 余盖以謂新羅人薛罽頭 改名承沖也 況所謂別食於薛 東國古郡 本無以薛爲號者乎 然則武衛之拜於高宗者 非也 既曰與金仁問歸國 則仁問之入唐 或在於太宗之時歟 又曰 帝疇厥庸 則罽頭從征有功 故帝嘉之也 其所謂帝者 余以爲太宗也.
　　『전당시』의 소전(小傳)에, "설요(薛瑤)는 동명국(東明國) 사람인 좌무위장군(左武衛將軍) 승충(承沖)의 딸인데 곽원진(郭元振)에게 시집가 첩이 되었다" 했다. 당나라 진

薛瑤

全唐詩小傳曰。薛瑤東明國人左武衛將軍永沖之
女。嫁郭元振爲妾唐陳子昻館陶郭公姐薛氏墓誌
曰。姐人姓薛氏東明國王金氏之胤也昔金王有愛
子別食於薛固爲姓世不與金氏爲姻其高曾皆金
王貴臣大人也父永沖有唐高宗時與金仁問歸國。
帝時厥庸拜左武衛將軍陳文按高句麗始祖爲東
明王高朱蒙今曰東明國王金氏非也故子昻以爲
欸全。夫新羅之大姓也。金亦新羅王之姓也。唐武德
四年新羅人薛罽頭隨海舶入唐至太宗時拜左武
衛果毅及征高句麗力戰死於駐驛山下太宗脫御
衣覆尸授職大將軍金仁問新羅武烈王第二子也。

이덕무 『청장관전서』 안의 설요 관련 논변

자앙(陳子昻)이 지은 〈관도곽공희설씨묘지(館陶郭公姬薛氏墓誌)〉에, "그녀의 성은 설씨(薛氏)로 동명국왕(東明國王) 김씨(金氏)의 자손이다. 옛날 김왕(金王)이 사랑하는 아들을 설(薛)에 봉하였으므로 설(薛)로 성을 하였거니, 대대로 김씨와는 혼인하지 않는다. 그의 고조와 증조는 모두 김왕의 귀한 신하이고, 아버지는 승충(承沖)인데, 당 고종 때 김인문(金仁問)과 함께 당나라에 들어가니 황제가 그의 공을 찬양하여 좌무위장군에 임명했다" 하였다. 진자앙의 여기까지의 글을 살펴보건대, 고구려의 시조는 동명왕(東明王) 고주몽(高朱蒙)임에도, 여기에 '동명국왕 김씨'라 한 것은 잘못이다. 금와(金蛙)가 주몽을 낳았기 때문에 진자앙이 김씨라고 했는지 모르겠다. 대저 설(薛)은 신라의 대성(大姓)이요, 김(金)도 신라왕의 성이다. 당나라 무덕(武德; 당 고조의 연호) 4년(621)에 신라사람 설계두(薛罽頭)가 배를 타고 당나라에 들어갔는

44 한국의 명시가

데, 태종(太宗) 때 이르러 좌무위과의(左武衛果毅)에 제수되고 고구려를 정벌할 때에 주필산(駐驆山) 아래에서 분투하다 전사하니 태종이 옷을 벗어 시신을 덮어주고 대장군을 제수했다. 김인문은 신라 무열왕(武烈王)의 둘째 아들이다. 나이 23세 때 당나라에 들어갔고 고종(高宗) 때 당나라 군사를 따라 함께 백제를 정벌하였다. 뒤에 벼슬이 주국(柱國)에까지 이르렀고 당나라에서 죽었다. 진자앙이 말한 설승충은 아마 신라사람 설계두가 승충으로 이름을 고친 것이라 생각된다. 하물며 진자앙은 '설(薛)에 봉했다' 하지만 우리나라 옛 고을에는 본래 설(薛)로 고을 이름을 한 적이 없었음에랴. 그렇다면 고종 때 무위(武衛)의 직에 제수되었다 함은 잘못이다. '김인문과 함께 귀국했다' 했으니, 김인문이 당나라에 들어간 시기는 태종 때인가 싶다. 또 '황제가 그의 공을 찬양했다' 했으니, 설계두가 당나라 군사를 따라 고구려를 정벌할 때 공을 세웠기 때문에 황제가 가상히 여겼던 것이며, 여기서 말한 황제는 태종으로 생각된다.

그런데 이덕무는 자신의 주관을 합당화시키고자 하는 글을 써나갈 목적에 진자앙의 묘지명 중 부분적으로 필요한 부분만을 옮겼다. 여기서 설요의 근본을 말할 때 동명국 사람 내지 동명국왕 김씨라고 했음에 〈관도곽공희설씨묘지〉가 잘못 기록한 것처럼 지적하였다. 하지만 기실은 동명국 사람이 반드시 동명왕을 시조로 삼는 고구려 백성을 지칭함이 아니다. 바로 다음 대목을 읽어보면 김씨 왕에게 사랑하는 아들이 있어 설(薛) 땅을 봉해 준 것으로 하여 설씨 성이 되었던 내력을 적고 있다. 또한 대대로 김씨와 혼인하지 않았다는 말도 보태고 있으니, 분명히 고구려 아닌 신라 왕족의 이야기를 하고 있는 것이다. 동명국 사람 내지 동명국왕의 의미가 고구려 쪽에 있지 않음을 쉽게 알 만하다. 그리하여 노중국 같은 이는 여기의 동명국(東明國)을 '동방(東方)의 문명국(文明國)'을 축약한 언어쯤으로 이해하였다.

또한 설계두가 설승충으로 개명했다고 추정한 대목도 위의(危疑)한 논변이 아닐 수 없다. 설계두에게도 실제 당 고조 4년(621)에 당나라에 입당한 이력이 있기

前不見古人後不見來者
念天地之悠悠獨愴然而涕下
古峰百古今壬申蘯金而篇
劉海粟題

劉海粟의 〈진자앙 詩圖〉

때문에 그런 추측이 발생한 듯싶다. 하지만 『삼국사기』 '설계두' 열전에 의하면 그는 남몰래 배를 타고 당나라로 들어갔다고 했으니, 당당히 김인문과 함께 사절로 파견 갔다고 하는 사실과 저촉된다.

당나라에 들어간 연대 또한 크게 차이가 있다. 설승충은 당고종인 650년과 685년 사이에, 설계두는 그보다 훨씬 앞인 당고조 621년에 입당했음이 무난히 고증된다. 그런데 이덕무는 설요의 생년을 631년으로 풀어 추정하였고 이가원도 이를 그대로 조술(祖述)하였다.

하지만 이에 대해 일찍이 유성준은 「전당시 소재 신라인시」라는 논문에서

계두가 승충이라면 그(설계두)는 당 무덕(武德) 4년(621)에 입당했고, 태종 정관(貞觀) 19년(645)에 졸했으며, 설요는 태종 정관 5년(631)에 출생한 것이 된다. 그렇다면 진자앙과 역사상의 김인문의 입당 연대와 설장군과는 별개의 사적이 되고 설요의 생존 시기는 30여년 빨라지는 것이다.

라며 의문을 제기했다. 이후 윤호진 또한 「연민 선생의 조선문학사와 설요에 대한 몇 가지 문제」에서 그럴 경우 설요의 나이가 656년생인 남편 곽원진(郭元振)보다 25년이나 많다는 결론 등이 발생해 이덕무 등의 추정이 그릇되었음을 지적하였다. 이종문 역시 「설요의 반속요에 대한 한 고찰」이란 글에서 이 점을 포착하여

설요를 설계두의 딸로 가정할 경우 특히 곽원진과 결혼한 때가 원진이 태어난 656년보다 5년 이상 앞에 선행하는 괴리가 발생함을 산술상으로 입증해 보였다.

한편 『전당문(全唐文)』과 진자앙의 문집인 『진습유집(陳拾遺集)』엔 설영충(薛永沖)으로 되어 있다. 이에 윤호진은 앞서의 논문에서 그 가능성이 있다 하였고, 더 나아가 노중국은 「신라시대 성씨의 다지화와 식읍제의 실시-설요 묘지명을 중심으로」에서 전적으로 우단(右袒)하였다.

이쯤 해서 그녀의 남편이었다는 당나라 장군이자 재상인 곽원진(郭元振, 656~713)이 누구인지 궁금하다. 이 마당에 진자앙의 묘지명에 소개한 내용 이상의 정보까지 들여다 볼 필요가 있다. 그의 이름은 진(震)이지만 일반적으로는 자(字)인 원진(元振)으로 더 많이 통용된다. 정작 『구당서(舊唐書)』와 『자치통감(資治通鑑)』에서는 '곽원진(郭元振)'으로 표기하고 있는 반면, 『신당서(新唐書)』에는 '곽진(郭震)'으로 달리 표방되어 있다. 그리고 바로 여기 『구당』 권97 '곽원진(郭元振)' 조 및, 『신당서』 권122 '곽진(郭震)' 조, 그리고 권205(唐紀 21)부터 권210(唐紀 26) 등에 자못 구체적인 이력이 드러나 있는바, 그는 정녕 당나라 초기 측천무후 시대에 영향력 큰 인물로서 부족됨이 없었다. 그리고 설요 죽은 해인 693년 당시에 곽진의 나이는 만 37세였다.

앞서 진자앙의 묘지명에서 곽진이 호탕한 기질에 기이한 것을 좋아한다고 했는데, 『구당서』 열전 권47의 첫머리에도 그가 "사내답게 용감하며 기가 세어 자잘한 일에 개의치 않는 성품(任俠使氣 不以細務介意)"이라고 하였다. 『신당서』에는 "칠척(七尺) 큰 키에 수염이 아름다웠고, 소싯적부터 큰 뜻이 있었다(長七尺 美鬚髯 少有大志)"고 기록하고 있다. 아울러 "통이 커서 작은 고집은 털어버렸다(任俠使氣 撥去小節)"고 한다. 동시에 이러한 일화도 있다. 16세 때 설직(薛稷)·조언소(趙彥昭) 등과 태학생(太學生)으로 있을 당시 집에서 40만 전(錢)을 보내왔는데, 마침 한 상복 입

곽진   측천무후

은 사람이 찾아와 집안이 5대에 걸쳐 장례를 치루지 못했다며 도움을 요청하자 원진이 이름도 묻지 않고 집에서 부쳐온 돈 전부를 그에게 건네주고도 추호도 아까워하는 기색이 없었다고 한다.

18세 되던 673년(咸亨 4)엔 진사 출신으로서 오늘날 사천(四川) 사홍(射洪) 땅인 통천현(通泉縣) 현위(縣尉)가 되었다.

현위는 현(縣)의 우두머리인 현령(縣令)이나 현장(縣長)의 밑에서 치안(治安)을 맡은 관리인데, 그가 재임 중에 법에 어긋난 일들을 많이 저질렀다고 한다. 심지어는 사전(私錢)을 주조하기도 하고, 부락민 천여 명을 상대로 부당거래를 하여 빈객과 친구들에게 선심을 베푸니, 백성들이 그를 대단히 혐오하고 괴로워했다는 말도 있다. 나중에 측천무후가 이 사실을 알고 소환하여 죄를 다스리려 했다가 그와 대화를 주고받은 뒤엔 오히려 그 사내다운 당당함과 출중한 재주에 감탄하였다고 한다. 이 자리에서 곽진이 칠언시 〈보검편(寶劍篇)〉을 올려 바치자 이를 본 측천이 가상히 여겨 우무위개조참군(右武衛鎧曹參軍)에 봉하였다가 이내 봉진부(奉宸府) 감승(監丞)에 임명하였으며, 이어 오늘날의 티베트인 토번국(吐蕃國)에 외교사절로 보내는 직책까지 맡기게 되었다. 바로 이 측천과의 만남이 그가 중국 서북편의 지방 수령에서 중앙관계로 진출하게 된 중대한 분수령이라고 하겠다. 하지만 측천과의 조우는 그가 통천 현위로 재임해 있던 거의 끝무렵에 있었던 일로 사료된다. 왜냐하면 이 만남을 계기로 그는 더 이상 현위로 남아있지 않고 곧장 내직 발령의 영전을 입었기 때문이다. 그러므로 대개 설요가 죽은 693년에는 아직 현위로 있던 시기이고, 그녀의 사후에 그같은 정치적인 도약을 만난 셈이 된다.

게다가 『신당서』를 더 모색해 보면 마침 당나라 서쪽에 있는 토번족의 명장

가르친링[論欽陵]이 화의를 요구해오면서 안서사진(安西四鎭)에 배치된 군대의 철수를 요청했을 때 측천이 바로 곽원진을 보내 그쪽의 정세를 살피게 하였다. 이윽고 돌아온 원진이 그 대응책을 논한 상소문대로 측천이 그의 말을 따라주었다 했는데 서기 696년의 일이요, 바로 설요 죽은 후 3년 지난 시점이었다.

이 일이 그의 능력을 처음 알리는 계기가 되었고, 대족(大足) 원년인 701년에는 토번과 돌궐이 연합하여 양주(涼州)를 침략하자 측천이 다시 양주도독(涼州都督)으로 파견했을 정도로 신임이 대단하였다. 또한 그가 양주도독이 된 후에 베푼 선정(善政)이 대서특필 되어있다.

신룡(神龍) 연간(705~706)에도 좌효위장군(左驍威將軍) 안서대도호(安西大都護) 등으로 공훈을 세웠고, 측천 뒤의 황제인 중종(中宗), 예

胡濤의 1994년 筆 〈古劍篇〉

종(睿宗)과 현종(玄宗) 때까지 현달하여 이부상서(吏部尙書), 병부상서(兵部尙書) 국대공(國代公) 등의 지위에까지 올랐다. 그러나 말년에 군대 장비가 미비하다는 점으로 현종의 노여움을 사서 정계에서 밀려나는 비운을 겪기도 하였다. 측천의 사람을 당현종이 좋아할 리 없었던 까닭이다.

돌이켜, 그가 측천의 인정을 얻게 된 최고의 호재로 작용했던 것은 바로 그가 올린 〈보검편〉, 일명 〈고검편(古劍篇)〉이란 시였다. 이는 고대 유명한 용천검(龍泉劍)을 제재로 삼은 내용이었다.

君不見昆吾鐵冶飛炎烟	그대는 보지 못하였나,
	저 곤오산의 쇠 단련에 날리던 불꽃을.
紅光紫氣俱赫然	붉은 빛 푸른 기운이 번뜩이니
良工鍛煉凡幾年	솜씨 높은 장인의 단련 몇 년에
鑄得寶劍名龍泉	용천이란 보물검을 만들어냈다네.
龍泉顔色如霜雪	용천검 서릿발 같은 자태에
良工咨嗟嘆奇絶	장인은 탄식하고 절묘타 여겼지.
琉璃玉匣吐蓮花	유리 박힌 칼집은 피어나는 연꽃
錯鏤金环映明月	아로새긴 금 고리는 달빛 같아라.
正逢天下無風塵	마침 천하에 전쟁 없는 때라
幸得周防君子身	귀하신 군자 신변 지켜드렸네.
精光黯黯青蛇色	유암한 광채는 푸른 뱀 빛깔 같고
文章片片綠龜鱗	새겨진 문양은 푸른 거북 등 모양이네.
非直結交游俠子	한갓 협객들과 교유할 뿐 아니라
亦曾親近英雄人	영웅들과도 진즉 가까이 했다지.
何言中路遭棄捐	중간에 어쩌다 저버림 받아
零落飄淪古獄邊	황량한 옥중에 팽개쳐진 신세.
雖復沉埋無所用	비록 땅속에 묻혀 버려진다 손
猶能夜夜氣冲天	야밤중에도 그 기운 솟구치리라.

이는 단순히 용천검이라는 명검에 대한 영물뿐 아니라, 곽원진이 스스로를 그 명검에다 가탁한 뜻이 있다. 곧 불세출의 능력과 경륜을 갖추고 있는 자가 세상 바깥에 버려져 있는 데 대한 비분강개의 심사를 이면에 간직한 뜻이 있는 것이다. 그 울분의 당사자는 곽원진 자신한테 우선성이 있지만, 보다 적극적으로 한 시대의 모든 불우한 인재들까지 의미의 확대가 불가능하지 않다.

아울러 이 마당에 이르러 간과될 수 없는 중요한 사실 한 가지가 있으니 곽진이란

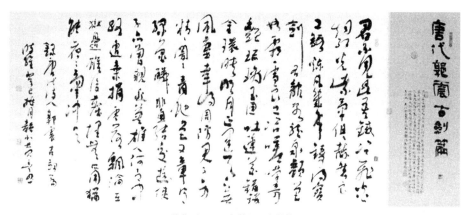

黃豊의 2013년 筆墨 〈古劍篇〉

이름은 비단 당대의 명장이자 재상으로서만이 아니라, 초당(初唐) 시인의 대열에서 일좌(一座)를 차지하여 있다는 점이다. 평생에 쓴 작품이 그의 문집 안에 총 20권으로 남아있고, 『전당문(全唐文)』에는 〈핵조언소위사립위안석주(劾趙彦昭衛祠立衛安石奏)〉・〈논거사진병소(論去四鎭兵疏)〉・〈이간흠릉소(离間欽陵疏)〉・〈논궐철충절소(論闕啜忠節疏)〉・〈상안치강토곡혼상(上安置降吐谷渾狀)〉 등 5편에 대한 주소(奏疏)가 실려 있다. 『전당시(全唐詩)』에도 〈고검편(古劍篇)〉・〈새상(塞上)〉・〈춘강곡(春江曲)〉・〈왕소군 삼수(王昭君三首)〉・〈자야사시가육수(子夜四時歌六首)〉・〈이월낙유시(二月樂游詩)〉・〈형(螢)〉・〈공(蛩)〉・〈운(雲)〉・〈야정(野井)〉 등을 포함하여 23수나 실려 있을 정도이다.

이 가운데 『전당시』55 권66에 속해 있는 〈야정(野井)〉 한 작품을 소개해 보인다.

縱無汲引味淸澄　　비록 물 긷는 이 없어도 그 맛은 청정해
冷浸寒空月一輪　　휘영청 달 뜬 차디찬 겨울 온몸이 시리다.
鑿處若敎當要路　　이 우물 길목 좋은 곳에다가 파게만 했어도
爲君常濟往來人　　그대를 늘상 찾는 사람들의 왕래 많았을 것을.

들판에 놓인 우물은 사람의 왕래가 뜸해 이것을 찾아 갈 사람도 거의 없으니 암만 좋은 물이라 한들 소용없다고 했다. 대개 재주를 품고도 알아주는 이를 만나지 못함을 개탄한 의미가 있다. 여기서 결구(結句)의 '군(君)'은 표면상으로는 우물을 지칭하지만, 이면적으로는 당시의 군주를 암시하는 말이라고 한다. 사람을 적소에 잘 썼으면 군주의 덕망 앞에 많은 이들이 따랐을 것임을 암유하는 뜻이겠다. 따라서 이 시의 궁극성은 자신과 같은 인재를 군주가 알아주고 쓰지 못한다며 은근 항변하는 숨은 저의가 있는 것이다.

역시 권66에 있는바 반딧불을 읊은 〈형(螢)〉 또한 대표작 중의 하나로 자주 언급되는데, 위의 시와 그 대의(大義)에서 크게 다르지 않다. 『당대칠절백수선석(唐代七絕百首選析)』에도 선정된 작품이다.

秋風凜凜月依依	어슴푸레 달빛에 쌀쌀한 가을바람
飛過高梧影裏時	우뚝한 오동나무 그림자 속을 나르네.
處暗若教同衆類	만약 어둑한 곳에 무리져 있게 했다면
世間爭得有人知	세상에 알아주는 사람 만날 길 있었으리.

당현종 때의 재상이자 문장가인 장설(張說, 667~730)은 곽진의 글에 일기(逸氣)가 있다고 평가했거니, 작품의 기세가 구애받음이 없는 호방한 풍격을 갖췄음을 지적한 뜻이었다. 당현종 이융기(李隆基) 또한 그의 장군과 재상으로서의 역량이 대단할 뿐만 아니라 '경륜이 있는 문장'이라며 칭하한 바 있다. 만당(晚唐)의 시인 두목(杜牧)도 중국사에서 정치 역량이 빼어난 인물을 시대별로 선정하였는데, 그를 당조(唐朝)의 대표자 가운데 한 사람으로 포함시켰다.

곽진은 희로애락의 감정을 밖으로 잘 드러내지 않은 성품이었던가 보다. 동시대 사람인 장설(張說)은 "암만 집안 식구라도 그가 화를 내거나 노한 것을 본 일이

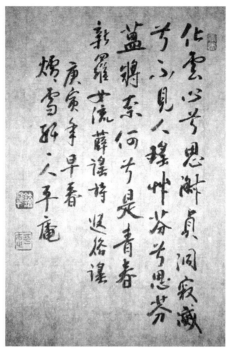

平庵 筆跡의 〈반속요〉

없다(雖子弟家人 未嘗見其喜怒)"고 증언했고, 또 송대 구양수(歐陽修)도 "손에서 책을 놓아두는 일이 없으며, 사람들이 그의 기뻐하고 성내는 일을 보지 못했다(手不置書 人莫見其喜怒)"고 했으니, 꽤나 진중한 인물이었던 모양이다.

성당의 시인 두보(杜甫, 712~770)의 명편 중 하나인 〈과곽대공고택(過郭代公故宅)〉은 두보가 곽원진의 옛집을 지나면서 그 감회를 적은 시였고, 역시 당나라 우승유(牛僧孺, 780~848)가 800년경에 저술했다는 『현괴록(玄怪錄)』의 〈곽대공(郭代公)〉이란 작품도 그를 주인공으로 올린 소설이었다.

곽원진이 태어나기 1년 전인 655년에 측천무후는 기존의 황후를 폐위시키고

스스로 황후가 되었다. 5년 뒤인 690년에는 아들의 왕위를 찬탈하여 스스로 황제가 되니, 최초의 여제(女帝)로서 무소불위의 권력을 과시하였다. 이때 측천의 나이 65세였다.

그렇게 측천이 권력을 장악하는 과정 안에 곽원진이 중국 서북편 통천현의 현위(縣尉)를 하고 있던 어느 날 설요와의 만남이 이루어졌다. 만남의 상세한 과정을 짐짓 적고 있는 기록은 없지만, 그 두 사람 관련하여 남아있는 자료만으로 대체적인 정경이 그려진다.

신라의 여아(女兒) 설요는 일찍이 아버지인 설승충의 공직 수행과정에 당나라로 들어왔으나, 그녀 나이 15세 때 급작이 부친상을 당하면서 타국에 의지할 수 없는 상황이 되어 불문(佛門)에 들어가게 되었다. 그때의 심사는 그녀의 창작시 〈반속요〉 첫 구절인 "化雲心兮思淑貞"에 잘 나타나 있다. 세상 벗어난 마음으로 불교의 청정(淸淨)만 생각하면서 살겠다는 그것이었다. 논란 많은 두 번째 구가 골짜기의 적막을 표출한 것이든 불교적인 몰입의 뜻이든 관계없이, 그녀의 마음은 세 번째 구에서 이미 흔들림에 빠져 든다. 그 빠진 계기가 시에서는 단지 아름다운 꽃풀의 향기라고 되어 있지만, 고작 풀향기 하나로 그녀가 6년간 곱게 몸 담았던 불문을 박차야겠다는 일약 과감한 용단까지 낼 정도였을까? 그 동기부여 다소 허약해 보이니, 그보다는 설요의 평정심을 폭풍처럼 흔들어버릴 결정적인 일이 신상에 벌어졌다고 보는 편이 훨씬 보편타당한 설정이 될 법하다.

그녀가 머무는 절에 어느 날 곽원진이라는 그 고을의 현위가 찾아들었다. 그 두 사람의 우연한 첫 만남에 둘 중 누가 누구에게 더 혹했는지는 가늠할 길이 없다. 다만 묘지명에서 입증했듯 얼굴이 옥처럼 아름다워 선녀라는 별명까지 얻은 설요와 칠척(七尺) 큰 키에 수염이 아름다운 곽원진 두 사람의 눈길이 서로 마주쳤을 때 장차 둘의 결연이 필연적이라는 것은 그 예측이 어렵지 않다. 원진은 설요의 아름다움에 혹하였을 뿐만 아니라, 그녀가 외교관의 자격으로 당나라에 건너와 고종 황제로부터 좌무위장군(左武衛將軍)을 받은 신라 명사 설승충 장군의 딸이라는 놀라운 사실에 남다른 관심을 품었을 테고, 설요는 그녀대로 상대의 위남자다운 풍모와 호방한 성품에 이내 매력을 느꼈을 시 분명하다. 하물며 그녀는 15세이른 나이에 타국 땅에서 아버지마저 잃

고 광막한 천지간에 홀로 되어 불문에 투신한 혈혈단신의 신세였다.

그 뒤 어떤 형태로든 그들 사이에 몇 차례의 만남이 이루어졌을 테고, 그렇게 다시 정심 수양하는 생활을 지내던 어느 날의 깊은 골짜기, 적막한 산사에서 꽃다운 봄을 바라보던 그녀의 마음에 불현듯 떨어져 있는 곽원진에 대한 그리움이 일었다. 시 속의 '불견인(不見人)' 즉 골짜기 적막한데 사람은 보이지 않다고 한 그 사람은 그냥 여느 사람, 눈에 띄는 아무나를 말함이 아니라, 바로 그녀 앞에 새로 연모의 대상으로 들어앉은 곽원진이었다.

한시에서의 '인(人)'이 보통명사로서의 '사람'이 아닌, 어떤 특정인을 뜻하는 경우는 비일비재하다. 최호(崔顥)의 〈황학루(黃鶴樓)〉에서 "煙波江下使人愁"(강 아래 안개는 나를 수심에 잠기게 한다) 구절 안의 '人'은 다름 아닌 작가인 최호를 이르는 말이고, 성삼문의 〈임사부절명시(臨死賦絶命詩)〉의 첫 구, "擊鼓催人命"(둥둥 북소리 사람의 목숨을 재촉하고)에서의 '人'은 일반의 사람이 아닌 바로 성삼문 자신을 가리킨다. 또, 허난설헌이 글공부 떠난 남편 김성립을 생각하며 지은 칠언시 〈기부강사독서(寄夫江舍讀書)〉의 결구(結句), "草綠江南人未歸"(풀빛 푸른 강남의 그 사람 돌아오지 않네)에서의 '人' 역시 필경은 남편인 김성립을 뜻하는 경우 등이 다 그러하였다.

앞서 첫 번째 구절이 당연히 주인공이 처음 불교적인 지향 의지를 나타낸 뜻으

竹林 정웅표 筆致의 〈반속요〉

로서 이의가 없는 반면, 두 번째 구인 "洞寂滅兮不見人"은 논자들 사이에 다양한 해석상의 차이를 보인다고 했다. 대체로 두 줄기의 분류가 가능한데, 한쪽이 설요의 순수한 인간적 고독과 그리움의 정서로 풀이했다면, 다른 한쪽은 불자(佛者)로서의 엄중한 이념적 태세로 수용 재단했다고 볼 수 있다. 그런데 후자대로라면 시의 방향이 문득 현학적인 종교 개념 쪽으로 기울게 되고, 아울러 시의 중심주제인 '환속'과 '자유로운 삶'에의 지향이 약화되는 혐의를 면할 길이 없다. 불과 네 줄짜리 한시, 단 한 줄이 중요한 마당에 설요의 속세로의 전향을 나타내는 주제에 이념 추구의 내용을 두 줄에 걸쳐 설변한 것이라면 시정(詩情)의 손상을 면할 길 없다. 하물며 설요라는 주인공의 의지박약 내지 인간적 좌절 같은 이미지 손상마저 면하기 어렵게 된다. 이 시가 역시 정서적 동요에 빠진 한 여인의 생동감 넘치는 서정시임을 끝까지 망각할 수 없다.

설요가 죽은 693년 이후 곽원진은 정치적으로 상승 일변도의 출세 가도를 달렸고, 이래 당나라 정치사와 문학사에 상당한 이름을 남겼다. 설요가 당나라에 머물면서 보아온 수많은 남자들 중 곽원진을 흠모하고 마음에 들인 일이 한갓 우연이었을까? 차라리 그녀가 사람을 볼 줄 아는 혜안, 이른바 '지인지감(知人之鑑)'의 소유자라는 인상마저 떨치기 어렵다.

3

모죽지랑가 慕竹旨郎歌

빛나던 화랑의 뒤안길

第三十二孝昭王代 竹旨郎（亦作竹曼亦名智官）

第三十二孝昭王代。竹曼郎之徒有得烏（一云穀）級干。隷名於風流黃卷。追日仕進。隔旬日不見。郎喚其母。問爾子何在。母曰。幢典牟梁益宣阿干以我子差富山城倉直。馳去行急。未暇告辭於郎。郎曰。汝子若私事適彼則不須尋訪。今以公事進去。須歸享矣。乃以舌餅一合。酒一缸。卒左人（鄉云皆叱知。言奴僕也）而行。郎徒百三十七人。亦具儀侍從。到富山城。問閽人。得烏失奚在。人曰。今在益宣田。隨例赴役。郎歸田。以所將酒餅饗之。請暇於益宣。將欲偕還。益宣固禁不許。時有使吏侃珍。管收推火郡能節租三十石。輸送城中。美郎之重士風味。鄙宣暗塞不通。乃以所領三十石。贈益宣助請。猶不許。又以珍節舍知騎馬鞍具貼之。乃許。

朝廷花主聞之。遣使取益宣。將洗浴其垢醜。宣逃隱。掠其長子而去。時仲冬極寒之日。浴洗於城內池中。仍合凍死。大王聞之。勅牟梁里人從官者。並合黜遣。更不接公署。不著黑衣。若為僧者。不合入鍾鼓寺中。勅史上侃珍子孫。為枰定戶孫。標異之。時圓測法師是海東高德。以牟梁里人故。不授僧職。

初述宗公為朔州都督使。將歸理所。時三韓兵亂。以騎兵三千護送之。行至竹旨嶺。有一居士。平理其嶺路。公見之歎美。居士亦善公之威勢赫甚。相感於心。公赴州理。隔一朔。夢見居士入于房中。室家同夢。驚怪尤甚。翌日使人問其居士安否。人曰居士死有日矣。使來還告。其死與夢同日矣。公曰。殆居士誕於吾家爾。更發卒修葬於嶺上北峯。造石彌勒一軀。安於塚前。妻氏自夢之日有娠。既誕。因名竹旨。壯而出仕。與庾信公為副帥。統三韓。真德大宗文武神文四代為冢宰。安定厥邦。初得烏谷。慕郎而作歌曰。

去隱春皆理米。毛冬居叱沙哭屋尸以憂音。阿冬音乃叱好支賜烏隱。皃史年數就音墮支行齊。目煙迴於尸七史伊衣。逢烏支惡知作乎下是。郎也。慕理尸心未行乎尸道尸。蓬次叱巷中宿尸夜音有叱下是。

『삼국유사』 권2 '紀異' 편에 수록된 〈효소왕대 죽지랑〉

素石 구지회 作 〈모죽지랑가〉 心象圖

〈모죽지랑가(慕竹旨郎歌)〉는 신라 제32대 효소왕(재위 692~702) 때 낭도(郎徒)인 득오(得烏)가 당대의 이름난 화랑이던 죽지랑(竹旨郎)을 흠모하여 지었다는 8구체 향가이다. 본래는 주어진 제목이 없는 상태에서 초창기에 일본인 학자인 오구라 [小倉進平]가 '득오곡모랑가(得烏谷慕郎歌)'라 했으나, 이후 양주동이 이렇게 호칭하였고, '죽지랑가'로 일컫는 이도 있었다. '죽지랑 그리는 노래', '그리운 죽지랑'으로 풀어주면 문득 정감이 새롭다.

『삼국유사』권2 효소왕대 죽지랑(孝昭王代 竹旨郎)조에 관련설화와 함께 가사가 전한다. 거기 따르면 이 노래는 관등 9위인 급간 득오가 관등 6위인 아간 익선(益宣)에게 징발되어 부산성(富山城) 창고지기로 시달리고 있을 당시, 자신을 구해준 죽지랑을 그리워하며 지은 것이다. 지난날 죽지랑의 아름다운 모습과 인격을 그리워하며 간절히 만나보고 싶어하는 작가의 심정이 잘 새겨져 있다.

향가들을 둘러싼 불교신앙이나 주술성의 사례는 여러 작품들 안에서 빈번히 볼 수 있다. 월명사가 일찍 죽은 누이를 애도하여 지어 부른 〈제망매가(祭亡妹歌)〉 역시 우선은 순수 서정적인 가요로 다가온다. 하지만 재단(齋壇) 위에 놓았던 지전(紙錢)이 바람에 홀연 서쪽으로 날아갔다는 배경설화를 통해 불교 정토사상 및 주술성까지도 넘겨 볼 수 있다. 〈원왕생가(願往生歌)〉며 〈도천수대비가(禱千手大悲歌)〉야 애당초 농후한 불교적인 분위기 안에서 전개된 노래이니 이를 나위도 없지만, 도적 만난 노래인 〈우적가(遇賊歌)〉도 마찬가지이다. 작자로 등장하여 있는 90세의 영재(永才)가 또한 석씨(釋氏)인데다, 60여명의 도적들도 모두 감화를 입어 칼과 창을 버리고 삭발하여 불도가 되었다고 했으니 역시 예외일 수 없다.

그런데 신기한 것은 언뜻 보아 종교 색과는 무관해 보이는 듯한 노래들의 경우에서조차 이 종교와 연결의 끈을 갖는다는 점이다. 이를테면 〈헌화가(獻花歌)〉 같은 경우도 표면상으론 완연히 노인의 사랑고백처럼 보였지만, 수로부인이 신내림을 받고 강신무가 되는 과정에 나온 노래라고 한다면 더 이상 순수서정시로만 치부하기 어려워진다. 저기 〈서동요(薯童謠)〉가 있어 단순한 여염(閭閻) 가요인양 하였으나, 역시 이야기의 최종에는 서동과 선화의 왕 내외가 함께 거닐던 자리에 '관음사(觀音寺)'라는 절을 창건했다는 사실이 복병처럼 대두되면서 그만 불교와의 연을 저버리지 못하게 되었다. 효소왕을 배경으로 신하인 신충(信忠)이 자기를 잊어버린 왕을 원망하여 불렀다는 〈원가(怨歌)〉도 다를바 없다. 언뜻 보면 여느 현실적인 노래로 보였지만, 그 배경담에 신충이 노래를 적은 종이를 잣나무 가지에 걸어놓았더니 잣나무가 시들었고, 신충을 불러 작록(爵祿)을 내리자 잣나무가 되살아났다는 이야기 안에 어느 새 주술성이 배어 나왔다. 뿐만 아니라 두 왕조에 걸쳐 큰 총애를 받은 그가 26년 뒤에는 벼슬을 그만두고 '단속사(斷俗寺)'라는 절을 창건하였다는 대목에 맞닥뜨리는 순간 말이 필요없게 된다.

그런데 돌아보면, 이러한 교묘한 융합은 거의 모든 향가마다 깃들고 따라붙는 무슨 법칙과도 같아 보였다. 극단적으로는 저 샤머니즘의 노래로만 인식했던 〈처용가(處容歌)〉에서조차 왕이 개운포에서 돌아온 뒤 동해의 용을 위해 '망해사(望海寺)'를 창건했다고 끝맺음하고 있다. 이처럼 이야기 최종에 불사(佛寺) 창건은 지켜야 할 고정원리인양 끈질기게 밀착되었다. 그리하여 연구가들 사이에는 이를 '창사(創寺) 연기(緣起) 모티브'로까지 명명하였다. 이는 향가 자체가 불교 시대의 산물인데다가, 이후 일연의 고려시대에조차 동일한 정신세계로 숭배하면서 이 종교를 위한 선양과 포교에 충실했던 때문으로 보인다.

하지만 모든 향가가 다 그런 것은 아니었다. 지금 이 〈모죽지랑가〉나 이후의 경덕왕 대를 배경으로 하고 있는 〈찬기파랑가(讚耆婆郎歌)〉 같은 경우엔 그런 기미를 찾기 어렵다. 이 둘은 분위기상 언뜻 같은 계통의 노래처럼 보일 수도 있다. 곧 죽지랑을 사모하는 노래란 뜻의 〈모죽지랑가〉와 기파랑을 찬양하는 노래란 의미의 〈찬기파랑가〉는 제목부터가 동일 어감(語感)을 자아내는 품이 같은 화랑 그룹의 노래인양 보이기 때문이다. 하지만 〈찬기파랑가〉 같은 경우, 기파랑은 충담사(忠談師)가 최고의 극찬 끝에 그 마음의 언저리라도 따라가고 싶다고 할 정도로 절대 존숭의 대상이었다. 그러한 기파랑이 『삼국사기』 등 여타의 문헌에 전혀 나타남이 없다는 사실이 우선 이상하였다. 그 위에 가사의 의미가 매우 고원(高遠)하다고 한 바에 이 노래가 부처님을 은유한 것이라는 관점이 있고, 그 가능성을 전면 배제할 수 없다고 할 때 이 또한 찬불가의 영역에 들게 된다.

그러면 결국 〈모죽지랑가〉 한 편만이 남게 되는데, 이 작품에 딸린 이야기와 노래 전부를 총괄해서 보아도 시종일관 화랑과 낭도의 세계만을 나타낸 작품임이 명백하였다. 말하자면 저 〈혜성가(彗星歌)〉의 융천사, 〈찬기파랑가〉의 충담사, 〈도솔가(兜率歌)〉의 월명사가 하나같이 화랑도(花郎徒) 출신 작가라는 공통점을 지녀 있었다. 그럼에도 불구하고 노래거나 배경담 안에서 어떤 식으로든 신이(神異)한 면모를 비쳤음에 반해, 여기의 죽지랑과 득오만큼은 전혀 그러한 태(態)가 없다는 점은 특기할 만하다.

한편 추모적이란 측면에서는 또 〈제망매가〉와 같은 기류(氣類)라 하겠지만, 〈모죽지랑가〉 안에는 아미타불 신앙에의 귀의(歸依) 같은 것은 들어있지 않다. 예외 없는 법칙은 없다는 말처럼, 여기 향가의 세계에서도 주술성이나 불교적 개입이 없이 순연히 개인의 정회(情懷)가 깃든 순수 서정가요로서의 위상을 〈모죽지랑가〉가 홀로 차지한 셈 되었다.

진평왕(眞平王, 재위 579~632) 시절에 국가의 이변 앞에 〈혜성가〉를 지어 부르니 괴성(怪星)이 사라지고 왜구도 물러가게 한 능력자인 융천사였건만, 『삼국사기』 등의 사서(史書)에 전혀 일말의 단서조차 없다는 사실에 크게 당혹스럽고 의아하기까지 하다.

경덕왕(景德王, 재위 742~765) 때 해가 둘 나타난 재앙을 물리치기 위해 〈도솔가〉를 지었을 뿐 아니라, 죽은 누이를 기리는 재(齋)를 올리면서 지은 향가 〈제망매가〉의 당사자로 알려졌던 월명사 또한 예외가 아니다. 『삼국유사』의 기록상으로는 경덕왕 때 살았던 승려로 되어있지만, 그의 생년이거나 행적에 대해서는 다른 어떤 문헌에서도 확인되는 바가 없는 까닭이다. 경덕왕이 처한 일대 수난을 해결하여 왕을 안도케 할 만큼의 큰 역할을 한 국사(國師) 급의 거물 승려임에도 『삼국사기』에 일언반구 언급됨이 없었던 결과에 의구심이 증폭된다. 해가 둘 나타난 문제가 해결된 뒤에도 기이한 동자가 출몰했다는 등 신비한 분위기의 이야기 속에 등장한 월명사인지라 어쩌면 그조차 설화 상의 주인공일 개연성을 생각하지 않을 수 없다.

하필 월명만 아니라, 같은 경덕왕 때 나라의 변고를 해결하고자 〈안민가(安民歌)〉를 불렀다던 충담사 역시 그 수행한 업적의 크기에 비해『삼국유사』외에는 그 어떤 실마리도 짚어볼 길 없는 모호한 존재였다. 하기는 행적이 막연하기로는 38대 원성왕(元聖王, 재위 785~798)때 역시 유명했다던 90세 노승 영재가 그러했고, 헌강왕 5년(879) 서라벌 밝은 달에 밤들이 놀았다는 〈처용가〉의 주인공 처용이 마찬가지로 추적 불가능한 인물이었다.

거기에 반해 세칭 〈원가(怨歌)〉의 작자로 되어 있는 신충의 경우는 『삼국사기』효성왕 3년 조에 "이찬(伊湌) 신충(信忠)을 중시(中侍)로 삼았다"로 그 이름이 보이고, 득오가 흠선하여 노래한 대상인 죽지랑 역시 『삼국사기』에서 입공(立功)한 면면들을 확인할 수가 있다. 아주 희한한 사례이자, 문학이 역사와 접목되는 순간이기도 하다. 그럼에도 〈원가〉에서의 신충 관련 정보도 실망스럽고, 지금 〈모죽지랑가〉의 작가로 되어있는 득오라는 인물 또한 여전히 『삼국사기』에 등장하지 않기에 별무소득이다. 득오의 신분이 고작 화랑 휘하의 낭도인데다가 한갓 졸렬한 관리의 횡포에 시달리는 평범한 인물인 탓에 그리 됐다고 할 것도 없다. 국사(國師) 급의 대형 인물들조차도 이 안에 아무런 실체도 없는 바에랴.

노래의 이해를 위해 우선 노래에 연관된 배경담부터 파악할 필요가 있다. 이야기는 전후로 두 가지를 제시하여 있다. 앞의 것은 득오와 죽지랑의 관계담으로, 득오가 〈모죽지랑가〉를 짓게 된 동기와 관련이 있다. 뒤의 것은 죽지랑의 탄생담으로, 신이한 영웅의 출생 과정을 보여준다.

　탄생담에선 죽지랑의 부모인 술종공(述宗公) 부부가 등장한다. 술종공은 진덕왕 때 경주 남산에서 알천공(閼川公)·임종공(林宗公)·염장공(廉長公)·유신공(庾信公)·보종공(寶宗公)들과 더불어 국사를 논의한 인물로 되어 있다. 술종공 내외가 삭주(朔州) 도독사(都督使)로 부임하는 도중 죽지령에서 만났던 거사(居士)가 한 달 후 자신의 방 안으로 들어오는 꿈을 꾸었는데, 이튿날 알아보니 거사는 며칠 전에 죽었다고 하였다. 꿈꾸던 날로부터 부인에게 태기가 있자 술종공은 거사가 자신의 집에 태어날 것으로 믿어 죽지령 북쪽 봉우리에 거사를 장사지내고 무덤 앞에 돌미륵을 세웠다. 이윽고 아들을 낳으매 이름을 죽지랑이라 했는데, 이후 성장하여 신라에 훌륭한 업적을 이룩했다는 내용이다.

　일연이 이 죽지랑 관련의 두 이야기를 〈효소왕대 죽지랑〉이란 제목 하에 '기이(紀異)' 편에 편성시킨 배경에는 이야기 속 죽지랑 탄생담이 거사의 환생으로 이루어진 듯한 신이(神異)함이 주요한 동력으로 작용했을 것이다. 기이(紀異)란 말이 기이한 일을 새겨 기록한다는 뜻인 까닭이다. 한편, 죽지랑의 전생인 거사의 무덤 앞에 미륵을 세웠던 공덕 때문인지, 죽지랑은 벼슬에 높이 올랐을 뿐 아니라 미륵의 화신으로까지 존숭을 받았다고 한다. 동시에 이 거사의 환생담은 억울하게 죽은 고구려 점쟁이 추남(楸南)이 김서현 장군과 만명부인의 꿈에 들면서 김유신을 잉태했다고 하는 〈추남환생(楸南還生)〉 이야기를 꼭 방불케 한다. 이 설화 역시 신이하다 하지 않을 수 없고, 과연 『삼국유사』의 '기이(紀異)' 편에 들어있다. 이처럼 죽지랑에게도 신비한 탄생설화가 갖춰져 있던 사실에서 신라사회 안에서의 죽지랑의 높이와 위상을 가늠할만하다.

하지만 〈모죽지랑가〉 관련해서 보다 직접적인 메시지는 전반부에 있는 두 사람 사이의 관계담이므로 여기서는 그 부분만을 인용해 보이기로 한다.

第三十二孝昭王代 竹曼郎之徒有得烏級干 隸名扵風流黃卷追日仕進 隔旬
日不見 郎喚其母問爾子何在 母曰 幢典牟梁益宣阿干以我子差富山城倉直
馳去行急未暇告辭扵郎 郎曰 汝子若私事適彼則不湏尋訪 今以公事進去湏歸
享矣 乃以舌餠一合酒一缸卒校勘左人而行 郎徒百三十七人亦具儀侍從 到富
山城問閽人得烏失奚在 人曰 今在益宣田隨例赴役 郎歸田以所將酒餠饗之
請暇扵益宣將欲偕還 益宣固禁不許 時有使吏侃珎管收推火郡能節租三十石
輸送城中 美郎之重士風味 鄙宣暗塞不通 乃以所領三十石贈益宣助請 猶不
許又以珎節舍知騎馬鞍具貽之乃許 朝廷花主聞之 遣使取益宣將洗浴其垢醜
宣逃隱掠其長子而去 時仲冬極寒之日 浴洗扵城內池中仍合校勘 凍死 大王
聞之 勅牟梁里人從官者並合黜遣更不接公署 不著黑衣 若爲僧者不合入鍾皷

부산성(富山城) 옛터 - 『향가와 서라벌 기행』에서

寺中 勑史上侃珎子孫爲枰定戶孫標異之 … 初得烏谷慕郎而作歌曰 去隱春
皆理米 毛冬居叱沙哭屋尸以憂音 阿冬音乃叱好支賜烏隱 皃史年數就音墮支
行齊 目煙迴扵尸七史伊衣 逢烏支惡知乎下是 郎也慕理尸心未行乎尸道尸
蓬次叱巷中宿尸夜音有叱下是.

　　신라 제32대 효소왕 때에 죽지랑의 무리 가운데 득오(得烏)라고 하는 급간(級干,
신라 관등의 제9위)이 있었다. 화랑도의 명부에 이름을 올려놓고 매일 출근하더니,
한 열흘 동안 보이지 않았다. 죽지랑이 그의 어미를 불러 아들이 어디에 갔는지를
물어보았다. 그의 어머니는 "당전(幢典, 부대장급의 군직)인 모량부(牟梁部)의 익선(益
宣) 아간(阿干, 신라 관등의 제6위)이 내 아들을 부산성(富山城)의 창직(倉直, 곡식창고를
지키는 직책)으로 임명하였습니다. 그래서 급히 가느라고 낭께 알리지 못하였습니다"
라고 대답하였다. 죽지랑은 이 말을 듣고, "그대의 아들이 만일 사사로운 일로 그곳
에 갔다면 찾아볼 필요가 없지마는 공무(公務)로 갔다니 찾아가 대접해야겠소" 하고
는 종과 낭도 137명을 데리고 익선의 밭으로 찾아가 가지고 간 떡과 술을 득오에게
먹인 다음, 익선에게 휴가 주기를 청하였으나 끝내 허락하지 않았다. 그때 마침 간
진(侃珍)이라는 수송 일을 맡은 사리(使吏)가 추화군(推火郡, 지금의 밀양) 능절(能節)의
벼 30석을 거두어 성 안으로 싣고 가다가 이 일을 알게 되었다. 죽지랑이 선비를
중하게 여기는 풍도를 아름답게 여긴 반면, 익선의 됨됨이가 어둡고 막힌 것을 비루
하게 여겼다. 이에 갖고 가던 벼 30석을 익선에게 주면서 죽지랑의 청을 도왔으나
그래도 허락하지 않았다. 다시 사지(舍知, 신라 관직의 제13위) 진절(珍節)의 말안장을
주자 그제야 허락하였다. 조정 내 화랑을 관장하는 관직인 화주(花主)가 이 이야기를
듣고 익선을 잡아다가 그 추잡함을 씻어주려 하였더니, 종적을 숨기매 그의 맏아들
을 대신 잡아갔다. 때는 동짓달 몹시 추운 날인데 성 안의 못에서 목욕케 하자 얼어
죽고 말았다. 효소왕이 익선의 이 추행을 듣고 모량리 사람은 죄다 벼슬에서 몰아내
게 하고 승려의 권한도 제한하는 등 그 지역민의 권리를 박탈하였고, 간진의 자손에
게는 표창을 명하였다. … 처음에 득오가 죽지랑을 사모하여 노래를 지어 불렀으니,
〈모죽지랑가〉이다.

득오의 〈모죽지랑가〉 8구체 노래 향찰 가사는 이러하였다.

　　去隱春皆理米
　　毛冬居叱沙哭屋尸以憂音
　　阿冬音乃叱好支賜烏隱
　　兒史年數就音墮支行齊
　　目煙廻於尸七史伊衣
　　逢烏支惡知作乎下是
　　郎也慕理尸心未行乎尸道尸
　　逢次叱巷中宿尸夜音有叱下是

이에 대한 양주동의 해석 및 현대말 전환은 이러하였다.

　　간 봄 그리매　　　　　　간 봄을 그리워함에
　　모둔것사 우리 시름　　　모든 것이 서러워 시름하는구나.
　　아롬 나토샤온　　　　　아름다움 나타내신
　　즈사 살쯈 디니져　　　　얼굴이 주름살을 지으려고 하는구나
　　눈 돌칠 스이예　　　　　눈 깜박할 사이에
　　맛보옵디 지소리　　　　만나 뵈올 기회를 지으리이다.
　　낭이여 그릴 ㅁ슨미 녀올 길　郎이여, 그리운 마음의 가는 길에
　　다봊 굴허헤 잘 밤 이시리　　다북쑥 우거진 마을에 잘 밤인들 있으리이까.

한편, 김완진의 풀이는 상당 부분에서 다른 양상을 보인다.

　　간 봄 몯 오리매　　　　지나간 봄 돌아오지 못하니
　　모둘 기스샤 우롤 이 시름　살아계시지 못하여 우올 이 시름

去隱春皆理米
毛冬居叱沙哭屋尸以憂音
阿冬音乃叱好支賜烏隱
皃史年數就音墮支行齊
目煙廻於尸七史伊衣
逢烏支惡知作乎下是
郎也慕理尸心未行乎尸道尸
蓬次叱巷中宿尸夜音有叱下是

丙卯春分前五日於震素軒書慕竹
旨郎歌頌齋 朴哲秀

彝齋 박철수 墨, 양주동 풀이의 〈모죽지랑가〉

ᄆᆞᄃᆞᆷ곳 볼기시온   殿閣을 밝히오신
즈싀 히 혜나삼 헐니져   모습이 해가 갈수록 헐어 가도다.
누늬도랄 업시 뎌옷   눈의 돌음 없이 저를
맛보기 엇디 일오아리   만나보기 어찌 이루리.
낭(郎)이여 그릴 ᄆᆞᅀᆞ미 즛 녀올 길   郎 그리는 마음의 모습이 가는 길
다보짓 굴헝히 잘 밤 이샤리   다복 굴헝에서 잘 밤 있으리.

　가장 특이한 군데는 3, 4구이니, 죽지랑 얼굴의 주름 대신 전혀 딴판으로 전각 (殿閣)이라고 했다. 이때 전각은 당시 정치무대의 상징이요, 전각이 헐어감은 정치판의 타락으로 간주하기도 한다. 따라서 바로 다음 구의 '눈의 돌림' 또한 눈앞의 잘못된 세태에 대한 부정과 외면의 뜻으로 수용한다. 이와는 조금 다른 입장에서 '전각의 헐어감' 대신 '(영정의) 모습이 해가 갈수록 헐어감'이라 한 논지도 있었다.

　어휘 해석의 문제보다 더 컸던 쟁점은 이것이 대관절 죽지랑 생전의 노래인가, 사후의 노래인가 하는 것이었다. 같은 '주름살'로 풀이한 논자들 사이에조차 문법 구조 및 떠오르는 이미지 상에 미묘한 차이가 일어나 오늘까지도 서로가 양보 없는 생각을 견지하는 상태이다. 따라서 이 둘 중에 어느 쪽 입장을 취하는지에 따라 그 해석도 완전 다른 길로 빠질 수밖에 없는 정황이다. 이를테면 양주동은 죽지랑 생전의 노래로 간주했기에 그에 따라 제4구를 '주름살이 지려 한다'로, 또 제5, 6구를 '눈 깜빡할 사이에 재회하기를 기원한다'로, 제8구를 '다북쑥 우거진 마을에서 만나 함께 얘기 나눌 밤을 기대한다'로 풀었다. 하지만 죽지랑 사후의 노래로 보는 처지에서는 4구는 '주름살이 졌던'으로, 5, 6구는 '이미 죽지랑은 가셨지만 나 득오도 머잖아 죽는 날 저 세상에서 재회한다'로, 8구는 다북쑥 우거진 마을이 무덤이 되는바 '무덤 속 세상으로 곧 같은 길을 가리라'는 의미로 새긴다.

우선 생전의 죽지랑 그리워하는 노래의 관점을 오늘날 언어에 맞춰 한눈에 조견해 본다.

1. (지나)간 봄을 그리워함에,
2. 모든 것이 울어 시름하는구나.
3. 아름다움을 나타내신
4. 얼굴이 주름살을 지니려는구나.
5. 눈 돌이킬(눈 깜빡할) 사이에
6. 만나 뵈옵기를 지으리.
7. 낭이여, 그리운 마음의 가는 길,
8. 다북쑥 우거진 마을에 잘 밤 있으리오.

편의상 번호 매김 하였다. 노래 주인공의 의식은 {1,2} 좋았던 시절에의 회한에서, {3,4} 늙음의 안타까움, {5,6} 간절한 재회의 충동, {7,8} 재회의 다짐으로 흐름을 보이고 있다. 그리고 만나고픈 그리움이 엄습한 {5,6}에서 그 실현은 노래 당사자가 죽지랑을 찾아가는 형상일 수도 있고, 반대로 죽지랑이 자기를 찾아와 주는 그림일 수도 있다. 그리고 이처럼 생전의 사모시(思慕詩)라고 할 경우, 득오가 노래 창작한 시점은 익선에게 억지 징발되어 부역 중에 있는 상황 즉 고역을 치루는 속에서 죽지랑과 재회하여 나눌 기쁨과 감격의 순간만을 기다리던 그때가 가장 적합해 보인다.

반면, 죽지랑 사후의 추모가로 접근한 내용들을 현 시대의 언어에 맞춰 본다. ii), iii)은 추모론 쪽의 다른 갈래이다.

1. (그대 계셨던) 지나간 봄이 그리워서
2. 모든 것이 울며 시름에 잠기나니

3. 아름다움을 나타내시던
   ii) 전각을 밝히오신
   iii) 영정의
4. 얼굴이 주름살을 지니셨지
   ii) 모습이 세월 앞에 헐어가도다
   iii) 모습이 해가 갈수록 헐어가도다
5. 눈 깜박할 (사이에 죽을 짧은 생의) 동안
   ii) 어찌 만나볼 수 있겠는가
6. (저 세상에서) 만나 뵙도록 (기회를) 짓겠나이다
7. 죽지랑이시여, 그리운 마음의 가는 길이
8. 다북쑥 우거진 무덤에 잘 밤 있으리이다

그리고 노래의 주인공은 {1,2} 사별의 슬픔에서, {3,4} 임의 얼굴 회상 ii)임이 이룩한 정치의 헐어감 iii)영정의 모습이 헐어감, {5,6} 재회의 희망, {7,8} 재회의 다짐으로 의식의 흐름을 보이고 있다.

다만 두 번째 가정인 사후의 추모 노래로 보고자 했을 때 가장 난관은 제4구인 '얼굴에 주름살이 지려는구나'가 된다. 이미 죽어 세상에 없는 이한테 주름살 얘기가 갑자기 생뚱맞아 어색해 보일 수 있기 때문이다. 하지만 추모의 노래로 이해하는 입장에서는 이 또한 죽지랑 생전에 '늙어가는' 모습이 아닌, '늙어가던' 모습에 대한 안타까움의 회상으로 인지한다. 이렇게 이해하면 문득 전후의 문맥이 별 어색함 없이 부드럽게 융통되는 효과가 발생한다. 하물며 그 다음의 5, 6구는 이것이 꼭 저 〈제망매가〉 최종구의

아으 彌陀刹애 맛보올 내   아아! 극락에서 만날 나는
도닷가 기드리고다   도 닦으며 기다리겠노라.

를 연상케 하는 바가 크다. 여기 〈제망매가〉에서 훗날 내세 서방정토에서 누이동생을 만날 때까지 이승에서 도를 닦으며 기다리겠다고 했다. 이승의 삶이 잠깐의 방편인양 보였는데, 지금 이 〈모죽지랑가〉에서도 득오 사후에 죽지랑과 만날 그때를 위해 잠깐의 생을 지내겠다고 하였다. 득오가 죽지랑과의 현세 인연이 깊음을 뼈저리게 생각하듯, 월명사가 누이동생과의 이승의 인연을 중시하고 있는바, 두 노래의 주인공들이 동일한 심상(心狀)을 나타내고 있음을 보게 된다. 이별의 괴로움에도 불구하고 노래 마지막에 존경하는 화랑, 사랑하는 누이와의 재회를 기약함으로써 일대 전환 같은 정신적인 승화를 이룬 점도 같다.

이 노래가 다른 노래와 상통되는 국면은 이 뿐만이 아니다. 특히 이를 사후의 노래라 했을 때 5구의 '눈 깜박할 (사이에 죽을 짧은 생의) 사이'와 최종 8구의 '(무덤 너머 세상인) 다북쑥 마을에 (함께) 잘 밤 있으리이다'가 흡사 저 고려가요 〈이상곡(履霜曲)〉의 7, 8구를 방불케 한다.

고대셔 싀여딜 내모미   곧 사라져버릴 내 몸이
내님 두옵고 년뫼룰 거로리   내 임 두옵고 다른 뫼를 걸으리

이 신기한 일치에 한낱 우연한 현상이라고만 돌려버리기 어려운 깊은 여운이 있다. 게다가 〈이상곡〉이 역시 이미 이 세상에 없는 이에 대한 간절한 그리움을 나타낸 노래인 것이다.

이렇듯 생전과 사후라는 의견의 차이에도 불구하고 제1구의 향찰 '去隱春皆里米'는 통상 '간 봄 그리매', '(지나)간 봄을 그리워하매' 안에서 타합이 된 듯한 양상이다. 하지만 논자 중에는 여기의 '皆里米'에 대해 '그리매' 대신, 경상도 방언의 '다이매'→'다함에'로 접근하여 '지나간 봄이 다함에'로 풀기도 하였다.

그런데 노랫말의 진실이 생전과 사후의 둘 가운데 어디에 있든지 간에, 또 어석

(語釋)상 '그리워하매'와 '다함에' 중 어느 쪽이 맞는지 관계없이, 제1구의 '간 봄'은 죽지랑과 득오가 살았던 당시의 좋았던 날들을 가리킨다. 죽지랑과 득오 자신이 함께 해서 좋았던 날들일 수 있고, 크게는 화랑의 전성기를 암시하는 뜻으로도 불가능해 보이지 않는다.

죽지랑의 업적을 보매 그는 진골 귀족의 화랑 출신으로 장군이 되어 649년 진덕여왕 때 김유신과 함께 도살성에서 백제군을 격파하였고, 그 공으로 651년에는 집사중시(執事中侍)가 되어 기밀 사무를 관장하였다. 무열왕 말년인 661년엔 멸망한 백제의 잔병 소탕전에 참전하였으며, 이 해 문무왕의 즉위와 동시에 귀당총관(貴幢摠管)이 되었다. 668년 나·당 연합군의 고구려 정벌 때 경정총관(京停摠管)으로 참전하였고, 671년 석성(石城)에서 당나라 군사 5천 여를 죽이는 등, 신라의 통일과업 완수의 과정에 공적이 큰 장군이었다. 그리하여 벼슬이 17관등 중 2등인 이찬(伊湌)에까지 올랐다. 이렇듯 희대의 명장으로 최고의 영예를 구가하던 죽지랑이었다. 또한 이 기간 20여 년이야말로 말 그대로 죽지랑 인생의 봄이었고, 동시에 그를 따르던 사람들의 봄이기도 했다.

하지만 그러한 죽지랑도 세월 속에 연로해져서는 그 영예와 권세를 끝까지 누리지는 못하였던가 보다. 득오와 죽지랑의 배경담이 효소왕(재위 692~702) 때로 되어 있음에 유의하자. 효소왕은 죽지랑의 전성기로부터 약 20년의 세월이 더 흐른 시점인 692년에 나이 어려 즉위한 임금이다. 700년에 이찬(伊湌) 경영(慶永)의 반란이 일어났는데, 효소왕의 유약함과 후사가 없음으로 인한 다음의 왕위계승 때문이었을 것으로 추정한다. 곧 평정되었으나, 왕은 2년 뒤에 세상을 떠났다. 이런 효소왕 시절에조차 득오를 구출하는 죽지랑의 행적에 미루어 이 무렵의 죽지랑은 상당한 고령이었으리라. 그러기에 노래 속에서도 '아름다움 나타내던 얼굴에 주름살' 운운 하였을 것이다. 게다가 그의 영광의 족적을 일일이 기록하여 마지 않던 『삼국사기』에 더 이상 그의 기록이 끊어지고 없음도 죽지랑의 만년의 삶이 그다지 광휘롭지 못했음을 예감케 한다. 그것을 입증이라도 하는 양 과연 효소왕 때는 익선 같은 무명의 벼슬아치를 상대로도 잘 감당 못하는 무기력한 모습까지 보이고 말았다.

그러면 일연이 표제에 시기를 강조하였으되, 다른 때의 죽지랑 아닌 하필 '효소 왕대 죽지랑'으로 표제를 삼은 것은 역시 다분히 저의가 있는 책정이었음을 감지케 한다. 곧 죽지랑의 노후가 얼마나 약화됐는지를 짐짓 노정(露呈)코자 하는 의도 였을 터이다. 김유신과 더불어 화랑도의 존경과 칭송을 받던 주체가 이렇게까지 초라해져버린 모습에 어이없기도 하고 놀랍기도 하지만, 죽지랑의 이같은 영락(零 落)은 곧장 화랑도 세력의 퇴영과도 그 운명을 같이 한다. 그러면 결국 '효소왕대 의 죽지랑'은 삼국통일의 주역인 화랑도가 더 이상 존재감을 발휘하지 못하고 신 라 사회 안에서 실세(失勢)에 들어선 정황을 암시적으로 보여주기 위한 메시지라 고도 할 수 있다.

이렇게 사양길에 들어선 화랑도는 시간의 흐름 속에 점점 쇠잔을 거듭했다. 이 로부터 반세기 뒤인 경덕왕(재위 742~765) 시절에 중앙권력의 바깥 언저리에서 왕의 고충이나 들어주는 아웃사이더로 등장했던 월명사나 충담사들이 바로 그것 의 여실한 증좌이다. 곧 월명사가 경덕왕 앞에서 자신은 국선(國仙)의 무리에 속한 다고 했던바, 이는 바로 나중 단계 화랑의 이름이었다.

4

헌화가 獻花歌

귀족여인의 강신요(降神謠)

水路夫人

聖德王代純貞公赴江陵大守﹝今溟﹞州行次海汀晝饍傍

有石嶂如屏臨海高千丈上有躑躅花盛開公之夫人

水路見之謂左右曰折花献者其誰從者曰非人跡所

到皆辭不能傍有老翁牽牸牛而過者聞夫人言折其

花亦作歌詞献之其翁不知何許人也便行二日程又

有臨海亭晝饍次海龍忽攬夫人入海公顚倒躃地計

無所出又有一老人告曰故人有言衆口鑠金今海中

傍生何不畏衆口乎宜進界内民作歌唱之以杖打岸

可見夫人矣公從之龍奉夫人出海献之公問夫人

海中事四七寶宮殿所饍甘滑香潔非人間煙火此夫

人衣襲異香非世所聞水路姿容絶代每經過深山大

澤屢被神物掠攬衆人唱海歌詞曰　龜乎龜乎出水

路掠人婦女罪何極汝若悖逆不出献　入網捕掠燔

之喫老人献花歌曰紫布岩乎过希執音乎手母牛放

教遣　吾肹不喻慚肹伊賜等　花肹折叱可献乎理

音如

『삼국유사』 권5 '紀異' 편의 〈水路夫人〉 중 獻花歌 부분

游齋 임종현 휘묵, 양주동 풀이의 〈헌화가〉

신라의 향가 〈헌화가(獻花歌)〉는 일명 〈노인헌화가(老人獻花歌)〉라고 한다. 『삼국유사』 권2 '기이편(紀異篇)'의 〈수로부인(水路夫人)〉 안에 이야기와 함께 들어있는 노래이니, 여기 이야기와 노래의 전모를 옮겨 보인다.

聖德王代 純貞公赴江陵太守 行次海汀晝饍 傍有石嶂 如屛臨海 高千丈 上有躑躅花盛開 公之夫人水路見之 謂左右曰 折花獻者其誰 從者曰 非人跡所到 皆辭不能 傍有老翁 牽牸牛而過者 聞夫人言 折其花 亦作歌詞獻之 其翁不知何許人也 便行二日程 又有臨海亭 晝饍次海龍忽攬夫人入海 公顚到地 計無所出 又有一老人告曰 故人有言 衆口金樂金 今海中傍生 何不畏衆口乎 宜進界內民 作歌唱之 以杖打岸 則可見夫人矣 公從之 龍奉夫人出海獻之 公問夫人海中事 曰七寶宮殿 所饍甘滑香潔 非人間煙火 且夫人衣襲異香 非世所聞 水路姿容絶代 每經過深山大澤 屢被神物掠攬 衆人唱海歌 詞曰 龜乎龜乎出水路 掠人婦女罪何極 汝若悖逆不出獻 入網捕掠燔之喫 老人獻花歌曰 紫布岩乎邊希 執音乎手母牛放教遣 吾肹不喩慚肹伊賜等 花肹折叱可獻乎理音如.

신라 성덕왕(聖德王) 시절 순정공(純貞公)이 강릉태수로 부임하여 가는 길에 바닷가에서 점심을 먹고 있었다. 옆에는 기암봉우리가 마치 병풍처럼 둘러 있었는데, 높이가 천 길이나 되었고 위에는 철쭉이 활짝 피어있었다. 순정공의 부인 수로(水路)가 그것을 보고 옆의 사람들에게 말하였다. "누가 내게 저 꽃을 꺾어다 주려오?" 하니 따르던 이들이 대답하였다. "사람이 오를 수 없는 곳입니다!" 다들 나서지 못하고 있을 때 마침 곁에 암소를 끌고 지나가던 노인이 부인의 말을 듣고 꽃을 꺾어다 주면서 가사도 지어 함께 바쳤는데, 누구인지 알 수 없었다.

그리고 이틀 길을 갔는데, 이번에는 임해정(臨海亭)이란 데가 나왔다. 역시 점심을 하려던 차에 바다의 용이 홀연 부인을 낚아채어 바다로 들어가 버렸다. 순정공이 동동 발을 굴렀지만 어찌해볼 요량이 없었다. 그러고 있는데 또 한 노인이 나타나 일러 주었다. "옛말에 '여러 사람의 입은 쇠라도 녹일 수 있다'고 했으니, 지금 저 바닷속의 미물인들 어찌 여러 사람의 입을 두려워하지 않으리까? 마땅히 경내의 백성을 불러 모아 노래를 지어 부르게 하며 막대기로 물가를 두드리면 부인을 볼 수 있을 것입니다." 공이 그 말대로 했더니 용이 부인을 받들고 바다에서 나와 바쳤다. 공이 부인에게 바닷속의 일에 대해 묻자 부인이 대답하기를, "칠보 궁전에 음식은 감미하고 부드러우며 향기롭고 깨끗한 것이 인간 세상의 기운이 아니었습니다!"라고 하였다. 그뿐 아니라 부인의 옷에서는 기이한 향내가 풍겼는데 세간에서 맡을 수 있는 것이 아니었다.

수로는 용모와 자색이 한 시대에 빼어나서 깊은 산, 큰 못을 지날 때마다 여러 차례 신물(神物)들에게 붙들려갔다. 여러 사람이 〈해가〉를 불렀을 때 가사는 이러하였다.

〈헌화가〉 心象圖 − 하원을의 『역사이야기』에서

龜乎龜乎出水路 / 掠人婦女罪何極 / 汝若悖逆不出獻 / 入網捕掠燔之喫 (龜아 龜아 수로를 내놓아라 / 남의 아내 앗은 죄 얼마나 큰가 / 네 만일 거역하고 내놓지 않으면 / 그물로 잡아서 구워 먹으리.)

『삼국유사』 권2 기이(紀異)2 〈수로부인(水路夫人)〉 조 안에 나오는 수로부인 관련의 흥미로운 이야기 끝에 〈해가(海歌)〉를 수록하였고, 바로 뒤에 노인의 헌화가는 이러하다는 안내와 함께 향찰로 표기된 세칭 〈헌화가(獻花歌)〉 향가를 소개하고 있다. 편의상 연구 초창기의 양주동 풀이를 존중하면서 전체 4구(句)의 노래를 옮겨 보이면 이러하다.

紫布岩乎邊希
執音乎手母牛放敎遣
吾肹不喩慚肹伊賜等
花肹折叱可獻乎理音如

동해안 오늘날 7번 국도 수로부인 길과 바위 가의 철쭉꽃

딛배 바회 ᄀᆞ희	자줏빛 바위 끝에
자ᄇᆞ온손 암쇼 노히시고	잡은 암소를 놓게 하시고
나ᄒᆞᆯ 안디 붓ᄒᆞ리샤ᄃᆞᆫ	나를 아니 부끄러워하시면
곶ᄒᆞᆯ 것가 받ᄌᆞᆸ보리이다	꽃을 꺾어 바치오리다.

　그런데 다른 향가 작품들에서 그렇듯이 이 노래의 언어 풀이 또한 그 논의가
참치(參差)하였지만, 전반적인 취지에서는 크게 다르지 않다. 참고로 향가 전부에
대해 해독법을 가한 김완진의 해석을 옮겨 보면 이러하다.

지뵈 바회 ᄀᆞᆺ새	자줏빛 바위 끝에
자ᄇᆞ몬손 암쇼 노히시고	잡은 암소를 놓게 하시고
나ᄅᆞᆯ 안디 붓그리샤ᄃᆞᆫ	나를 아니 부끄러워하시면
고줄 것거 바도림다	꽃을 꺾어 바치오리다.

주제에 대한 문제는 노인의 정체를 어떻게 보는가에 곧장 연결되었다고 볼 수 있다. 그리하여 최우선으로는 역시 여기의 소를 끌고 나타난 노인을 글 표면에 나타난 그대로 수로부인의 아름다움에 끌린 한 사람으로 보는 관점이 있었다. 동해 바닷가 어딘가에 거주하는 여느 평범한 한 노인으로 보는 입장인 것이다. 그렇게 보았을 때 여기의 노옹(老翁)은 수로라는 아름다운 미인 앞에 꽃을 바치려고 나선 평범한 시골 농부 이상도 이하도 아니다. 혹은 당시 신라 화랑도와 연상하여 신사도의 기백을 지닌 노신사로 보는 견해도 이에 없지 않았다. 그리고 노인의 신분이 이러하다는 전제에서도 노래를 보는 관점은 또 나뉜다. 순수 소박한 구애(求愛)의 노래로 보는 측면과, 보다 적극적으로는 육체적 성애(性愛) 표현의 노래로 보는 측면 등이 그것이다. 하지만 어느 경우든 인간적 욕망에서 우러난 세속적 노래라는 점에서 공통성을 띤다.

그런데 이 〈헌화가〉가 정말로 애욕의 노래이든 아니든 간에, 적어도 이 이야기 속에는 필경 미(美)에 대한 열망이 간직돼 있다. 표면에 나타나 있는 바는 노인이 수로라는 여인의 아름다움에 반해서 천 길 벼랑 위를 타고 올라가기를 주저하지 않고 있다. 어찌 보면 나이 든 사람의 체면없음으로 볼 수도 있는 이 장면에 대해 그곳에 있던 누구도 노인을 어이없게 바라보는 정황은 아닌 양하다. 노인의 태도에 놀란다거나 질색하는 반응은 없이 모두가 그런가보다 하는 분위기 안에 있다.

관련해서 또 한 가지 염출(拈出)해 낼 수 있는 사실이 있다. 다름 아니라 혹자는 노인이 아예 꽃을 따서 내려온 뒤의 완료형 노래로 이해하기도 하나, 노래를 자세히 음미해 보면 아직 오르지는 않은 상태이다. 수로가 응하기만 하면 곧장 올라가겠다고 의사표현한 단계 안에 있다. 이를테면 의지미래형의 노래임에 유의할 필요가 있다. 그런데도 완료 상태로 간주한 나머지, 그 견우노인이 꽃이 있는 높은 벼랑 위를 너끈히 왕래한 능력을 갖춘 존재이니 무슨 도인이나 신선이 틀림없다고 한다면 성급한 예단이 될 수 있다.

더구나 위 논자들의 관점대로 수로부인 일행 앞에 나타난 한 노인의 출현을 실상황 안에서 일어난 현상으로 본다고 했을 때, 바로 뒤 해룡의 수로부인 납치 사건은 어떻게 해명할 수 있을는지 문득 막연해진다.

하기는 여기의 해룡을 두고 법행룡(法行龍)도 아니고 독룡(毒龍)은 더욱 아니니, 수로의 아름다움에 반해 용궁으로 잠깐 납치한 것이라고 설명한 글도 없지는 않다. 그런데 혹 표면의 언어만 곧이곧대로 믿고 따라갔다가는 단군신화에서 호랑이와 곰이 사람의 말을 하고 동굴 안에서 내기하는 행적 내지는, 곰이 드디어 백일 동안 마늘과 쑥만 먹으며 견딘 결과 웅녀라는 여인으로 변했다는 이야기들을 현실의 사상(事象)으로 수용하는 지경까지 갈 수 있다. 나아가 그 곰이 웅녀로 변신했다는 일도, 저 동명왕과 박혁거세와 김수로들이 알에서 나왔다는 일도, 호동왕자 이야기에서 낙랑국에 적병이 기습하면 정말로 경고음을 발하는 북과 피리가 있었다는 일도 전부 현실 속에서 일어난 실제상황으로 받아들여야만 한다. 또는 같은 향가 안에서만 얘기하자 해도 〈도솔가(兜率歌)〉 배경담에서 경덕왕 때 해가 둘 나타났다는 것, 혹은 〈원가(怨歌)〉에서 신충이 자신이 쓴 노래를 잣나무에 걸어 두었더니 나무가 시들어버렸다는 것 등도 곧장 진실 상황으로 보아야 할 판이다. 그러나 알고 보면 이는 모두 상상을 바탕으로 하는 설화 문화권 안에서 생성된 은유의 언어이다. 따라서 이제 『삼국유사』의 기이편 〈수로부인〉의 내용 역시 사실이 아닌 설화 메시지로 읽어야 마땅한 것이다.

다른 일면, 세속적인 해석 대신 노인의 존재를 인간의 차원을 넘어선 신비적인 인물로 간주하는 일군(一群)의 견해들이 있었다. 주로는 배경담 안에 곁에 한 노옹이 "암소를 끌고 지나갔다(牽牸牛而過者)"고 한 부분에 심각한 의미를 둔 견해도 나왔다. 곧 불교의 선종(禪宗)에서 구도자가 진리를 찾아 구도하는 모습을 목동이 소를 찾아 나선 형상으로 비유한 말이 심우(尋牛)니 여기의 노인을 불교적 선승(禪僧)으로 본다는 것이다. 다만 원래의 이미지는 동자인데, 이 배경담에선 노인으

삼척시 증산동에 세워진 수로부인 공원의 임해정(左)과 헌화정

로 되어 있는 점이 다르다고 한다. 또한 도에 도달하는 과정의 이른바 전체 10단계 중에 '심우'는 맨 처음 소를 찾아 나서는 최초의 1단계에 해당한다. 그런데 이야기의 노인은 이미 소를 끌고 가는 형상을 띠고 있는 바, 대개 소를 붙들어 잡는 4번째 '득우(得牛)' 단계 내지는 소를 길들이는 5번째 '목우(牧牛)' 단계에 속한 듯한 점이 아쉽다. 그런가 하면 배경담의 암소를 문득 노자(老子)가 말하는 현빈(玄牝; 검정 소) 개념으로 환치시켜 도교적 신선으로 보는 견해도 있고, 또는 소를 농경의식과 관련하여 농신(農神)으로 보는 견해도 있다. 갖가지 해석 중에도 대개 초월자들이 아름다운 여성 앞에 드리는 예찬이라는 데서 공통점을 찾을 수 있겠지만, 그 관심이 '소' 한 가지에 편중돼 있는 점이 아쉬움으로 남는다.

　한편 노인의 존재에 신비성을 부여한 여러 견해 중에 노인을 샤머니즘의 산신으로 보는 관점이 있다. 그리고 산신으로 본 이상엔 당연히 〈헌화가〉 또한 무속적 제의와 관련된 굿 노래로 인식한다.
　무릇 〈수로부인〉은 헌화 이야기와 해룡 납치 이야기 둘로 크게 나눠 볼 수 있다.

그런데 궁극에 이 둘은 수로부인 이야기라는 큰 제목 하에 상호 무관한 개체가 아닌, 유기적인 전체 안에서 전후간 호응을 이루고 있다. 따라서 하나의 일관된 문맥으로 읽음이 온당하다. 즉 수로부인의 매력에 도취된 한 노인의 구애 행위와 해룡의 납치 사건의 둘을 이른바 동전의 앞뒷면과 같은 관계 안에서 풀어나가야 마침내 온전한 이해에 닿는다. 그랬을 때 〈해가〉에서의 용의 납치부터 잘 모색해 내는 일이 중요하다.

「헌화가에 대한 한 시론」을 쓴 예창해는 용의 수로부인 납치를 수로와 용의 교착 현상 즉 샤먼 수로의 접신 감응으로 이해한 바 있다.

사실은 이래야만 모든 의혹이 풀린다. 여기의 용을 현상적인 실체(非法行龍)거나 현실적 상징의 대상(왜구, 반민, 왕)으로 적용하였을 때 석연치 않았던 모든 일이, 종교상의 용신(龍神)으로 풀이하였을 때 이런저런 의단(疑端)이 깨끗이 사라지는 것이 사실이다.

한편 수로를 무당 곧 여무(女巫)로 보는 측면에서 〈수로부인〉 문제를 가장 극명하게 논급했던 서정범은 『무녀의 사랑이야기』에서 수로부인이 다녀온 용궁은 꿈 또는 의식을 상실했을 때 이른바 혼이 저승에 갔다 온 이야기로 볼 수 있다고 했다. 노인의 말에 따라 노래를 지어 부르고 막대기로 언덕을 친 행위는 수로부인이 어서 깨어나기를 바라는 굿으로 보았다. 그리고 〈헌화가〉에 대해서는 이렇게 풀이하였다.

암소를 끌고 가던 노인이 그 꽃을 꺾고 헌화가 노래와 함께 수로부인에게 바쳤다는 일화가 전해지는데 이것은 좀 생각할 문제다. 젊은이도 올라갈 수 없는 곳을 암소를 끌고 가던 노인이 올라가 꽃을 꺾을 수 있다면 그 노인은 보통 사람이 아니라고 하겠다. 무녀들은 몸주를 '할아버지'라고 일컫는다. 이 점에서 암소를 끌고 가던 노인이란 수로부인의 몸주가 될 것이다. 그렇게 보면 수로부인이 무녀라는 말이 된다.

한편 조동일은 수로부인이 동해안 지역을 돌며 굿을 여러 번 했을 것이라 하면서, '꽃거리'라고 이름 짓고 싶은 곳에서는 〈헌화가〉를 부르고, '용거리'라고 할 대목에서는 〈해가〉를 불렀을 것으로 설명하였다. 〈헌화가〉는 상층 굿에 이미 수용된 노래이고 〈해가〉는 현장에서 채집되어 한번 부르고 만 하층민들의 토속적인 무가이기 때문에 헌화가는 향가로 남고 해가는 한역되어 단순히 자료로 기록되기만 했다는 이 해석도 같은 샤머니즘 해석의 반경 안에 있다.

『삼국유사』의 표면적 의미만으로 볼 때 수로는 성덕왕대 절세미인으로 표상되어 있다. 부인의 외모가 특별히 아름다웠고 그 때문에 여러 신물(神物) 즉 신령한 존재들한테 붙잡혀갔다고 했지만, 기실 이는 형이상적인 내용을 형이하적인 것

이태희 作 〈헌화가〉
－『향가와 서라벌 기행』에서

으로 바꿔 표현한 우회적인 표현에 다름이 아니었다. 특출한 미모로 표현된 수로부인을 혹자는 "아프로디테에 가까운 美의 여인"으로 간주하기도 했다. 하지만 이는 겉모습이 아니라 그녀의 무당으로서의 일인자적 빼어난 내적 능력을 은유화한 표현이었다. 동시에 많은 신령들로부터의 피랍은 누구의 말대로 "정체불명의 남자들"이 아니라 초능력 무당의 빈번한 망아(忘我; ecstasy) 접신(接神)을 형상화한 말로서 의미가 통한다. 전체 단위에서 하나의 신비주의적 분위기가 감도는 〈수로부인〉 이야기 속의 낱낱의 어휘며 문장들은 궁극에 이지적인 은유법적 체계 위에 놓여있음이 요해된다. 앞서 〈헌화가〉와 〈해가〉는 동전의 앞뒷면과 같다고 했는데, 그러면 앞서의 〈헌화가〉는 굿을 하면서 부른 무가요, 그 헌화 노인은 처

음 수로부인에게 내린 강신(降神)으로서 다가온다.

더하여 이제 결정적으로는 이 노래와 배경담이 『삼국유사』의 '기이(紀異)'편에 속해 있다는 사실을 결코 간단히 지나칠 수 없다.

'기이'라는 말은 보통과는 다르게 유별나고 이상한 내용들을 기록한다는 의미이다. 이 뜻을 염두에 두었을 때 단순히 수로라는 영험한 무당이 기우제를 지내던 중 실신했다가 깨어났다는 사실만으로는 유별나고 이상한 이야기라고 하기에는 채 미흡하다. 이적(異蹟) 열전 곧 신기한 이야기 모음이라고 할 만한 기이(紀異)편에 들만한 자격에 미달되는 것이다.

따라서 민간전승의 차원에서 이것이 성덕왕대를 배경으로 수로가 일개 평민의 무녀가 아니라 적어도 태수부인 신분에서 탄생된 무당이라는 사실이 크게 작용했을 터이다. 한 걸음 더 나아가 샤먼으로서의 신통·응감의 능력이 다른 시대 다른 무당들에게서는 보기 어려운 특출한 절세(絶世)의 명무(名巫)라고 했을 때 대중의 관심은 더욱 고조된다. 그녀가 이르는 곳마다 무수히 신물들에게 잡혀갔다는 말 역시 무녀의 빈번한 엑스타시 혼절(昏絶) 현상을 돌려 형상화한 표현이었다. 그 영능(靈能)이 이만저만 강력한 만신(萬神)이 아니었음을 암시한다. 이런 신기하고 특이한 사안들이야말로 이 〈수로부인〉 편이 '기이'편에 실릴 수 있었던 필연적인 근거가 되는 것이다.

그러면 지금 〈해가〉와 나란히 기이편에 올라가 있으니 이제 〈헌화가〉의 헌화 역시, 해룡 납치의 일과 똑같이 기이한 일이라는 큰 전제 안에서 일어난 사건인 것이다. 그 기현상이 하필 해룡 납치에서만 한정되고, 헌화의 일에서는 아무런 해당이 없는 그런 문제일 수 없다. 따라서 그냥 한 노인이거나 신선이 수로부인에게 꽃을 꺾어 바치겠노라는 노래를 불렀다는 사실만 가지고선 도무지 유별할 사안으로 치부하기 곤란할 뿐이다. 대신, 보통의 신분이 아닌 태수 부인이 어느 날 갑자기 신 들려 무당이 되었다고 한다면 이는 한 시대에 토픽감이 되기에 부족함이 없겠다.

그런데 〈수로부인〉의 용 역시 객관적으로 관찰될 수 있는 실물 존재가 아니었다. 한 여무(女巫)의 주관 안에 깃든 환상적 존재[幻體]였다. 〈수로부인〉 이야기는 『삼국유사』가 한 여무의 영적 체험을 은유적 터치로써 승화 탈태시킨 샤머니즘적 설화 단편이었다. 이에 그녀를 사로잡아간 해룡은 수로의 망아(忘我; ecstasy) 감응 중에 나타난 샤머니즘 종교상의 '용신'의 환체이며, 그 용신은 곧장 용신으로 표현되는 대신에 〈해가〉라는 노래의 '龜' 향찰자 안에 스며들어 의미의 맥을 이어갔던 것이다.

　　수로의 용신 감응, 곧 엑스터시[脫魂] 부분은 샤먼 아닌 일반 사람의 객관적인 눈으로 볼 때는 잠깐의 실신 상태로 보임이 당연하다. 그때 경내의 백성들이 막대기로 물가를 치면서 노래를 불렀다고 했으니, 그 곧 〈해가〉였다. 마찬가지로 〈헌화가〉에서의 수로 앞에 나타나 꽃을 바치겠다고 한 그 노인 또한 알고 보면 수로의 정신세계 안에 깃든 강신(降神)이다. 여느 사람들이 다 함께 눈으로 확인하여 볼 수 있는 객관적 사상(事象)의 존재가 아닌, 수로가 바야흐로 무당이 되어 평생 섬겨야 할 그녀의 주관 안에 깃든 '몸주[身主]'였다. 비샤먼의 눈에는 보일 리 없이 수로 개인의 환상(幻想) 안에서 만나 교감한 종교적 체험이었다. 그리고 노인의 〈헌화가〉는 몸주인 노옹이 수로부인에게 강림하면서 그녀의 입을 통해 흘러나오는 신내림[降神]의 노래, 곧 강신요(降神謠)였던 것이다.

　　제2의적(第二義的)인 암유(暗喻)의 언어로 가득한 〈수로부인〉 이야기 안에서 헌화의 동기를 수로가 지닌 외모의 아름다움에 맞춰놓았다. 정신적 뛰어남을 육체적인 빼어남 곧 아름다움으로 풀어 형상화한 결과라고 할 수 있고, 이에서 노소 불문한 신라인들의 미(美)에 대한 열망을 엿볼 수 있다. 또한 같은 신라향가인 저 〈처용가〉에서 역병이 침입한 것을 역신과의 육체적 교합으로 풀어 노래한 데에서도 형이상을 형이하로 대체하기 잘하는 신라인들 기법의 한 단면을 발견해볼 길 있다. 그리하여 형이상적인 추구뿐만 아니라 형이하적 신체의 아름다움이거나 쾌락에 대해서도 관심 깊었던 신라인의 면면들이 간파된다.

5

해가 海歌

수로부인을 납치한 龍의 수수께끼

水路夫人

聖德王代純貞公赴江陵太守今溟州行次海汀晝饍傍
有石嶂如屛臨海高千丈上有躑躅花盛開公之夫人
水路見之謂左右曰折花獻者其誰從者曰非人跡所
到皆辭不能傍有老翁牽牸牛而過者聞夫人言折其
花亦作歌詞獻之其翁不知何許人也便行二日程又
有臨海亭晝饍次海龍忽攬夫人入海公頓倒躄地計
無所出又有一老人告曰故人有言衆口鑠金今海中
傍生何不畏衆口乎宜進界內民作歌唱之以杖打岸
可見夫人矣公從之龍奉夫人出海獻之公問夫人
海中事四七寶宮殿所饍甘滑香潔非人間煙火此夫
人衣襲異香非世所聞水路姿容絕代每經過深山大
澤屢被神物掠攬眾人唱海歌詞曰　龜乎龜乎出水
路掠人婦女罪何極汝若悖逆不出獻　入網捕掠燔
之喫老人獻花歌曰紫布岩乎过希執音乎手母牛放
教道　吾肹不喻慚肹伊賜等　花肹折叱可獻乎理
音如

『삼국유사』 권5 '紀異' 편의 〈水路夫人〉 중 海歌 부분

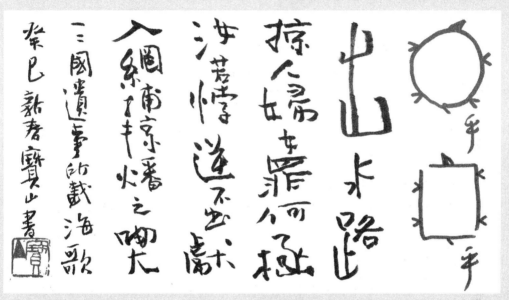

寶山 김진악 筆意의 〈海歌〉

성덕왕 시절 순정공(純貞公)이 강릉태수로 부임하여 가는 길에 바닷가에서 점심을 먹고 있었다. 옆에는 기암 봉우리가 마치 병풍처럼 둘러 있었는데, 높이가 천 길이나 되었고 위에는 철쭉꽃이 활짝 피어있었다. 순정공의 부인 수로(水路)가 그것을 보고 주위 사람들에게 말하였다.

"누가 내게 저 꽃을 꺾어다 주려오?"

하니 따르던 이들이 대답하였다.

"사람이 오를 수 없는 곳입니다!"

다들 나서지 못하고 있을 때 마침 곁에 암소를 끌고 지나가던 노인이 부인의 말을 듣고 꽃을 꺾어다 주면서 가사도 함께 바쳤는데, 누구인지 알 수 없었다.

그리고 곧 이틀 길을 갔는데 이번에는 임해정(臨海亭)이란 데가 나왔다. 역시 점심을 하려던 차에 바다의 용이 홀연 부인을 낚아채어 바닷속으로 들어가 버렸다. 순정공이 허둥지둥 발을 굴렀지만 어찌해 볼 요량도 없었다. 그러고 있는데 또 한 노인이 나타나 일러 주었다.

"옛말에 여러 사람의 입은 쇠라도 녹일 수 있다고 했으니, 지금 저 바닷속의 미물인들 어찌 여러 사람의 입을 두려워하지 않으리까? 마땅히 경내의 백성으로 하여금 노래를 지어 부르고 막대기로 물가를 두드리게 하면 부인을 볼 수 있을 것입니다."

공이 그 말대로 했더니 용이 부인을 받들고 나와 바쳤다. 공이 부인에게 바닷속의 일에 대해 묻자 부인이 대답하기를,

"칠보 궁전에 음식은 감미롭고 부드러우며 향기롭고 깨끗한 것이 인간 세상의 기운이 아니더군요!"

라고 하였다. 그뿐 아니라 부인의 옷에서는 기이한 향내가 풍겼는데, 세간에서 맡을 수 있는 것이 아니었다. 수로는 용모와 자색이 한 시대에 빼어나서 깊은 산, 큰 못을 지날 때마다 여러 차례 신물(神物)들에게 붙들려갔다. 여러 사람이 〈해가〉를 불렀을 때 가사는 이러하였다.

龜乎龜乎出水路　龜아 龜아 수로를 내놓아라.
掠人婦女罪何極　남의 아내 앗은 죄 얼마나 큰가.
汝若悖逆不出獻　네 만일 거역하고 내놓지 않으면
入網捕掠燔之喫　그물로 잡아서 구워 먹으리.

『삼국유사』 권2 기이(紀異)2 〈수로부인(水路夫人)〉 조 안에 나오는 수로부인 관련의 흥미로운 이야기와 그 속에 들어있는 한역 가요 한 편이다. 위 내용의 원문은 앞 장의 〈헌화가〉 허두부에 다 실었으므로 이 자리에선 생략했다.

　노래의 제목은 원문 가운데,

　衆人唱海歌詞曰　龜乎龜乎出水路…

에서 취한 것인데, 〈해가사(海歌詞)〉로 부르는 경우와 〈해가(海歌)〉라 하는 두 가지로 나뉘어 있다. 이는 구두법상 띄어쓰기를 어떻게 할 것인가에 따른 차이이다. 전자는 '〈해가사〉를 불렀는데, 이러하다'로 이해한 것이고, 후자는 '〈해가〉를 불렀는데, 가사는 이러하다'로 풀이한 것이다. 후자 쪽이 보다 순조롭다.

　〈수로부인〉에 실려 있는 이야기 자체가 현실적 · 합리주의적 사고로는 좀처럼 이해하기 어려운 부분들이라서 당연히 온갖 상상력과 추측을 불러일으키기 넉넉하였다. 실로 〈해가〉 같은 계통 노래인 앞 시대의 〈구지가〉 연구자라든가, 〈해가〉와 나란히 〈수로부인〉 조에 실려 있는 〈헌화가(獻花歌)〉에 대한 논자의 상당수는 단편적이나마 수로부인과 〈해가〉의 미스터리에 대해 저마다의 추론을 가한 바 있다.

　설화는 수로부인과 동해룡에 관한 이야기를 합리적 사고에 맞춰 직접 서술하지 않는다. 대신, 진실을 한 층 아래에다 감춘 채 은유법을 이용해 나름의 문학적

龜乎龜乎
出水路掠
人婦女罪
何極汝若
悖逆不出
獻入網捕
掠燔之喫

三國遺事水路
夫人海歌選
癸巳初春之節
隱月軒

隱月軒 안종익이 쓴 『삼국유사』 수로부인 조의 〈해가〉

형상화를 꾀하고 있다. 그 과정에서 표면상으론 비현실적이고 황당무계한 듯 보이지만, 그 내부에 반드시 거기에 합당한 이면적 진실이 따로 존재하여 있던 것이다. 동시에 그 진실은 결코 둘이 될 수 없는, 단 한 가지 모양임에 불외(不外)하다.

자주 지적되는대로 〈해가〉는 그보다 훨씬 오래 전 가락국 신화 속에 깃들어 있던 〈구지가〉와는 성격상 같은 집단적인 주술 노래이다. 동시에 형식적 패턴의 면에서 똑같이 '龜'를 부르고[돈호], 원하는 것을 내 놓으라 명령하고[명령], 부정적인 조건을 내걸면서[가정], 위협을 나타내는[위하] 일련의 과정에서 동일한 계통의 노래임을 선뜻 가늠할 수 있게 한다.

이러한 패턴은 하필 이 둘 관계에서만 보이는 게 아니다. 〈구지가〉의 구조적 틀은 신라 때 뿐 아니라, 고려에 이르러도 슬그머니 모습을 드러낸다. 저 통일신라 때의 향가 〈처용가(處容歌)〉가 시대를 넘어 고려 연극 〈처용희(處容戲)〉로, 다시 조선시대에는 궁중에서 한해 마지막 날 밤 나쁜 귀신을 쫓기 위해 베푸는 처용나례(儺禮)의 형태로 연면히 대중적인 여세를 몰아갔던 것처럼, 〈구지가〉의 강렬한 여파는 고려 〈처용희〉 중의 일부에 다시 한 번 그 여영(餘影)을 드리웠으니, 아래의 대조 안에서 그 관계가 세워진다.

검하 검하 → 머자 외야자 綠李야 (돈호)
수롤 너어쇼셔 → 셜리나 내 신 고홀 미야라 (명령)
안디 너어샤돈 → 아니옷 미시면 (가정)
구워서 머그리이다 → 나리어다 머즌말 (위하)

전후 간 노래의 결구법이 속절없이 〈구지가〉를 닮아 있다. 이에 〈구지가〉의 형식은 전통시대에 하나의 정해진 틀로서 자리해 있었음이 분명하다. 같은 맥락으로 연결된 노래이기에 〈해가〉에 담긴 내용은 〈구지가〉의 그것과는 동일한 구도와 어법으로 전개됨이 물론이다. 반면에 두 노래 사이의 시간적인 간격 약 800년이

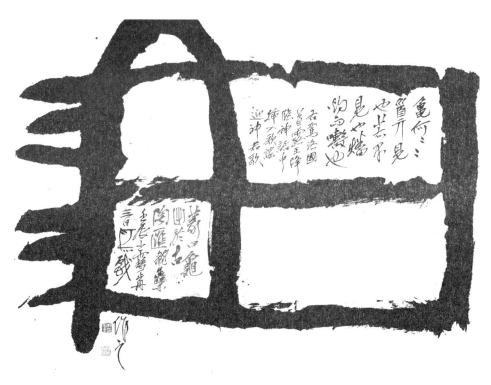

何石 박원규의 가락국 수로왕 강신요 〈迎神君歌〉(구지가) 心象圖

초래한 문화 인식의 질량적 변화는 결코 소홀히 넘길 수 없는 중대하고 심각한 의미를 띤다.

또한 〈해가〉의 진의에 가까이 접근하고자 한다면 이 노래에 직접 관련 닿는 수로부인 설화에 대한 정확한 본질 규명이 선요(先要)된다. 『삼국유사』 안의 〈수로부인〉이 비록 황당무계하긴 하지만 그저 흥미 위주의 동화거나 설화에 머무는 것이라면, 출현했다는 용을 누군가의 해석대로 착한 '법행룡'이라니 악한 '독룡'이라니 얘기하는 일이 가능하다. 용궁의 실체도 인정하면서 넘어갈 수 있겠다. 하지만 용과 용궁이 단순히 흥미본위의 이야기 차원이 아닌, 어떤 현상을 우회적으로 말한 것이라고 한다면, 반드시 이 기이한 은유법 안에 감춰져 있는 용에 대한 진실을 밝혀 내는 일이 필연적이다.

약간은 비현실적인 낭만에 휩싸여 있는 〈수로부인〉 이야기를 현실적이고도 합리적 차원의 이야기로 재구성해내고자 할 때, 어지간해서는 전후 간에 그 어떤 모순도 없이 부합해 맞추기 어려운 국면이 따르는 것도 사실이다. 잘 알려진대로 〈헌화가〉에서 꽃을 꺾어 바친 노인을 두고도 도가의 신선, 산신, 혹은 평범한 노인 등 다양한 상상의 폭을 가능케 하였다.

하지만 헌화 노인의 얘기까지야 어떻게든 사실(fact)의 문건으로 애써 수용하는 입장일지라도, 뒤미처 나오는 해룡의 수로부인 약람(掠攬) 건에 미치면 도무지 현실의 일로 설명할 수 없는 장벽에 부딪힐 것이 틀림없다. 그리하여 이 사건은 당연히 은유법이 적용된 문장임을 누구도 의심치 않는다. 결과, 이 동해룡이 암시하는 의미를 풀기 위한 노력이 나름대로 이루어졌던 것이지만, 정작 그 해석의 방식에서만큼은 여간하여 일치를 나타내지 못하였다. 여기서 또한 이 설화에 등장하는 동해룡의 진실, 그 정체성을 찾는 일에 못 본 체 슬그머니 덮어 둘 수 없는 처지에 서게 된다.

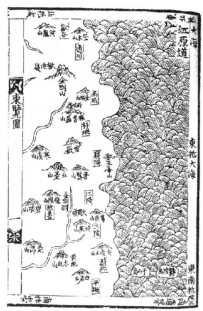

수로부인의 동해변 北上 여정

무엇보다 눈에 띄는 것은 이 일이 노옹 헌화의 일 이틀 뒤의 사건으로 서술되어 있다는 사실이다. 과연 순정공이 성덕왕 때 강릉태수를 임명받은 역사상 인물이고, 그의 부인이라고 하는 수로 또한 실존 인명이며, 그들 부부가 당시 신라 서라벌에서 강릉까지의 부임길에 올랐던 사실 및 과정이 모두 『삼국유사』〈수로부인〉에 나타나 있는 그대로라고 전제해 두자. 이때 바닷가에서 점심을 하던 중 노인이 부인 앞에 꽃을 바치겠다고 한 노옹 헌화사며, 이틀 뒤 해룡 납치 사건이 모두 동해 바닷가를 배경으로 하고 있음에 미루어 동해변을 따라 올라가던 그들의 여정을 대략은 추적해 볼 길 있다.

비록 8세기 신라 때의 지명이 고려·조선에 이르는 동안 개칭된 부분도 있겠으나, 『동국여지승람』에 의지하여 경주에서 강릉에 이르는 동해안 코스를 모조리 거슬러 짚어 볼 수 있다. 이때 경상도 지경에서 경주·영일·흥해·청하·영덕·영해를 거쳐 강원도 계역(界域)의 평해·울진·삼척·강릉에 이르게 된다.

노인이 꽃을 바쳤다던 현장과, 용이 납치해 간 장소가 위의 경로 가운데 어디인지는 『삼국유사』에서 구체화하지 않아 알 수 없다. 다만 위에서 약탈의 현장으로 되어 있는 '임해정(臨海亭)'이 중요한 단서라고 생각하여 금성(金城)에서 소주(小州) 곧 오늘날의 경주(慶州)에서 강릉(江陵)에 이르는 고을들 각각을 낱낱이 조사해 보았으나 종내 자취 없었다. 다만 함경도 길성현 안에 임해정(臨海亭)이란 곳이 있기는 하였으되, 서라벌에서 강릉에 이르는 여정과는 아무 관련 없는 별개의 처소였다. 그러므로 〈해가〉의 무대는 다시 고증할 길이 없어지고 만 셈이다. 아마도 이 임해정은 성덕왕 당시에는 존재하였으나, 나중에 정자의 소멸과 함께 후대의 기록에 오르지 못했을 가능성도 없지 않다. 또는 그것이 고유명사 아닌 글자 뜻 그대로, '바다에 임해 있는 정자'의 뜻으로 적은 것일 듯도 싶다.

해룡의 수로부인 납거(拉去) 사건은 크게 두 가지 측면에서 해석이 시도되어 왔다. 하나는 이것을 성덕왕 때라고 하는 역사 속의 정치적 상황과 결부시켜 제2의적 언어 안에 내포된 의미를 풀어 보려는 것이었다. 다른 하나는 이것을 성덕왕 시대의 종교적 내지는 문화적 현상, 보다 구체적으로는 기문(奇聞)·이사(異事)의 문학적 형상화로서 수용하려는 입장이다.

첫 번째 경우는 당연히 『삼국사기』 성덕왕 조와 대조하여 의미를 색출코자 하는 방법을 쓴다. 이같은 생각의 바탕은 아마 이 사건이 적어도 왕명을 받은 태수의 부임길 도중 태수부인의 납치라고 하는 데 있다. 그 시대 엄격했던 신분상의 비중을 고려할 때, 역사 서술의 대상으로서 결코 손색없는 사항으로 간주했기 때문으로 보인다.

이제 수로부인을 가로채 간 해룡의 실체를 왜구로 추정한 한 견해가 있는 바, 이는 동해룡의 또 다른 미녀 약탈 설화를 증좌로 삼고 있다.

강원도 강릉 못 미쳐 安仁津이란 나루가 있다. … 채집된 구전에 의하면 옛날 한 미녀가 이곳에서 그네를 타고 있는데 동해의 용이 튀어나와 물속으로 잡아갔으며,

강릉 안인진 앞바다

이 미녀의 원한이 바람이 되어 뱃길을 험하게 하는 것으로 이 주민들은 믿고 있었다. 동해의 용에 관한 설화를 모아 보면 『삼국유사』의 수로부인을 약탈한 용의 이야기를 필두로 미녀 약탈과 많은 관련을 짓고 있음을 본다. 이런 경우의 '龍'은 유사 이래 잦았던 왜구의 인신 약탈을 설화 속에 정형화하는 한 수단으로 이용된 것 같다. 이 가설이 사실이라면, 안인진의 미녀를 약탈해간 용도 왜구로 간주할 수가 있다.

위의 논자가 왜구라고 연상한 데 따른 구체적인 근거를 제시한 것은 없지만, 『삼국사기』를 열람하고서 내린 추정은 아닐까 한다. 설령 그렇지 않다 하더라도, 본 역사책과의 상관성을 한번쯤 연결 지을 수 있는 국면이 마련되어 있어 흥미롭다. 『삼국사기』의 성덕왕 기사 중에 보이는 내용이다.

夏四月 赦 賜老人酒食 日本國兵船三百艘 越海襲我東邊 王命將出兵 大破之.
여름 4월에 죄인을 사하고, 노인들에게 술과 음식을 베풀었다. 일본의 병선 3백
척이 바다 건너 우리나라 동쪽 변방을 습격하므로 왕이 군사를 내어 크게 깨뜨렸다.

아닌 게 아니라 동해안의 여러 고을은 왜구의 침입으로 신라 국초 때부터도
이미 많은 곤혹을 겪어왔던 이력이 있었다. 이를테면 『동국여지승람』 〈청하현(淸
河縣)〉 조에 "세상에 전하는 말로는 신라 때에 군영을 설치하고 해안 개포 세 곳에
해자를 파서 왜구를 막았다 하는데, …"운운이라든가, 〈영일현(迎日縣)〉 조의 '형
승(形勝)'도 "해적들이 내왕하는 요충의 곳"임을 거듭 기술하고 있다. 〈영해도호부
(寧海都護府)〉에선 "동쪽이 바다에 닿아서 일본과 이웃하였다" 내지, 여말선초의
문관인 양촌(陽村) 권근(權近)이 자기 시대에 왜구에 의한 국경 해안의 폐해에 대해
쓴 기록을 가져다 쓴 내용 등이 있다. 왜구의 치성(熾盛)과 나라에서 곤욕 치룬
내력을 충분히 짐작할 수가 있음이다.

지금 이 신라 성덕왕 시절이 또한 예외가 아니었다. 『삼국사기』 성덕왕 21년
(722) 조에 보면 왜선의 침입을 막기 위한 성 축조 같은 대책 강구가 보이는 등,
부심의 흔적을 십분 인지해 볼 만하다.

그러나 용의 실체가 왜구라고 하기에는 마침내 한두 가지 석연치 못한 점이
있다. 다름 아니라 그 약탈의 주범이 왜구였다면, 일연이 무슨 이유로 직접 그렇
게 쓰지 않고 용으로 대치시켜 표현했겠는가 하는 의문이다.

실제 『삼국유사』에는 왜(倭)와 관련된 많은 기사 내용이 아무런 부담 없이 그대
로 실려 있다. 태수 '김(박)제상'이 왜국에서 참살 당한 이야기에서도 그랬고, 또
〈연오랑세오녀〉 같은 설화는 일본과 관련한 대표적 기술이지만 특별히 '왜(倭)'라
는 표현을 감추면서까지 '용(龍)'자 등으로 우회 암시하지는 않았다.

그럼에도 불구하고 일단 용이 왜구이고, 그 용이 수로부인을 납치해 간 것이라

고 하자. 뭇사람들이 모두 막대기로 해안을 두드리며 창(唱)을 했다고 해서 한 번 약탈해 간 부인을 받들고 나와 되돌려줄 까닭이 나변에 있겠는가 하는 근본의 의구심이 남는다. 더 나아가 순정공이 부인의 해중(海中)에 있었던 일을 물으매, "칠보 궁전에 감미한 음식의 향기와 정결함이 인간 세상의 자취가 아니었다."고 한 말은 왜선 또는 왜구 소굴의 실정과는 소원(疎遠)한 바, 수로부인이 다녀온 세 계인 것으로 받아들이기에 순조롭지 못하다.

이제 『삼국유사』의 수로부인 이야기를 철저히 사실(史實)에 대한 은유적 한 형 태로 보아 『삼국사기』의 역사적 사건과 부합시키고자 한다면 다음과 같은 가설도 세워 못볼 바는 아니다. 즉 수로부인을 잡아간 장본인인 용을 당대의 절대군주로 보는 일단의 추정이다. 다시 말해 이 〈수로부인〉 시간 배경으로서 '성덕왕대…'로 시작하는 바의 바로 그 임금.

일찍이 임금을 직접 옮겨다 쓰기 어려운 일에 용이라 표현하는 일은 생경한 일은 아니다. 신라 향가인 〈서동요(薯童謠)〉의 배경설화에서 서동의 어머니가 용 과 교합 운운을 두고 그 용은 백제의 어느 왕이 틀림없다 하여 '무왕(武王)'이라 커니, '무령왕(武寧王)'이 옳다 커니, '동성왕(東城王)'이 맞다 커니 팽팽한 대결을 벌인 바 있다. 또한 고려가요 〈쌍화점〉 같은 곳에서의 '우믈龍'을 그 당시 임금인 '충렬왕'으로 이해하는 등등 여러 모로 입증돼 왔던 터였다.

그렇다고 하나 이 절세의 미녀이자 태수의 부인이라고 하는 수로를 잡아간 주 체를 그 시대의 왕으로 추측해 볼 만한 근거를 『삼국사기』와 관련해서 모색하고 포착한다는 일은 난망한 노릇이 되고 만다.

도대체 왕이 미녀를 강제하여 들였다는 사항이 『삼국사기』 기록 소재로서의 필수적 요건은 못 되었던 듯싶은 것도 사실이다. 예컨대 신라 25대 진지왕(일명 舍輪王)은 『삼국유사』 기록 안에서는 "나라를 다스린 지 4년 만에 정사가 어지럽고 황음하여 국인이 폐위시켰다(御國四年 政亂荒婬 國人廢之)"고 했다. 뿐만 아니라『삼국유사』에서의 진지왕은 아주 흥미진진한 일화의 주동자 역할도 한다. 곧 도화녀(桃花女)라는 아름다운 유부녀를 궁중에 불러들여 잠자리를 요구하는가 하면, 또 죽은 뒤에까지 그녀 앞에 나타나고 결국 임신시켜 비형랑(鼻荊郎)이라는 기이한 남자 아이가 출생한다는 이야기가 그것이다.

이에 반해『삼국사기』안에는 왕이 황음하다거나 혹은 미녀를 궁중에 초치(招致)했다는 등의 사실 기록은 일언반구 나타나 있지 않다. 심지어 폐위 당했다면 이는 꽤 중대한 사항인데, 그것은 그림자조차 비치지 않은 채 그저 "가을 7월 17일에 왕이 돌아갔으니 시호를 진지(眞智)라 했다(秋七月十七日 王薨 諡曰眞智)"라고만 쓰고 있다. 이렇게 보면 왕이 미녀를 강제하는 일 등을 포함하여 어떤 사항을 수록하고 말고는 전적으로 김부식 등 사관(史官)의 선택에 달렸음이 짐작된다.

대신, 성덕왕 22년 조에 보면 3월에 왕이 사신을 당나라로 파견하여 포정(抱貞)과 정원(貞苑)이라는 미녀 둘을 바쳤다는『삼국사기』의 기록을 통해 성덕왕 재위 시에 벌써 고관 출신으로부터 미녀를 공출 받는 관례가 없지는 않았음을 알 수 있다.

그러면 이와 같은 맥락에서, 역시 성덕왕대의 일이라고 하는바 용의 태수부인[水路] 약취사건 또한 의심의 눈으로 보지 말란 법은 없다. 더욱이 부인이 붙들려 간 직후 '뭇사람 입은 쇠라도 녹인다(衆口兄鑠金)'라고 한 말이라든지, 경내의 백성들이 합창의 수단을 통해 돌려줄 것을 요구했다든지 하는 것은, 생각 여하에 따라서는 왕권의 횡포에 대한 민간의 항변으로 합리화시킬 수도 있다. 그 결과 왕은 견디다 못해 본시 태수의 아내인 미녀를 돌려보낸다. 더욱이 되돌아온 수로부인이 감회 깊게 예찬한 바와 같은 칠보궁전 및 음식 문물에 도취한 모양으로 보아서 그녀가 왕궁에 불려갔다가 돌아온 상황으로도 볼 수 있다는 취지이다.『삼국유사』는 문화적인 내용까지 포괄한지라 김부식의 손길이 닿지 않은 부분까지도 기워나

갔던 기록이다. 그런 만큼 과연 성덕왕 당시에 그 같은 일이 있기라도 했다면 용이 부인을 채어갔다 식의 암시적 표현도 가능하지 않다고는 단정하기 어렵다.

그리고 정녕 이 가설이 사실이라면 〈해가〉야말로 신라시대 대표적인 풍자 가요가 될 것이다. 왕의 이름이 성덕(聖德)이지만, '성덕(聖德)'이니 '진덕(眞德)'이니 하는 왕의 칭호가 꼭 그 덕량과 치적을 따라 붙여지는 이름만도 아니라는 것은, 이를테면 별반 행적이 탐탁치 못했던 진성여왕(眞聖女王)이나 혜공왕(惠恭王) 같은 경우로도 짐작이 가능하다. 또한 실제 『삼국사기』에 보면 성덕왕 때에는 가뭄과 기근이 자주 들어 민생에 애로가 많았음을 감안할 때 민의에 불만이 없다고 볼 수는 없다.

덧붙여 이왕 하는 가설이라면 이런 추정도 가능할는지 모르겠다.

왕 15년(716) 3월에 왕비 김씨(蘇判 金元泰의 딸)를 폐하였는데, 이때 왕후가 출궁할 적에 비단 오백 필, 전지 이백 결, 벼 일만 석, 집 한 채를 하사하여 살게 했다고 되어 있고, 그로부터 꼭 4년 후인 왕 19년(720) 3월에 다른 김씨(이찬 金順元의 딸)를 왕비로 책립했노라 기록되어 있다. 역사는 첫 번째 왕비가 왜 축출을 당해야만 했는지에 대해 일언반구 언급치 않아 그 정확한 사유는 알 길 없다. 혹 그 왕비가 지나치게 음분해서였나? 혹은 경덕왕의 비처럼 아들이 없어서였던가?

이왕 생각의 만용은 이렇게도 부려볼 수 있다. 앞서 첫 번째 비를 폐하고 두 번째로 왕비를 맞기까지 왕에게는 적어도 배우자 간택이라고 하는 제도권 틀에서 벗어난 4년간의 공백 기간이 주어진다. 그리하여 앞서 왕이 당나라에 미녀를 보낼 수 있었듯, 왕 자신이 별 부담 없이 많은 미녀를 궁내에 불러들였던 것은 아닐까. 그러한 일이 4년래 누적되매, 『삼국사기』에 자주 보이듯 그렇지 않아도 흉년과 기근으로 순조롭지 않던 민심이 왕에 대한 또 다른 불만과 원망의 감정으로 불거졌다. 그러나 차마 왕을 상대로 한 직접적인 탄핵이 쉽지는 않았기에 용(龍)이거나 구(龜)의 암시법 안에서 〈해가〉와 같은 노래 형태로 전파되었던 것인지도 또한

삼척시 증산해수욕장 앞바다에 세워진 臨海亭(左)과,
이곳이 〈해가〉의 역사적 유적지임을 알리는 탑이 서 있다.

모를 일이다.

　이렇듯『삼국유사』에 실린 바 〈수로부인〉이야기를『삼국사기』와 같은 역사서
의 고리에 끼워보고자 하는 방법은 참으로 여러 갈래의 다양한 연상 방식을 창출
케 하는 바 있다. 유사(遺事)에 나타나 있는 용의 진의를 사실(史實) 안에서 찾으려
는 방식의 또 한 가지 일례는 이러한 것이다.

　　『삼국사기』에 의하면 나라의 동쪽 고을에 기근이 심해서 백성이 유랑함으로 사자
　　를 파견해서 구제한 일이 있었다. 그 해가 성덕왕 4년(705)이다.『삼국유사』의 기사
　　는 이 일을 다른 측면에서 다루었을 터이니 두 자료를 서로 관련시켜 해석해야 마땅
　　하다. 노래 두 편을 지은 해도 그 해라 할 수 있다. 백성이 유랑했다는 것은 부드러운
　　표현이고, 실제로는 민란이 일어나는 정도에까지 이르렀으므로 순정공을 파견해서
　　진압하고 수습하지 않았던가 한다.

　연결하여, "용은 악룡이며, 재앙과 반역을 상징한다"라고 한 바, 결국 〈수로부
인〉의 용은 궁극적으로는 민란을 형상화했다는 뜻으로 받아들여진다.

그리고 위의 『삼국사기』 기록이란 다름 아닌 본서 성덕왕 4년 조에 다음의 기사를 지목한 뜻이다.

冬十月 國東州郡饑 人多流亡 發使賑恤.
　겨울 10월, 나라의 동쪽 고을에 기근이 들어 많은 사람들이 유랑하므로 관리를 보내 진휼하였다.

그런데 여기서 『삼국사기』의 기록 태도에 대한 근본적인 물음이 따른다. 곧 역사 정황의 엄연한 한 부분이랄 수 있는 민란이나 반란 등의 일을 『삼국사기』가 무엇 때문에 직접 기술을 피할 필요가 있겠는가. 나아가서는 이 사서(史書)가 과연 민란 혹은 반란 등의 사항에 부딪혀서는 직접 서술하는 방식을 회피하여 왔던가 하는 것이다.

그러나 정작 『삼국사기』를 두루 열람할 때 헌덕왕 7년(815) 조 같은 곳에 보면 "서변의 주·군에 큰 기근이 들어 도적이 봉기하매 군사를 출동시켜 토벌했다"처럼 오히려 도적 봉기의 사실마저도 아무런 은폐 없이 그대로를 서술해 나갈 뿐이다. 굳이 다른 표현으로 바꾸면서까지 숨겨진 저의를 전달시키려는 의도 등은 보이지 않는다. 오히려 성덕왕은 기근이 들자 사자를 파견해서 구제를 폈다고 했으니, 무력으로 토벌한 정치에 비하면 훨씬 덕스러운 통치 방법으로 보아줄 만한 것이었다. 그런데 그 시대 정말 민란이라도 있었다고 할 때 이를 애매하게 돌려 말하다가 자칫하면 말뜻을 못 알아차릴 수 있는 위험한 수사법 안에 애써 감추어 둘 필요가 있었겠는지. 굳이 그렇게 하지 않더라도 궁정 내 반란이거나 백성들의 난이 발생했던 경우, 더구나 그 일로 인해 왕이 폐위되거나 하지 않은 바에 『삼국사기』는 특별히 표현을 망설이거나 하지 않았음을 확인해 볼 수 있다. 반란 및 민란에 관련한 기록이 나타나는 곳을 눈에 띄는 대로 몇 군데만 들어봐도, 신문왕 원년 8월 8일에 소판 김흠돌 등 3인의 모반, 혜공왕 4년 7월에 일길찬 대공 형제의 모반, 같은 왕 16년 2월에 이찬 지정의 모반, 같은 왕 16년 2월에 인심이 돌아섬, 헌덕왕 7년 8월에 기근에 따른 도적 봉기, 진성왕 3년에 공부(貢賦) 독촉에 따른 도적들의 봉기, 진성왕 10년에 적고적(赤袴賊)의 고을 난행 등등 쉽게 발견할 수 있다.

그러나 무엇보다도 〈수로부인〉에 나타난 용 퇴치를 순정공의 민란 수습과 관련 짓기 가장 곤란한 이유가 있다. 곧 순정공이 자기 부인과 함께 태수 부임길에 올랐던 시기의 문제이다. 그때는 척촉화(躑躅花)가 성개(盛開)하던 때였고, 수로부인이 그것을 보고는 곁의 사람 누군가가 꺾어다 주기를 청했다고 하였다.

上有躑躅花盛開 公之夫人水路見之 謂左右曰 折花獻者其誰
위에는 척촉화가 활짝 피어 있었는데, 공의 부인 수로가 보고는 좌우더러 말하기를, "누가 꽃을 꺾어다 주려오?"

척촉화란 철쭉꽃이다. 철쭉꽃은 연분홍빛 통꽃이 양력 5월경에 만발한다. 음력으로는 대개 3월말 4월초 만춘달이 되는데, 기민이 유랑했다고 하는 『삼국사기』의 기사는 음력절기 '冬 10월'의 일이라 하니 그 실정에서 마침내 잘 부합하지 못하였다.

이와 더불어 『삼국사기』역사 기록과 맞추려는 견해로서 '성덕왕 6년' 설이 있다. 해당 논자는 노인을 "국왕이 파견한 나라무당 급의 수로를 돕는 이 지방 출신의 이름난 무당이 그 노옹이었을 것"이라고 하면서 다음과 같은 추정을 폈다.

순정에게 공이란 경칭을 쓴 것으로 보아 왕족 내지 귀족이었을 것으로 보이는데, 순정공은 단순히 강릉태수로 부임하는 것이 아니고 부임길에 예의 순무(巡撫) 책임도 맡아 동해안을 끼고 북상하면서 곳곳마다에서 비와 바람을 비는 의식을 행한 것으로 생각된다. 때는 성덕왕 6년경이 가장 타당성 있어 뵌다. 4, 5, 6년이 연속 흉작이지만, 『삼국사기』와 『삼국유사』가 공통으로 지적하는바 주목할 '기근과 구휼의 해'가 6년(丁未年)이다.

정말로 『삼국사기』 성덕왕 6년 조의 기록을 보매, 굶어 죽는 백성들이 많아 관부에서 6개월에 걸쳐 양식을 내어 구제했다고 하였다. 그런데 기근에 따른 정부 차원의 기사는 그 바로 앞의 성덕왕 5년, 성덕왕 4년 조에도 들어가 있다. 때문에 순정공 순무(巡撫)의 행적이 반드시 흉작 3년을 기다린 다음인 왕 6년의 일이라야만 하는지에 대한 의아함이 남는다.

게다가 추정대로 정작 왕공 귀족 계급의 북상(北上) 무휼(撫恤)일진대, 또 더구나 태수부인 신분의 여무(女巫)가 손수 행하는 기우(祈雨)의 민심달래기라고 한다면 사실 비중 면에서 "왕이 사자를 파견하여 이들을 구제하였다"고 하는 왕 4년의 기사 같은, 혹은 그 이상 가는 기우제 같은 구체적인 서술에의 기대값이 있을 법하였다.

그러나 기우제 사실은 없었다. 실제 『삼국사기』 안에서 가뭄과 기우제에 관한 기사 역시 특별히 감춰두고 말 못할 사항은 되지 못한다. 신라본기 안에서만도 진평왕 50년(628) 여름 큰 한재가 듦으로 저자를 옮기고 용을 그려 비를 빌었다 한 것이 눈에 띈다. 게다가 다른 때도 아닌 바로 성덕왕 14년(715) 6월과 15년(716) 6월에도 큰 한재 때문에 왕이 하서주(河西州, 지금의 강릉)의 용명악거사(龍鳴嶽居士) 이효(理曉)를 불러 임천사(林泉寺) 못가에서 기우제를 지내게 했더니 비가 열흘이나 내렸다고 한 소식을 그대로 전하고 있다. 이처럼 바야흐로 왕명을 받고 부임하는 순정공 부처(夫妻)의 동해 장정(長程) 기우 순례의 사실이 있기라도 했을 바에는 『삼국사기』가 이를 유독 생략해버릴 까닭이 없다.

더구나 이 기우제의 당사자는 보통 신분의 평범한 인물도 아닌 태수부인이라는 직함을 가진 샤먼으로 보았다. 그럼에도 성덕왕대 전체를 통하여 그 비슷한 아무런 기록도 없었다는 사실은 순정공과 수로부인 행적의 사실성 확보를 위해 못내 이롭지 못하였다.

　　그러므로 『삼국유사』가 담은 〈수로부인〉의 일을 『삼국사기』 안의 특정 사실, 구체적 특정 연도 안에다 부합시키고자 하는 노력은 마침내 별 소득을 기대하기가 어려웠다. 그것이 그럴 뿐이지, 실제 『삼국사기』 성덕왕 시대의 정보내용은 수로부인 관련의 진실을 보다 바짝 규명하는 데 결코 무의미한 것은 아니었다.

　　기원후 1세기 가야의 노래라는 〈구지가〉에서도 난데없이 거북을 부르면서 기원을 호소한다는 상황이 못내 이상하였다. 그런데 지금 700년 뒤의 통일신라 때 불렸다는 〈해가〉에서 또한 납치해 간 주체가 분명 용이라 했음에도 불구하고 전혀 엉뚱하게도 '거북아~'를 외친다는 일은 정녕 해괴한 노릇이 아닐 수 없다. 동시에 암만 이상하다 손 다른 접근 방식은 수용할 수 없다는 태도 역시 망측(罔測)하긴 매일반이다. 이런 현상에 큰 의구심을 두고 용(龍)과 구(龜)의 의미를 향찰 어학적 측면에서 처음 해석하였던 이는 박지홍이다. 그는 「구지가연구」의 일환으로 잠깐 〈해가〉에 대해서도 언급한 바 있었다.

　　　수로왕이 등극하는데 거북더러 머리를 내어 놓으라 할 필요가 없다. 더구나 해룡에게 납치되어간 수로부인을 거북더러 내어놓으란 말은 더욱 그러하다. 이것은 어떻든 달리 해독해야 한다. 수로는 믈[龍]에 빠진 것이다. 곧 수신(水神)에게 잡혀간 것이다. 곧 검[神]에게 잡혀간 것이다. 이렇게 풀어보면 비로소 줄이 닿는다.

　　해룡이 납치해 갔다면서 거북더러 내어 놓으란 말은 진정 겉에 나타난 말만 가지고선 아무리 해도 전후 간에 이치가 통할 리 없다. 과연 여기 〈해가〉에서의

玄齋 심사정의 雲龍圖

‘龜’ 역시 향찰어로 쓰인 표현이 틀림없었던 것이다. ‘龜’의 발음체계를 시간적으로 소급해 올라가면 거북〉거붑〉거뭄〉검·굼으로의 추적이 가능하고, 한국 고대어의 검(굼)이 ‘신(神)’ 또는 ‘여신(女神)’의 뜻이고 보면 〈해가〉의 첫머리 “龜乎龜乎”는 바로 신을 부르는 초호(招呼)의 언어임이 합당하다.

누구든 예측할 수 있는대로 용이 수로부인을 납치하였다는 유사(遺事)의 기록은 하나의 은유법적 포장의 언어이다. 그런데 그 포장 안쪽의 원의미를 밝히겠다 하고서 오히려 ‘수신(水神)에게 잡혀간 것’으로 푼다면, 이는 여전히 포장을 벗어나지 못한 형상이 된다. 차라리 물에 빠졌다가 구출되었다고 한다면 오히려 현실적 사고의 영역 안에 들어올 수 있기는 하다. 하지만 이때도 물에 빠졌다가 익사 직전에 구출되어 돌아온 여자의 감상 어린 술회가 문제된다. 그것은 다름 아닌 칠보궁전이며 음식 문물 등에 대한 더없는 예찬이었다. 납치된 자의 공포나 불행감은 전혀 찾아볼 길 없고, 오히려 그 세계에 대한 경이와 환희만을 읽을 수 있을 뿐이다. 이처럼 애꿎게 설정된 상황은 가일층 미혹만을 가중시킨다.

수로 약람의 용에 대한 해석은 뒤로 가면서 추상적인 단계를 서서히 벗어나기 시작하였다. 곧 악귀나 액에 걸려 거기에서 해탈하려는 몸부림의 절규, 궁극엔 “잡혀간 아내를 구출하는 주문”으로 본 해석 등이 그러하다. 용의 납거를 이렇듯 귀신들림의 형태로 보았음이 물에 빠졌다는 해석보다는 훨씬 근리(近理)한 듯하다. 그러나 이후 모호했던 잔재를 불식한 훨씬 합리적인 해명이 뒤따르게 된다.

그러면 수로부인이 해룡에 납치되어 바다 속으로 들어갔다는 것은 무엇을 의미하는가? 수로부인이 해룡에게 납치되었다는 것은 세속적 인간인 수로부인과 초월적 존재인 해룡과의 교구(交媾) 결합, 다른 말로 접신(接神)의 계기를 뜻한다고 볼 수 있다. 이때 납치란 주위 사람들의 견해일 뿐, 수로부인의 입장에서 보면 절대적 힘에 의한 이끌림 또는 적극적 동조일 수 있고 혹은 그 이상일 수도 있다. 다시 말하면 수로부인의 기원에 대한 해룡의 감응일 수도 있다는 뜻이다. 민속신앙에서 초월적 존재[神]와의 교구란 접신 즉 자신이 초월적 존재가 됨을 뜻한다. 그것은 초월적 세계에의 입사양식(入社樣式)인 것이다.

예창해의 「헌화가에 대한 한 시론」 가운데 한 대목이다. 과연 범상한 인간 중심의 안목으로는 용에 의한 피랍(被拉)이지만 순 객관론적 입장에서는 수로와 용의 교착 현상으로 볼 수 있는 이것을 수로의 샤먼적 접신 감응으로 보는 것은 그 이해의 방식이 다분히 합리적이다.

사실은 이래야만 모든 의혹이 풀린다. 여기의 용을 현상적인 실체[非法行龍]거나 현실적 상징의 대상(왜구, 반민, 왕)으로 적용하였을 때 석연치 않던 모든 일이, 이것을 하나의 초월적 형상 즉 용신(龍神)으로 풀이하였을 때 이런저런 의단(疑端)이 깨끗이 사라지는 것이 사실이다.

그러나 무속적 측면에서 〈수로부인〉 문제를 가장 극명하게 논급했던 이는 서정범이다. 그는 『무녀의 사랑이야기』 안에서 수로를 샤먼[女巫]이라 하고 수로의 해룡에 의한 피람(被攬)은 그녀의 유혼(幽魂)이 샤머니즘에서 말하는 용궁세계에 다녀온 것에 비의하여 자세한 검증을 가한 바 있다.

乃古 박생광의 〈무당〉

수로부인이 다녀온 용궁은 꿈 또는 의식을 상실했을 때 이른바 혼이 저승에 갔다 온 이야기로 볼 수 있으며, 수로부인이 여무라고 하는 것을 보여준다고 하겠다. 수로부인의 혼이 용궁에 가고 의식을 상실했기 때문에 노인의 말에 따라 노래를 지어 부르고 막대기로 언덕을 쳤는데, 이는 수로부인이 어서 깨어나기를 바라는 굿이라 하겠다.

샤머니즘 차원에서 뭉뚱그림 없이 가장 분명한 해석을 내리고 있다. 『삼국유사』의 외연(外延)만으로 볼 때 수로는 성덕왕대 절세미인으로 표상되어 있다. 부인의 외모가 특별히 아름다웠고 그 때문에 여러 신물(神物)–신령한 존재–들에게 붙잡혀갔다고 했지만, 기실 이는 형이상의 내용을 형이하의 것으로 환치시킨 하나의 우회적 표현에 다름이 아니었다. 곧 〈수로부인〉 이야기가 전체로서는 하나의 신비주의적 분위기가 감돌고, 그 안에 개개의 어휘며 문장 하나하나는 냉철한 은유법의 체계 위에 놓여있었음이 궁극에 파악된다. 기존 여러 논자들도 수로의 샤먼다운 모습에 대해 다뤘듯이 〈수로부인〉 안의 모든 정황이 샤머니즘 개념밖에 있지 않았다. 요컨대 수로는 당시대의 무녀였다.

다만 수로부인이 8세기 성덕왕대 실재했었던 인물일 가능성을 배제하지 않는다. 그럼에도 불구하고 『삼국유사』〈수로부인〉 조에 나타난 사건들을 『삼국사기』 연대기 안에서 확인코자 하는 시도는 결과적으로 실망만을 초래할 뿐이었다.

옛 귀족 계층에서의 기우제 모습. 오른쪽은 드라마 〈선덕여왕〉 안의 기우제 장면

　〈수로부인〉 안의 이야기며 노래가 민속신앙적 차원에서 구전되었을 개연성을 강조하는 바이나, 〈헌화가〉보다는 〈해가〉의 경우 성덕왕 당시의 시사적 상황과 무관해 보이지 않다는 데에 이 작품의 각별한 요결이 있다.

　그리하여 이때 수로라는 인물의 실체가 단순한 귀족출신 여인이 아니라 귀족 신분의 샤먼임이 강조된다. 동시에 그녀의 행위는 『삼국사기』〈성덕왕〉에서 가장 심상치 않은 사실(史實) 자료로 나타나는 민생문제, 즉 기근 유발의 한재(旱災)를 물리치기 위한 대책과 관련이 닿게 된다. 수로무녀의 우제(雩祭)를 뜻함이니, 이 기우제는 두말할 것도 없이 구름과 비를 몰고 온다는 용, 그것의 고어가 미르(미리)라서 믈(물)의 향찰어로 쓰였을 것이란 용 앞에 기원한 의식이다. 신라 진평왕 50년에도 그것을 그려 비를 빌었다고 한 바의 용, 바로 용신(龍王神, 海神, 水神) 앞에 드린 제사이니, 과연 용신이야말로 농사에 강력한 영향을 끼치는 유력한 신으로서 숭배되어 왔던 일은 여기서 새삼 두고 강조할 일은 아니다.

　수로 무녀의 바로 이 용(신)에 의한 피랍은 우제 의식의 과정에서 탈혼망아(脫魂

忘我), 곧 엑스터시(ecstasy)의 경지에 빠진 것을 뜻하니, 일반인의 눈으로는 실신·혼절의 상태로 나타난다. 따라서 바로 다음 단계에 등장하는 〈해가〉는 엑스터시에 묶인 샤먼 수로의 반혼(返魂)을 촉구하는 무가(巫歌)로 요해(了解)된다.

그런데 한재(旱災)에 대응하는 기우제 행사란 하필 신라 성덕왕 때만의 문제는 아니다. 진즉『삼국사기』해당의 삼국시대는 물론이요, 고려·조선의 어느 왕조 역사이건 간에 가뭄 때문에 부심하여 기우제를 행한 기록은 이루 헤아릴 수 없다. 또 단순히 어떤 영험한 무당이 기우제를 지내던 중 실신했다가 깨어났다는 것만으로는 설화 소재로 이목집중 되기 어렵다. 신기(神奇)롭고 특이한 일들만을 모아놓은 기이(紀異)편에 오를 만한 자격요건이 약한 것이다.

따라서 민간전승의 차원으로서 순수하게 수로부인설화라는 관점에서 볼 때, 이것이 성덕왕대를 배경으로 설화된 데 대한 필연성은 수로가 일개 평범한 출신의 무녀가 아니라 적어도 태수부인 신분에서 탄생한 만신(萬神)이란 사실과, 한 걸음 더 나아가 샤먼으로서의 신통·감통의 능력이 다른 시대 다른 무당들에게서는 보기 어려운 특출한 절세명무란 사실에서 찾을 수 있다. 그녀가 이르는 곳마다 무수히 신령들에게 잡혀갔다는 말 역시 무녀의 빈번한 혼절(昏絶) 현상을 감춘 표현이었다. 그 영능(靈能)이 이만저만 강력한 무당이 아니었음을 암시하니, 이런 특이함이야말로 이 〈수로부인〉이『삼국유사』의 '기이' 편에 실릴 수 있게 된 강력한 사유가 되는 것이다.

궁극에 〈수로부인〉의 용은 객관적으로 관찰될 수 있는 실물 존재가 아닌, 한 여무의 주관 안에 깃든 환상적 존재[幻體]였다. 곧 〈수로부인〉 이야기는 유사(遺事)가 한 여무의 영적 체험을 은유적 터치로써 승화시킨 샤머니즘적 설화 단편이다. 그녀를 사로잡아간 해룡은 수로의 엑스터시 감응 중에 나타난 샤머니즘 개념상의 '용신'의 환체이며, 그 용신은 문득 〈해가〉의 이두 향찰어인 '龜' 자 안에 스며들어

명맥을 이어갔던 것이다.

따라서 수로의 용신(龍神) 감응, 부분은 샤먼 아닌 일반인의 객관적인 눈으로 볼 때는 잠깐의 실신 상태로 보임이 당연하다. 그때 경내의 백성들이 막대기로 물가를 치면서 노래를 불렀다고 했으니, 그 곧 〈해가〉이다. 이것은 역시 『삼국유사』 소재 가락국 신화와 결부되어 있는 〈구지가〉와 동일 계통의 가요임이 너무도 명백하다. 그리하여 무엇보다 여기에 또 따라붙는 노래의 허두자 '龜'.

약람의 장본인 '龍'에게 보내는 메시지임에도 느닷없이 '龜'를 부른 일이 그만 문맥상의 자가당착을 초래하였으니, 이는 '龜'를 오로지 한자 개념 안에서만 해결 짓고자 하는 편향적 사고에서 기인하고 있다. 관점에 따라서는 龜를 변신용이라 전제, 龜와 龍을 동일물의 이칭으로 보는 견해도 있기는 하지만, 龍·龜 서로 엄연히 구분되는 각각의 두 존재를 그리 이해할 만한 이렇다 할 단서 없이 '변신'으로 추상 처리하는 일은 설득이 쉽지 않다.

끝내 한자어 개념 안에서 '龜·龍'의 혼용을 강조한다고 할 경우, 〈해가〉와는 문제 해결의 동일한 맥락을 띤 〈구지가〉에서의 '龜'가 똑같이 '龍' 자와 더불어 쉽게 호환 및 혼동 가능한 것일는지 생각해 볼 문제이다. 즉 〈구지가〉에서의 '龜'를 '龍'으로 문득 대치시킬 경우 이제껏 이 '龜'를 한자어 개념상의 '神龜' 존재 안에서 해결을 구하려는 입장들 앞에 일대 혼란을 야기할 일조차 우려된다.

돌이켜, 한문자와 더불어서 통일신라 및 고려에 이르기까지 식자층의 문화인식 가운데 문자 표현의 또 한 가지 방식으로서 향찰이란 것이 있었음을 우리는 안다. 무릇 우리의 전통 문학을 기록 현출해 온 언어의 삼대(三大) 기둥이 있으니, 한자와 향찰과 한글이었다. 이 중 한반도에 전래된 지 이천년을 훨씬 상회하는 한자와 570년 역사의 한글 존재에 관해서야 너무도 익숙하게 다루어 왔던지라 더 이를 나위조차 없지만, 문제는 어엿이 우리 문화사에서 두 번째로 사용된 향찰 언어에 있다. 곧 다수의 연구자들이 고전의 오의(奧義)에 부딪혀 당황하고 헤매는 계제에

龜乎龜乎出水
跎掠人婦の罪
乃極世若悕迷
不出入綱
捕掠播之燔

誰三國遺史海歌也
癸巳首月張喜

外玄 장세훈 寫의 〈海歌〉

조차 끝내 망각하는 것이 향찰의 존재이다. 『삼국유사』 소재 14수 향가와 맞닥뜨렸을 때 문득 깨달음처럼 '참, 이건 한자가 아니지!' 하며 향찰 모드로의 전환을 꾀하는 데까지야 문제가 있을 리 없다. 하지만 그 외에는 한자어로의 소통이 암만 이상해도 여간하여 이 모드를 가동하는 법이 없다. 그래서 일부 시가와 민요의 도처에 깔려 존재하는 부분 활용 향찰자 앞에 무덤덤하다. 한문 글을 읽다가 의미가 차단되면 오히려 향찰 모드로 전환하여 소통을 꾀하는 수는 있어도, 일단 옛 시가로 들어서면 제아무리 한자 뜻으로의 어색함과 불통이 야기돼도 끝끝내 그 체재 안에서 해결을 지으려 한다. 입체적인 소통의 마인드를 기대하기 어려우니, 이러한 문화의 편집(偏執) 현상은 하나의 고질과도 같은 신드롬이 되고 말았다. 향찰 언어에 대한 불감증 및 한자 길목의 안에 갇힌 때문일까? 향찰 판도로의 탈연(脫然)한 출구를 제시한대도 원래 방식만 고집하며 계속 미로를 헤매 돈다. 이것이 20세기 후반 옛 시가 탐구의 과정에서 꾸준히 재래 반복되는 안타까운 현상이다. 삼각언어의 한 변을 차지하던 당당한 문자 체계이건만 다시 돌아볼 줄을 몰라 진즉에 매장되다시피 한 잊혀진 문자, 그것이 바로 향찰자이다.

지금 〈해가〉의 '龜'처럼 한자 개념으로는 도저히 손댈 수 없는 것을, 그 나머지 향찰어 체계로 유추하여 대입시켜 보는 일은 명백히 필요 충분한 시도이다. 이때 향찰 적용의 궁리 외에 더 이상 다른 방도란 없기 때문이다.

그리하여 '龜'에 대한 향찰 해석 운운은 역시 일찍이 양주동과 박지홍의 지수(指授)대로 '검(㎜)'의 밖에서는 도출이 어려운 것이었고, '검'이란 단어가 비록 지금에는 사장(死藏)되고 말았지만 아득히 시간을 소급하면 과연 신 또는 신령을 뜻하는 순수 우리 고어였음에 의심의 여지가 없다. 현재도 '검'은 국어사전에조차 확인 가능한 어휘이니 훨씬 더 앞의 시대에 사용되어진 언어임이 인지된다.

이렇듯 '龜'가 향찰어 틀 안에서는 검, 즉 신(령)이라 했을 때, 수로부인 설화에서의 용이 노래 중의 '龜(검)'와 합체 동화되었으니, 결국 용은 그대로 하나의 검

[神]이다. 그리고 보매 본디 신을 말하려 함인데, 설화 안에서 출현의 주체로 제시된 바가 다른 무엇 아닌 용인지라 의당 용신의 메시지로 귀결되고 마는 것이다. 이같은 풀이는 배경설화 분석을 통해 샤먼 수로가 용신과의 교감 끝에 용궁에 다녀왔다는 서술과도 모순 없이 맞아떨어진다. 용신은 무당이 체험하여 신앙하는 여러 영검한 신인 산신·칠성신·천신 등과 더불어 자연신 가운데 중요한 한 존재이다.

앞서 가락국 신화 속의 노래 〈구지가〉의 '龜'를 산신, 구체적으로는 가야산 여신으로서 밝힌 바 있다. 여기서의 '龜'가 향찰 체계로서 '검', 곧 신의 뜻으로 쓰였고, 구체적으로는 신 가운데서도 산신(山神)이었지만, 이제 〈해가〉의 '검'은 신 가운데서도 용신[海神]의 뜻으로 부각되어 나타나는 것이다. '龜'가 '龍'과 혼효되면서 용신의 의미로 통하는 사례를 『신증동국여지승람』 권23, 〈청하(淸河)〉의 '산천(山川)' 조에도 볼 수 있다.

神龜山 : 在縣北十里 有三龍沈 旱禱在應
신구산(神龜山)은 청하현 북쪽 10리에 있는데 그 밑에 세 마리 용이 있으매 가뭄에 기도하면 효험이 있다.

여하튼 〈구지가〉와 〈해가〉 두 편의 가요를 통해 한국 전통 샤머니즘상의 '검'의 의미가 700년 이상 가는 시간의 벽을 넘나듦을 실감할 수 있다. 동시에 〈구지가〉의 '龜何'에서 〈해가〉의 '龜乎'로의 변모 또한 이미 예사롭지 않다. '龜何'에서의 '何'는 향찰어 '하'로서 존칭호격을 나타낸 것임은 〈구지가〉 부분에서 이미 소명한 부분이다. 따라서 그 앞의 자 '龜'는 단순한 '검' 아닌 '검님(신령님)'이 된다고 규명한 바 있었다. 〈구지가〉가 신군(神君) 맞이의 경건한 의식 절차 중에 불렸던 노래라는데 유념하면서, 이 가사 안에 들어있는 향찰어의 면밀한 분석을 통해 이 노래가 시종일관 경어법적 체계로 일관되어 있음을 보았다. 이는 역시 샤머니즘의 사고가 절대 우세했던 1세기 가야의 풍토 안에서 가능했던 일이다.

하지만 이제 8세기의 〈해가〉에 이르러서는 향찰체계의 '何'가 어느새 한자체계의 '乎'로 바뀌어 있었으니, 이는 '神[검]'에 대한 존대의 수위가 이미 〈구지가〉 시대와 같지 않음에 대한 강력한 시사였다. 곧 같은 신이라도 가야 백성들이 숭배하고 간구하던 대상으로서의 신의 지위와, 이제 통일신라 전성기에 동해 바닷가 이름 없는 주민들이 수로의 혼을 돌려달라며 아우성치는 대상으로서의 신의 등급을 동일한 수준 위에 놓을 수가 없이 되었다는 말이다. 요컨대 전자의 격상(格上) '검님'에 대해 후자는 격하(格下)로서의 '검'인 것이니, 공경법 체계의 붕괴에 직면한 첫 번째 구는 문득 '용신아 미리검아! 수로를 내놓아라'가 되고 말았다. 이어 두 번째 구의 '남의 부녀 약탈하는 죄 얼마나 극심하랴'가, 세 번째 구 '네 만약 거슬리고 내어놓지 않으면'에 이르기까지 어느 한군데도 공경의 기미를 찾아볼 구석이 없다. 오로지 우위에 선 자 입장에서의 가장 준절한 질책과 가차 없는 협박 등의 대결정신만이 팽배되어 나타난다.

용신은 샤먼 앞에서는 시대를 초월한 채 계속 숭앙 받는 대상으로서 우위를 점할 수 있지만, 이미 샤머니즘에의 절대적 신봉이 사라져버린 시대의 민(民) 앞에서는 한갓 이해관계로서의 대상일 뿐 더 이상 위의(威儀) 있는 대상이기 어렵다. 오히려 백성 쪽의 우세와 같은 역현상까지 나타나게 되는 바, 그 전형적 일례가 지금 〈해가〉에 있는 것이다.

그렇기 때문에 불교 전성기의 신라 대중이거나 고려의 승려인 일연의 인식 안에서 수로의 혼을 뺏어간 용신은 어디까지나 저급종교 속의 한 객체일 뿐이다. 이 인식 안에서는 용신을 '바닷속 미물(微物)'로 취급하고 표현함이 부자연스런 일이 아니다. 그리고 맨 나중에 용이 백성들의 기세에 견디지 못하고 수로부인을 반환하는 자세가 또한 '봉헌(奉獻)'으로 묘사됨이 당연지사가 된다. 원문에 "龍奉

夫人出海獻之(용이 부인을 받들고 바다에서 나와 바치었다)"가 그것이니, 용은 이제 더 이상 샤머니즘 시대에 누렸던 막강한 우위의 자가 아닌 하찮은 미물로 전락하고 말았다. 이것이 〈해가〉 속에 등장하는 용의 실체인 것이다.

결국 〈해가〉는 뭇사람들이 막대기로 해안을 두드리는 자극 감응을 유발하여 용신에게 만신 수로의 반혼을 강구하던 노래이다. 이보다 약 700년 전의 〈구지가〉가 산신 앞에 수로 임금의 현신을 촉구하던 상황과 좋은 대응을 이룬다.

용신을 상대로 강구하는 일인데도 〈해가〉 노래 허두에 '龜'로써 돈호한 계기는 〈구지가〉에서와 마찬가지로, 신을 뜻하는 '검'을 표출해내기 위한 향찰 이용에 있었다. 〈수로부인〉 경우의 '검'은 설화의 '龍' 출현과 결부하여 당연히 용신이다. 궁극적으로 '검'의 향찰화 표기는 '龍神'·'水神'·'海神'·'龍王'·'龍王神' 등과 같은 2~3글자가 향찰자 '龜'에 힘입어 한 글자로 축약되는 효과가 창출된 셈이다.

그러면 왜 곧장 나타내지 않고, 이 같은 향찰 구조 안에 감춰 두었는지 역시 짚고 넘어가야 할 중요한 숙제가 아닐 수 없다.

한국 땅에 유·불·도의 외래문화가 수입되기 전의 상고시대 토착 신앙의 형태인 애니미즘·토테미즘 등도 크게 보면 샤머니즘적인 개념 안에 자리해 있는 것들이었다. 또한 이른바 제정일치(祭政一致)의 사고 위에서 그만큼 상고시대의 정치적·종교적 문화인식은 샤머니즘과 긴밀한 관계 위에 놓여 있었다. 그리하여 이능화가 『조선무속고(朝鮮巫俗考)』에서 언급했던 대로 "옛날에 무(巫)가 하늘의 사제자로서 높임을 받았던 것이고, 그러므로 단군의 명칭은 물론이고, 신라에서의 차차웅(次次雄), 고구려의 사무(師巫), 마한에서의 천군(天君)의 칭호, 그리고 예(濊)에서의 무천(舞天), 가락의 계욕(禊浴), 백제의 소도(蘇塗), 부여의 영고(迎鼓), 고구려의 동맹(東盟) 풍습 등은 그 어느 것도 단군의 유풍과 신교(神敎)의 남은 풍속 아닌 게 없는 것이다."

여기서 가락의 풍습 곧, 〈가락국기(駕洛國記)〉에 적은 3월 상사일(上巳日)의 행사 역시 고대 무속의 한 형태라 했던 것이니, 〈구지가〉가 역시 무축(巫祝)·신사(神祀)의 성격을 띤 노래일 수밖에 없는 필연성이 약속되어 있고, 〈구지가〉와는 일맥상통하는 〈해가〉 또한 무가의 테두리 밖에서 관념하기 어려운 것으로 기정사실화되고 있음을 본다.

하지만 위에 열거한 모든 칭호와 풍속들은 그 연조(年條)가 너무도 아득한 곳에 처해 있는 것들이다. 지금 이 〈해가〉 관련하여 가장 관심사가 되는 신라의 경우만 하더라도 본시 무당[巫]을 뜻하는 '차차웅(次次雄)'의 칭호는 2대 남해왕에게 한하여 특별 해당될 뿐이다. 3대 이하는 무(巫)의 의미와는 일단 유리되는 바, 치리(齒理)를 뜻한다는 '이사금(尼師今)', 서얼 또는 말뚝[橛]을 뜻한다는 '마립간(麻立干)', 임금의 뜻인 '왕(王)'으로 이어지고 있다.

이윽고 외래문화의 한반도 유입으로 고유 신앙으로서의 무속적 사유도 더 이상 독장(獨場)을 계속할 순 없었다. 곧 인문의 진화에 따라 중국에서 들어온 유·불·도 3교가 이 땅 위에 흡수되는 동화의 속도와 효과는 고유 사상과 외래 사상 사이의 경계마저 모호케 하였다.

신라의 보수 성향은 불교의 처음 전래 때 상당히 배타적이어서 비록 삼국 중에 가장 나중 전파(A.D.527)되었다 하나, 일단 공인된 후에는 가장 심각하게 신앙되었던 것이니, 정치·문화 등 광범위하게 지대한 영향력을 행사하였다. 유교문화 역시 이두의 활용까지 이루어진 바 있고, 진흥왕 6년(A.D.545)에는 자국의 국사(國史) 편찬이 가능할 정도의 흡착력을 나타내었다. 도교 또한 자세한 기록은 없으나 당나라와의 문물 교류 과정상에 들어와 상당히 유행했을 것으로 보인다. 그리하여 저 외래의 사상과 종교는 오히려 세간의 존봉(尊奉)을 받으면서 다투어 종문(宗門)을 주창했으니, 고유의 무속은 배척을 면치 못했다.

불교의 영향력이 절대했던 통일신라기에 따로 샤머니즘에 대한 국가적 시책이라든가 신라인 전반의 반응을 엿볼 만한 기록은 쉽지 않다. 다만 신라말의 최치원(A.D.857~?)이 쓴 〈난랑비서(鸞郎碑序)〉에 보탬이 되는 정보가 있다. 나라의 현묘한 풍류도 곧 화랑도가 유·불·도의 3교 안에서 이룩되었다고 했거니와, 이에서 고유신앙 형태인 무교의 존재는 무시되고 있다. 그가 쓴 〈석이정전(釋利貞傳)〉도 중요한 자료가 되었다. 여기서 전래 무속적 개념으로서의 천신과 산신의 감응에 따른 김수로왕 출생 경위를 들은대로 옮겨 기록한 뒤에는 오히려 "모두 황탄하여 믿을 수 없다(俱荒誕不可信)"고 비판하였다. 이렇듯 전형적인 식자층의 한 입장을 통해서 신라 제2대 남해 차차웅 때 누렸던 무(巫)·정(政) 일치의 영화가 한 시절의 춘몽에 지나지 않았음을 확인할 수 있다.

그 다음 시대도 마찬가지이다. 역시 유·불의 이념이 막강하기만 했던 고려 때이니 상황의 변화가 있을 리 만무했다. 오히려 그것은 더욱 침체 일로에 들었다 해야 옳을 듯하다. 나라에 한재가 들었을 때 혹 무당들을 모아다가 기우제를 지내도록 하는 이른바 '취무도우(聚巫禱雨)' 또는 '폭무기우(曝巫祈雨)'의 일도 있기는 하였으나, 이는 민생과 관련하여 가뭄에 비를 내리게 하기 위한 갖가지 수단 중의 한 방편에 불과했다. 실제로는 불우 신전(佛宇神殿)에 비를 기원하는 일이 그에 못지않게 많았으며, 아니면 종묘사직에 빈다거나 죄의 사면, 궤휼 같은 인정책(仁政策) 등, 쓸 수 있는 모든 방법을 동원하였던 것이다. 결국 어디까지나 무(巫)를 말단(末端)의 방편으로 이용하였던 데 지나지 않았으니, 사실은 무(巫)에 대한 사회적 인식은 거의 천인(賤人)에 준한다고 할 만하였다.

그리하여 오히려 무당을 내쫓거나(黜巫) 금지시키는(禁巫) 일이 심심찮게 일어났으니, 그 실제적인 양상들이 『고려사』 및 『동국통감』 안에서 역력히 목격된다.

고려 인종 9년(A.D.1131)에 무격이 성 밖으로 축출당하지 않으려 세도가들에게 뇌물을 건넨 일이라든지, 의종 조에 함유일이 교로도감(僑路都監)으로서 서울 무당을 모조리 교외로 쫓아버린 일(1140경)과, 최항·현덕수 등이 그들을 쫓아내거나 금족(禁足)시키었다(1180경). 이후 충숙왕 8년(1339)에 감찰사가 금령의 게시와 함께 무격의 무리를 추쇄(推刷)하여 성 밖으로 쫓아내었으며, 공양왕 3년(1391) 5월의 과전법(科田法)에서 무격·창기·맹인 등에게 수전(受田)을 불허했던 사실, 또 같은 해 성균관박사 김초가 무격의 원지(遠地) 추방을 상서한 것 등 샤머니즘 탄압과 박대의 자취는 무수히 산견(散見)된다.

더불어서 일연보다 바로 한 세대 앞의 인물인 이규보(1168~1241)가 칠언고율 형태의 〈노무편(老巫篇)〉을 통해 당시 무폐(巫弊)를 한껏 기롱·풍자했던 일도 그 시대적 분위기의 한 단면을 여실히 보여주는 바 있다. 그가 시를 쓰게 된 동기만 봐도 확연해진다.

내가 살고 있는 동쪽 이웃에 늙은 무당이 있어 날마다 많은 남녀들이 모이는데, 그 음란한 노래와 괴상한 말들이 귀에 들린다. 내가 매우 불쾌하긴 하나 몰아낼 만한 이유가 없던 차인데, 마침 나라로부터 명령이 내려 모든 무당들로 하여금 멀리 옮겨가 서울에 인접하지 못하게 하였다.

반면 신라와 고려에 일관되었던 유·불의 사회적·문화적 인식은 융성의 기류를 타고 있었다. 이러한 분위기 안에서 비록 전통적 샤머니즘의 내용을 가장 오랜 토속신앙적 문화의 한 유산으로서 인정 안할 순 없다 해도, 현세적 유(儒)와 종교적 불(佛)이라는 더 큰 세력의 이념 앞에서는 일개 구시대적 미신이거나 저급 종교로 밖에 더 생각지 않았을 것이었다.

이같은 추세 안에서 무격 관계의 설화적 메시지가 있다고 해도 여기에 대한 직접적인 서술을 기피하는 분위기가 형성되었다. 다시 말해 신라·고려 양 시대에 걸치는 구승의 오랜 과정상에 샤머니즘을 내용적 테마로 갖는 설화의 원형을 그대로 유지·보존시키기를 사양하는 대신, 제2의적 상징 및 은유의 언어로 탈바

꿈시키기 위한 도모(圖謀)가 꾸준히 지속되었으리라 함은 추측하기 어렵지 않다.

그리하여 13세기의『삼국유사』를 통해 볼 때, 사실은 샤머니즘과 직결된 메시지로 알려진 단군 및 처용의 일조차 표면상으로는 아무런 내색도 나타냄이 없는 상태이다. 곧 무격신앙 할 때의 '巫' 자나 '覡' 자 하나도 찾아보기 어렵다는 뜻이다. 지금『삼국유사』가 수록한 〈수로부인〉 관련의 노래며 설화의 암호화 또한 명백한 샤머니즘 알레르기의 한 징표였다. 저『삼국사기』가 무격에 대해 호의적이지 않은 태도를 감행했다 할지라도, 오히려 그 자체 우회적이지 않은 직접 사술(史述)을 기본으로 했는지라 '巫' 같은 표현을 은유법 안에 숨기거나 하지는 않았던 사실과 견주어 볼 때 대조적이다.

하지만『삼국유사』안에서 특징적으로 나타나는 바, 이를테면 지금 〈수로부인〉 등속에서 볼 수 있는 상징화 또는 은유화의 설화며 노래들이 일연의 직접적인 손길에 따라 재구성된 것이라고는 생각되지 않는다. 역시 오래고 여유있는 문화적 시간의 흐름 속에서 시대 사람들에 의해 수시로 둥글려지고, 인식의 변화 안에서 꾸준히 도포된 나머지의 부산물을 일연이『삼국유사』에다 성실히 옮겼을 것이다.

한편으로 그가 당시대 불가의 승려였다는 사실도 이에 아주 무관하지는 않았을 것이다. 다름 아니라『삼국유사』는 그 기본적 구성이라든가 내용적 성격에서 이 책이 꼭 불교의 포교서라 해도 무방할 정도였다. 그리고 당연히 이 종교 관련의 술어와 표현들은 일체가 온전히 노골적인 양상을 띠었음을 본다. 이에 반해 일연이 상고시대 무속과 유관한 단군신화 같은 것을 대서특필 했을지라도, 또 〈구지가〉 배경신화 및 수로부인과 처용의 일 등을 애써 수록하였을망정, 이들이 하나같이 무속 관련 기사임을 암시케 해 줄만한 그 어떤 배려도 베풀지 않았던 사실이 있었다.

마찬가지로 지금 〈해가〉에서 용신의 실체를 '龜' 자의 안에 담아 놓고, 다시

아무런 힌트도 남기지 않은 사실 등은 불도자로서의 그의 신분과 함께 특정 신앙
에 대한 그의 관념이 차마 다 극복하지 못한 한계라고도 볼 수 있다.

6

원가 怨歌

마법에 걸린 잣나무와 원망의 반어법

信忠掛冠

孝成王潜邸時與賢士信忠圍碁於宮庭栢樹下嘗謂
曰他日若忘卿有如栢樹信忠興拜賜數月王即位賞
功臣忘忠而不第之忠怨而作歌帖於栢樹樹忽黃悴
王恠使審之得歌献之大驚曰萬機鞅掌幾忘乎角弓
乃召之賜爵禄栢樹乃蘇　　歌曰　物叱好支栢史
秋察尸不冬爾屋支墮米　汝於多支行齊教因隱
仰頓隱面矣改衣賜乎隱冬矣也　月羅理影支古理
因淵之叱　竹尸浪
叱望阿乃　世理都
之叱逸烏隱第也　後句亡
由是寵現於兩朝景德王王即孝成二十二年癸卯忠
與二友相約掛冠入南岳再徵不就落髮為沙門為王
剗斷俗居寺居焉額終身立壑以奉福大王王許之留真
在金堂後壁是也南有村名俗休今訛云小花里按三
傳有信忠奉聖寺興也相混然計其神文之世距景德
巳百餘年況神文與信忠乃宿世之事則非此信忠明
矣宜矣又別記云景德王代有直長李俊髙僧傳作李純
頗年至知命須出家創佛寺身亦削髮法名孔
宏長老佳寺二十年乃卒與前三國史所載不同兩存
之闕疑讚曰　功名未已鬢先霜君寵雖多百歳忙
岸有山頻入夢逝將香火祝吾皇

『삼국유사』 권5 '避隱' 주제 하의 信忠掛冠 조에 수록된 〈원가〉와 그 배경담

物叱好支栢史秋察尸不冬尔屋攴隨米汝於多攴行

齊教因隱仰頓隱面矣改衣賜乎隱冬矣也月羅理影攴

古理叱行尸浪阿叱沙矣以攴如攴兒史沙

叱望阿乃世理都之叱逸烏隱第也

갓도히 자시 ᄀᆞᆯ안ᄃᆞᆯ곰 므르 디매 너를 하그리 너겨 우러러보던 ᄂᆞ치 가시시온 겨ᅀᅳ리여 ᄃᆞ라리 그르메 ᄂᆞ린 못ᄀᆞᆺ ᄂᆞᆯ 믌겨랏 몰애로나 즈ᅀᅵ 샷다 ᄂᆞᄂᆞ리 모ᄃᆞᆫ ᄀᆞᆺ 여희온디여 신ᄎᆞᆫ 지ᅌᅳᆫ 가ᄅᆞᆯ 병신년 봄 소은 박병옥 쓰다

昭芸 박병옥 書, 김완진 풀이의 〈怨歌〉

신라 34대 효성왕(孝成王, 재위 737~742) 시절에 진골 출신인 신충(信忠)이 왕을 원망하여 지었다는 향가 한 작품이 있다. 『삼국유사』 권5 피은(避隱)8의 '신충괘관(信忠掛冠條)'조에 수록된 바, '신충이 관(冠)을 걸어놓다'는 뜻, 곧 그가 벼슬을 내놓고 물러났다는 말이다. 그 유래를 설명한 배경담과 함께 여덟 구의 향찰 표기가 전한다. 먼저 그 배경담부터 보기로 한다.

孝成王潛邸時 與賢師信忠 圍碁於宮庭栢樹下 嘗謂曰 他日若忘卿 有如栢樹 信忠興拜 隔數月 王卽位賞功臣 忘忠而不第之 忠怨而作歌 帖於栢樹 樹忽黃悴 王怪使審之 得歌獻之 大驚曰 萬機鞅掌 幾忘乎角弓 乃召之 賜爵祿 栢樹乃蘇.

효성왕이 아직 왕위에 오르기 전에 어진 신하 신충(信忠)과 대궐 뜰의 잣나무 아래서 바둑을 두던 날 신충에게, "훗날 만약 내 그대를 잊는다면, 저 잣나무가 증거 하리라." 하니 신충이 일어나 절을 하였다. 몇 달이 지나 왕이 즉위하고 공로가 있는 신하들에게 상을 줄 때 신충을 잊고 공신의 차례에 넣지 않았다. 이에 신충이 원망의 노래를 지어 잣나무에 붙이자 잣나무가 갑자기 누렇게 시들어 버렸다. 왕이 이상타 하여 살펴보게 했더니 거기서 노래가 나와 이를 왕께 바쳤다. 왕이 크게 놀라 "번잡한 정무(政務)에 하마터면 공신을 잊을 뻔하였구나!" 하였다. 이에 신충을 불러 벼슬을 주니 그제야 잣나무도 되살아났다.

오늘날 이 원망의 노래를 일러 〈원가(怨歌)〉라 한다. 그러나 문헌 자체가 그렇게 밝힌 일은 없다. 다만 배경담 중에 '忠怨而作歌'라 한 부분이 있고, 이를 양주동이 『고가연구(古歌研究)』에서 붙인 명칭을 후세에 답습한 것이다. 논자에 따라서 '백수가(栢樹歌)'·'원수가(怨樹歌)' 등으로 명명한 경우도 보인다.

『증보동국문헌비고(增補東國文獻備考)』에도 〈궁정백(宮庭栢)〉이라는 제목으로 동일 내용이 있다. 단지 얼마간 수사를 달리 했고, '信忠' 대신 '金信忠'이라 한 점이 눈에 띈다.

효성왕은 이름이 김승경(金承慶)이니, 성덕왕의 둘째 왕자로서 왕위를 계승하였다. 위의 이야기만으로 보면 그가 즉위하기까지 왕궁 내부에 무슨 왕위다툼 같은 곡절이라도 있고 그 결성 과정에서 상하 간에 서약을 주고받는 상황처럼 보일 수도 있다. 그러나 사록(史錄)을 들춰보면 권력상의 대치 같은 상황은 나타나 있지 않다. 그의 형인 중경(重慶)이 부왕인 성덕왕 14년(715) 12월에 태자에 봉해졌지만, 무슨 일인지 그 후 1년 6개월만인 왕 16년(717) 6월에 죽고 만다. 그런데 성덕왕은 둘째로 하여금 곧바로 승계토록 하지는 않았고, 7년이나 지난 뒤인 왕 23년(724) 봄에나 태자에 봉해 준다. 그리고 13년이 더 지나 성덕왕이 서거(737)하면서 승경도 비로소 왕위에 오르게 된다. 그러니까 그는 형의 유고가 있고부터 꼭 20년을 기다려서야 왕좌에 오른 셈이다. 잣나무 아래에서 함께 바둑을 두며 미래를 얘기했다는 일도 바로 이 기나긴 잠저(潛邸) 생활 중의 어느날이 되겠고, 또한 그와 마주앉은 신충도 저간(這間)에 그를 따르던 복심(腹心)들 중의 한사람일시 분명하다. 그러나 왕이 되고난 뒤에 신충을 잊었다는 것으로 그만큼 추종자가 많았다는 것도 짐작케 하고, 다른 한편으로는 잊은 것은 아니로되 따로 부르기까지는 않았다고도 추리해 볼 수 있다.

잠저 시절의 충복을 즉위 뒤에 망각한 이야기는 저 중국에도 있었다. 한식 유래와 관련하여 유명한 개자추(介子推) 일화가 그것이다. 춘추시대에 오패(五覇) 가운데 하나인 진(晉)나라 문왕(文王)이 여희(驪姬)의 농간에 빠져 있자 왕의 아우 문공은 형으로부터 생명의 위협을 느끼고 다섯 신하와 함께 국경을 벗어나 19년의 유랑생활에 들어갔다. 급기야 굶주림을 못 이겨 쓰러졌을 때 수하 중에 개자추가 자신의 허벅살을 베어 내어 문공에게 먹였다. 그 후 문왕의 죽음으로 문공이 돌아가 왕위에 오르자 고난을 같이 했던 신하들은 서로 공을 다투었다. 그 와중에 개자추는 어머니를 모시고 멀리 산서성 현산(縣山)으로 들어가 버렸다. 이 일을 보고

분개한 개자추의 친구가 '…네 마리의 뱀은 거처할 구멍을 얻었거늘, 용의 굶주림을 면해준 한 마리 뱀만은 거처할 구멍을 못 얻어 산에서 울고 있다'는 글을 궁문 (宮門) 앞에 붙여 놓았다. 글을 접한 문공은 크게 뉘우치고 곧장 사람을 보내어 개자추를 찾게 하였으나, 이미 깊은 산속으로 숨어버린 후였다. 이에 문공이 산에다 불을 지르면 나올 줄로 생각하고는 불을 질렀으나 개자추는 끝내 나오지 않고 노모와 함께 타죽고 말았다. 문공은 그의 죽음을 애석하게 여긴 나머지 해마다그 날이 오면 백성들에게 불에 익힌 음식을 금하게 하여 개자추를 추모했다고한다. 이른바 한식(寒食)의 유래이기도 하다.

그러나 신충은 개자추와는 다르게 적극적인 공세를 펴서 기어이 관작을 얻었다. 그리고 이후에도 효성과 경덕 두 왕조에 걸쳐서 대단한 총영을 누렸다고『삼국유사』는 기록하고 있다. 문면 상으로 볼 때 이 모든 저력은 역시 한 장의 쪽지에서 나왔다고 하겠으니, 그 안에 향찰로 적혀 있었다는 노래의 가사는 이러하였다.

物叱好支栢史
秋察尸不冬爾屋支墮米
汝於多支行齊教因隱
仰頓隱面矣改衣賜乎隱冬矣也
月羅理影支古理因淵之叱
行尸浪
阿叱沙矣以支如支
逕(貌)史沙叱望阿乃
世理都
之叱逸烏(烏)隱第也
(後句亡)

맨 끝의 '후구망(後句亡)'은 바로 다음 구에 있었던 것이 없어졌다고 하는 말이다. 향가에 10구체 이상은 존재의 사례가 없으매, 본시 10구체 향가였는데 2개의 구(句)가 사라진 것으로 유추된다. 그리하여 오늘날은 8구체로 전해지는 이 향가에 대한 양주동의 풀이는 이러하다.

믈힌 자시	뜰의 잣(栢)이
ᄀᆞᆯ 안둘 이우리 디매	가을에 아니 이울어지매
너 엇뎨 니저 이신	"너를 어찌 잊으리오?" 하신
울월던 ᄂᆞ치 겨샤온디	우러르던 낯이 계시온데
둜그림제 녯 모샛	달그림자가 옛 못[淵]의
녈 믌결 애와티ᄃᆞᆺ	가는 물결 원망하듯이
즛ᅀᅡ ᄇᆞ라나	얼굴이야 바라보나
누리도 아쳐론 뎨여	누리도 싫은지고!

이와 대조하여 김완진의 해독은 이러하다.

갓 됴히 자시	질 좋은 잣이
ᄀᆞᆯ 안둘곰 ᄆᆞᄅ디매	가을에 말라 떨어지지 아니하매,
너를 하니져 ᄒᆞ시ᄆᆞ론	"너를 중히 여겨 가겠다" 하신 것과는 달리
울월던 ᄂᆞ치 가시시온 겨ᅀᅳ레여	낯이 변해 버리신 겨울에여.
ᄃᆞ라리 그르메 ᄂᆞ린 못ᄀᆞᆺ	달이 그림자 내린 연못 갓
녈 믌겨랏 몰애로다	지나가는 물결에 대한 모래로다.
즈ᅀᅵ샷 ᄇᆞ라나	모습이야 바라보지만
누리 모ᄃᆞᆫ갓 여희온뎌여.	세상 모든 것 여희여 버린 처지여.

최종 구는 신의(信義)가 지켜지지 않는 이러한 세상이 싫다거나 그런 세상을 피해 숨고싶다는 의미의 염세적 슬픈 탄식이다.

여기 〈원가〉에서 화자의 정서 표현에 제대로 이바지하여 있는 '잣'과 '물'과 '달'은 바로 뒤의 〈찬기파랑가(讚耆婆郎歌)〉에서도 거듭 핵심소재로 선택되고 있다. 〈찬기파랑가〉에서는 이 어휘들이 집단적 이념의 표상을 위해 이바지한데 반해 〈원가〉의 경우 궁극엔 자기 영달의 수단으로 변질되었다는 평도 없진 않다. 하지만 문학의 수사가 반드시 어느 사회 또는 종교 집단의 이념을 선양하는 역할뿐 아니라 개인의 내면 정서를 극진(極盡)히 하는데도 기여한다는 사실 또한 무시될 수 없다. 특히 〈원가〉에서는 잣나무가 주술 매체로서 중요한 모티브가 되고 있고, 〈찬기파랑가〉에서의 잣나무도 그 서리 모르는 기상을 기파랑에 부쳐 칭송했거니, 잣나무는 필경 향가문학에서 예사롭지 않은 키워드임이 분명하였다. 그럴 뿐만 아니라 하늘을 향해 늘씬하게 치솟은 잣나무는 신라인들이 추구하는 구원(久遠)의 이상목(理想木)인양 다가온다. 저 굵고 에굽은 소나무 자태가 조선시대 선비정신을 표상하는 이상의 나무로 상념되었다면, 수직으로 곧게 벋은 잣나무는 신라 한 시대를 상징하는 정신적 표상목(表象木)으로 인식되었을 것이 분명하다. 잣나무의 여러 별칭 가운데 '신라송(新羅松)'이 있다. 신라 때 잣 종자가 중국에 들어가서 얻은 이름이라 하거니와, 여기엔 단순히 전파되었다는 의미 이상으로 잣나무에서 감수(感受)되는 신라적 이미지가 매우 강렬했던 것임을 짐작할 나위가 있다.

노래에서 가을에도 이울어지지 않는 잣나무에 문득 시드는 변고가 일어났다고 했다. '잣나무'는 사시(四時)에 푸르니, 바로 이 여상(如常)의 상록수와도 같이 신충을 잊지 않으리란 왕의 마음 역시 변함이 없음을 여기에 맹세했던 것이다. 그러므로 시듦의 변고는 맹세가 깨어졌음을 곧장 적시한 뜻이 된다.

한편 〈원가〉는 배경설화와 노랫말 간에 서로 호응되는 모양이 다른 향가에 비해 훨씬 명료하다는 특징을 지니고 있다. 배경설화에서만 잣나무에 걸어 맹세했다고 했을 뿐 아니라 노랫말에서조차 약속을 지키지 않은 왕의 처사를 잣나무의 시듦에 부쳐 구현한 품이 그러하다. 비록 노래 자체에는 서정시다운 정조(情調)만으로 차 있지만 그럼에도 이야기와 노래가 잣나무로 상응을 나타내고 있다는 점이 돋보인다.

보통 다른 향가에서는 배경담 안에 언급된 어떤 내용을 노랫말 안에서 다시 찾기란 쉽지 않기 때문이다. 예컨대 〈서동요〉만 하더라도 노래 속의 선정적인 통정(通情)의 내용을 설화 속에서는 전혀 낌새조차 발견할 수 없다. 저 〈구지가〉에 서는 더욱 그러했으니, '龜'를 거북으로 본다면서 막상 배경담 안에서는 아무런 자취도 없다. 즉 통상적으로는 설화의 정보 다음에 뒤이어 노래 정보가 (A)+(B)로 나열하여 소개될 뿐이므로 설화의 내용에 의지해 노래의 내용을 가늠할 방도가 없다. 이와 대조하여 〈원가〉에서는 노래의 1~4구가 배경담 안의 정보와 고스란히 포개져 연결된다. 즉, 배경담에서 효성왕이 신충에게 잣나무를 두고 맹세했던 일의 전말이 그대로 노래의 편장 속에 표출되어 있다. 요컨대 (A)+(A1)으로 호응 되고 있음이 특징이라고 할만하다.

그런데 배경담을 존중해서 보았을 때 〈원가〉는 나무에 이변을 일으킨 주술적인 힘을 가진 노래이다. 하기는 주력(呪力)을 띤 향가가 반드시 이것이 처음은 아니었 다. 삼국시대 진평왕대 초창기의 주술 가요인 융천사의 〈혜성가(彗星歌)〉가 있고 서 약 1세기 남짓만에 효성왕 시절을 배경삼아 강한 주술적 효험을 과시한 셈이 다. 그리고 이러한 현상은 바로 다음 왕인 경덕왕 시절에 온통 집중되었으니 월명 사의 〈도솔가(兜率家)〉, 〈제망매가(祭亡妹歌)〉와 충담사의 〈안민가(安民歌)〉, 그리 고 희명(希明)의 〈도천수대비가(禱千手大悲歌)〉 등에서 일시 신비력이 발휘되었다. 향가가 천지귀신을 감통케 하는 일이 비일비재하다더니, 과연 그 효험은 7·8세기 의 신라사회 안에서 다양한 형상으로 나타났다. 〈혜성가〉에서는 주술의 효과가 혜성의 출현을 통해 발현되었고, 〈도솔가〉에서는 두 개의 해, 〈제망매가〉에서는 지전(紙錢)으로 구현되었으며, 〈도천수대비가〉에서는 아이의 두 눈을 징험으로 삼았다고 할 수 있다.

그리고 이제 〈원가〉에서 주력 발휘의 매개가 된 사물은 잣나무였다. 신충이 노래 적은 종이를 잣나무에 붙였더니 갑자기 누렇게 시들었다는 것은 '접촉감응'의 한 형태로 볼 수 있다. 곧 잣나무가 문득 효성왕에 동일시되면서 은유가 성립되고, 거기에 신충의 화신(化身) 격인 노래쪽지가 잣나무와 접촉한 결과 효성왕 쪽으로의 감응이 일어났다. 감염이란 말이 꼭 병균이나 병이 생명체 안에 침입하여 증식하거나 퍼진다는 뜻만 아니라, 어떤 사상 등으로부터 영향 받아 사상이나 행동이 동화된다는 뜻도 아울러 있다. 그리고 보면 신충이 사출(射出)해낸 원망의 에너지가 잣나무에 옮겨 감염한바 목이(木異) 현상을 불러일으켰다고도 할 수 있다. 그리고 이런 류의 주술적 감응은 월명사가 죽는 누이를 위해 지전(紙錢)을 태웠는데 홀연 회오리바람이 불어 그것이 서쪽으로 날아갔으니 누이동생도 서방정토로 갔음을 은유 암시한 〈제망매가〉에서도 발견된다.

서정성의 도저(到底)함도 〈원가〉의 특징 가운데 하나로 간과치 못할 바다. 1~4구까지가 과거에 왕이 자신에게 건넨 말을 재현한 부분이라면, 후반부인 5~8구는 스스로의 심중을 묘사한 부분이라고 할 수 있다. 후반부는 왕의 식언(食言)으로 인한 자신의 차타(蹉跎)를 자탄한 것이다. 연못의 물살에 이지러지는 달그림자, 물결에 밀려나는 모래 등은 자신의 신세 어그러짐과 중앙에서 소외당한 현실을 우회적으로 은유한 말이다. 물론 왕에 대한 공경심이 변한 것은 아니지만 밑바탕에 원망과 실의가 깔려있기에 모든 것을 잃어버린 처지라고 술회하였다. 5, 6구에 대한 양주동 풀이말인 "달그림자 옛 못의 가는 물결 원망하듯이"도 그렇지만, 더욱이 김완진 해석상의 "달이 그림자 내린 연못 갓 지나가는 물결에 대한 모래로다"에 이르면 그 연미(軟美)한 수사법이 『삼국유사』 전체 향가 중 가히 정점의 위치에 있다고 해도 지나치지 않을 정도라 하겠다.

왕의 부름을 받아 국난(國難)을 도운 주역들인 월명사, 충담사, 융천사를 포함하여 향가의 작가로 내세워진 그 누구도 실록(實錄) 안에선 자취가 모호키만 했다. 〈모죽지랑가(慕竹旨郞歌)〉에서 죽지랑이 『삼국사기』 안에서 확인되긴 하나 작가라는 득오(得烏)만은 실록에 없는 인물이었다. 그런 와중에 여기 모처럼 역사 안에서 확인되는 작가가 나타났다. 신충(信忠)이 바로 그 주인공이니, 그는 〈원가〉 한 노래 덕분에 왕이 뒤늦게 깨닫고 작록(爵祿)을 내렸다고 했다. 그 여실한 자취가 효성왕 3년(739)에 이찬 중시(伊飡中侍) 벼슬을 받는 것으로 나타났고, 왕 21년(757)에는 상대등(上大等)으로 승진하였다고 했다. 다음 왕인 경덕왕 22년(763) 벼슬에서 은퇴하고 승려가 되어 단속사(斷俗寺)를 건립하였다고 했으니, 전체 24년의 환적(宦蹟)을 보인 셈이다. 이렇게 신충을 실존 인물로 간주하는 전제라면 나열된 이력도 함께 검토됨이 마땅하고, 궁극에 『삼국유사』에 등장하고 있는 신충의 행적 또한 더 이상 의심했다간 따가운 눈총을 면치 못할 듯싶다. 그리하여 〈원가〉 창작의 연대 또한 효성왕 원년(737)이나 효성왕 2년(738)이 당연한 것으로 언급되고 있다.

그런데 이 기록들이 모두 사실이라는 전제에서조차 외려 이 노래가 경덕왕 대에 지었다는 주장도 있었다. 작자 신충의 생애에서 정작 왕에 대해 깊은 원망으로 노래를 지을 만한 합당한 시기는 효성왕 재위 때보다는 신충이 상대등의 직위에서 면직된 경덕왕 22년(763) 이후라는 것이다. 하지만 이 추론은 효성왕과의 갈등 내지 노래 뒤에 성취를 이룩한 사연과 연결지을 때 인과성이 결여된다. 그보다는 신충이 원망의 노래를 만든 2년 뒤에 노래의 효험으로 중시(中侍)로 등용되었다고 하는 쪽에서 타당성이 확보된다.

『삼국유사』 '신충괘관' 배경담에서는 "그렇게 면직된 이후 신충은 두 벗과 약속하여 벼슬을 그만두고 남악(南嶽)으로 들어가 두 번 불러도 나오지 않았다. 머리 깎고 불도를 닦는 사람이 되어 왕을 위해 단속사(斷俗寺)를 짓고 죽을 때까지 산에 숨어 대왕의 복을 빌겠다고 하자 왕이 허락했다"고 한다. 그런데 마침 『삼국사기』의 경덕왕 22년 조에서도, "상대등 신충이 면직되자 홀연 세상을 피하여 산으로 들어갔는데 여러 번 불러도 나오지 않고 머리 깎고 중이 되어 왕을 위해 단속사를 세워 살았다"고 하여 모처럼 두 문헌 간에 일치를 보이고 있다.

진즉에 효소왕 때를 배경으로 한 〈모죽지랑가〉에서 『삼국사기』 역사 기록과 『삼국유사』 문예기록 상에 이같은 일치가 보였더니, 그로부터 한 30년 뒤에 효성왕 배경의 〈원가〉에 이르러 거듭 상합(相合)을 나타낸 셈이다. 그리고 이런 사례는 여타의 향가에서는 유례가 없던 일이었다. 아울러 또한 우연인지 아니면 필연의 결과인지 공교롭게도 이 두 작품의 내용 기조(基調)는 똑같이 객관적 이성보다 주관의 감성이 더 우선시되는 형상이었다. 그리하여 향가의 세계에서 주정적(主情的) 서정시의 기틀은 〈모죽지랑가〉와 〈원가〉에서 본격화되었다고 말할 수 있다. 바로 다음 왕인 경덕왕 때 월명사가 지었다고 하는 〈제망매가〉에서 보인 애상의 정서도

경남 산청군 소재 옛 斷俗寺 절터 안에 있는 삼층석탑. 동서로 두 탑이 나란히 서 있다.

같은 계역(界域)에 들어간다고 할 만하다.

'원가'라는 말이 신충이 '원망하여 노래를 지었다(忠怨而作歌)'고 한 데서 나왔다고 했는데, 그 원망의 상대란 게 다른 누구도 아닌 임금이었다. 신하가 왕을 원망하는 노래라 하니 우선 듣기에 생경하고 납득도 쉽지 않다. 대개 원망은 자체로 부정적인 정서인양 보이지만, 그 이면에는 의외로 긍정의 다른 정조(情操)가 있음을 고대 중국의 경전은 밝히고 있다. 『시경』 소아(小雅)에 있는 〈소반(小弁)〉 편은 부모로부터 억울하게 버림받은 자식이 자신의 처지를 괴로워하면서 하루빨리 부모가 잘못을 깨닫고 다시 단란하게 살아가기를 염원한 노래이다. 앞뒤 조금만 생각해보면 잘못이 나변에 있는지 알 수 있을 텐데, 그렇지 못하고 거짓 하소연에 빠져 지내는 아버지에 대한 원망과 그리움이 동시에 내포되어 있다. 마침 이 〈소반〉 편을 두고 맹자가 논변한 것이 있는데, 여기서 '원망의 반어법'에 대한 이해가 영실해진다. 『맹자』 고자(告子) 편 안의 글이다.

> 公孫丑 問曰高子曰小弁 小人之詩也 孟子 曰何以言之 曰怨 曰固哉 高叟
> 之爲詩也 有人於此 越人 關弓而射之 則己 談笑而道之 無他 疏之也 其兄 關
> 弓而射之 則己 垂涕泣而道之 無他 戚之也 小弁之怨 親親也 親親 仁也 固矣
> 夫 高叟 之爲詩也 有人於此 越人關弓而射之 則己談笑而道之 無他 疏之也
> 其兄關弓而射之 則己垂涕泣而道之 無他 戚之也 小弁之怨 親親也 親親 仁也
> 固矣夫 高叟 之爲詩也 曰凱風 何以不怨 曰凱風 親之過 小者也 小弁 親之過
> 大者也 親之過 大而不怨 是愈疏也 親之過 小而怨 是不可磯也 愈疏 不孝也
> 不可磯 亦不孝也.
>
> 공손추(公孫丑)가 물어 가로되, "고자(高子)가 말하기를 〈소반(小弁)〉은 소인(小人)의 시라 하더이다." 맹자 이르되, "무엇으로써 그리 말하는고?" 가로되, "원망입니다." 맹자 이르되, "고루하구나! 고수(高叟)의 시 다룸이여. 여기 어떤 사람이 있는데, 월나라 사람이 활을 당겨 맞히려 하거든 곧 내가 담소하고 말함은 다른 것 아니라

凡志 박정식의 〈怨歌〉 주제 栢樹圖

소원(疏遠)한 때문이요, 그 형이 활을 당겨 맞히려 할 때 곧 내가 눈물을 흘리며 말함은 다른 것 아니라 가깝기 때문이니, 소반의 원망은 어버이를 가까이 함이라. 어버이를 가까이 함은 어짊이거늘, 고루하구나! 고수의 시 다룸이여." "개풍(凱風)은 어찌해서 원망하지 않나이까?" 이르되, "개풍은 어버이의 허물이 적은 것이고, 소반은 어버이의 허물이 큰 것이니, 어버이의 허물이 큰데도 원망치 아니하면 이는 더욱 소원함이요, 어버이의 허물이 적은데도 원망한다면 이는 가까워지지 못함이니, 더욱 소원함도 불효요, 가히 가까워지지 못함도 또한 불효니라."

〈소반〉 시에 대해 유왕(幽王)이 포사(褒姒)를 총애하여 신후(申后)를 내쫓고 태자의 자리를 폐했기에 태자의 스승이 탄식하여 지었다고도 하고, 또는 태자가 직접 지은 시로도 본다. 이는 〈모시서(毛詩序)〉의 말이고, 일면 〈노시설(魯詩說)〉의 말은 또 다르다. 주(周)나라 선왕(宣王) 때의 윤길보(尹吉甫)가 후처를 얻어 아들을 낳았고, 후처가 전처소생인 백기(伯奇)를 참소하여 내쫓으매 백기가 이 노래를 지어 자신의 원통한 심사를 나타낸 것이라고 한다.

역시 『시경』 안에는 세상살이 고통을 못 견뎌 자신을 낳아준 부모를 원망하는 시가 있다. 소아(小雅) 중의 〈정월(正月)〉 두 번째 장이다.

父母生我	우리 부모 날 낳아
胡俾我瘉	어찌 날 이리 괴롭게 하나.
不自我先	내 앞에게도 아니고
不自我後	내 뒤에게도 아니면서.
好言自口	좋은 말도 입에서 나오고
莠言自口	궂은 말도 입에서 나오는 것.
憂心愈愈	근심 걱정이 하고 하니
是以有侮	이에 욕됨을 받는구나.

언뜻 보면 불효자의 푸념인양 들리는데도 오히려 유가의 경전에 들어있다니 당혹스러울 수 있다. 그러나 마침 부모 원망의 문제에 대해서 다산 정약용이 자상히 변증해 보인 사례가 있다. 〈원원(原怨)〉이란 글이 그것이니, '원망에 대한 근본을 밝힌다'는 뜻이다.

父不慈 子怨之可乎 曰未可也 子盡其孝 而父不慈 如瞽瞍之於虞舜 怨之可也 君不恤臣 怨之可乎 曰未可也 臣盡其忠 而君不恤 如懷王之於屈平 怨之可也 父母惡之… 故孔子曰詩可以怨 當怨而不得怨 聖人方且憂之 … 怨者聖人之所矜許 而忠臣孝子之所以自達其衷者也 知怨之說者 始可與言詩也 知怨之義者 始可與語忠孝之情也.

아버지가 자식을 사랑하지 않는다고 해서 원망하면 되겠는가. 그것은 안 될 일이다. 그러나 자식이 효도를 다하고 있음에도 아버지가 사랑하지 않는 저 순(舜)의 아비인 고수(瞽瞍)가 우순(虞舜)을 대하듯 한다면 원망하는 것이 옳은 일이다. 임금이 신하를 돌보지 않는다고 해서 원망하면 되겠는가. 그것은 안 될 일이다. 그러나 신하로서 충성을 다했는데도 임금이 돌보지 않기를 저 초나라 회왕(懷王)이 굴평(屈平)을 대하듯 한다면 원망하는 것이 옳은 일이다. … 그러기에 공자는, "시(詩)는 원망을 나타내고도 있다" 하여, 꼭 원망해야 할 자리에 원망을 못하는 것을 성인(聖人)으로서도 근심하였다. … 원망이란 성인도 인정하고 허락한 것이며, 충신과 효자가 자신의 충정을 임금과 부모에게 나타내는 길인 것이다. 그러므로 원망의 실상을 아는 자라야 비로소 시(詩)를 말할 수 있고, 원망에 대한 의의를 아는 자라야 비로소 충효에 대한 충정을 설명할 수 있다.

『여유당전서(與猶堂全書)』 2집에 들어 있는 이 글은 다산 독창의 작의(作意)가 아니라 『시경』과 『맹자』의 생각을 본받아 서술한 이른바 조술(祖述)의 언어이다. 이제 신충의 〈원가〉 또한 이러한 긍정의 바탕 위에 수행된 원망가라고 하겠다. 그렇기 때문에 신라인들의 자긍(自矜)인 향가예술의 반열에 올랐을 터이다.

나아가, 이같은 긍정적 소통의 이미지가 잘 인식된 덕분인지, 군주와 신하 사이의 사연 속에서 피어난 노래 〈원가〉는 '충신연주지사(忠臣戀主之詞)'의 이름을 듣는다. 한국 시가문학의 흐름 안에서 충신연주지사란 원지(遠地)에서 임금에 대한 충성심과 그리움을 노래한 시의 총칭으로 쓰인다. 다만 그 창작의 당사자들이 정녕 충신이었는지의 여부에 대한 논란의 여지까지를 대비해서 무난히 그냥 '연주지사'라고만 해두자. 고려시대에는 의종 때 정서(鄭敍, 1120경~1180경)가 유배지 동래에서 임금 앞에 원소(怨訴)한 노래 〈정과정곡(鄭瓜亭曲)〉이 다시 연주지사의 소리를 들었고, 조선조에 이르러는 선조 때 송강 정철(鄭澈)이 연군(戀君)의 정을 남편에게 버림받은 한 여인이 그 남편 그리워하는 형식으로 읊었던 〈사미인곡(思美人曲)〉이 있어 이 분야의 정점에 도달한 감을 주었다. 그러면 8세기의 〈원가〉, 12세기의 〈정과정곡〉, 그리고 16세기의 〈사미인곡〉 등 일련의 고음(苦吟) 안에서 문득 연주지사의 계보를 짚어볼 만하고, 그랬을 때 〈원가〉는 정녕 이 반열의 궐초(厥初)라는 의의를 부여받을 수 있을 것이다.

7

도솔가 兜率歌

역경을 이겨낸 법력(法力)의 노래

月明師兜率歌

景德王十九年庚子四月朔二日並現挾旬不滅。日官奏請緣僧作散花功德則可禳。於是潔壇於朝元殿。駕幸青陽樓。望緣僧。時有月明師行于阡陌時之南路。王使召之。命開壇作啓。明奏云。臣僧但屬於國仙之徒只。解鄉歌。不閑聲梵。王曰。既卜緣僧。雖用鄉歌可也。明乃作兜率歌賦之。其詞曰。

今日此矣散花唱良巴寶白乎隱花良汝隱。直等隱心音矣命叱使以惡只。彌勒座主陪立羅良。

解曰。龍樓此日散花歌挑送青雲一片花敷重直心之矣遣只。彌勒大德家。

今俗謂此爲散花歌。誤矣。宜云散花歌。別有散花歌文多不載。既而日怪即滅。王嘉之。賜品茶一襲。水精念珠百八箇。忽有一童子。儀形鮮潔。跪奉茶珠。從殿西小門而出。明謂是內宮之使。王謂師之從者。而玄徵相測之。至德與至誠能昭假于至聖也如此。朝野莫不聞知。王益敬之。更贐絹一百疋。以表鴻誠。又嘗爲亡妹營齋。作鄉歌祭之。忽有驚颷吹紙錢飛舉。向西而沒。歌曰。

生死路隱。此矣有阿米次肹伊遣。吾隱去內如辭叱都。毛如云遣去內尼叱古。於內秋察早隱風未。此矣彼矣浮良落尸葉如。一等隱枝良出古。去奴隱處毛冬乎丁。阿也。彌陀刹良逢乎吾。道修良待是古如。

明常居四天王寺。善吹笛。嘗月夜吹過門前大路。月馭爲之停輪。因名其路曰月明里。師亦以是著名。師即能俊大師之門人也。羅人尚鄉歌者尚矣。蓋詩頌之類歟。故往往能感動天地鬼神者非一。讚曰。

風送飛錢資逝妹。笛搖明月住姮娥。莫言兜率連天遠。萬德花迎一曲歌。

『삼국유사』 권5 感通7에 있는 〈월명사 도솔가〉

如邨 이상태의 〈도솔가〉 心象圖

한국 시가문학 사상에는 오늘날 세칭 '도솔가(兜率歌)'로 불리는 노래 두 편(篇)이 있다. 1세기인 신라 3대 유리왕(儒理王) 5년(28)에 지었다는 노래가 하나이고, 8세기 신라 경덕왕(景德王) 19년(760)에 월명사(月明師)가 지었다는 향가가 또 다른 하나이다. 8세기의 향가 '도솔가'에 여전히 베일에 가려진 부분이 많은 마당에, 요행인지 1세기에도 '도솔가' 운운을 표방하여 있던 것이 있는지라, 둘을 나란히 놓고 검토하는 일이 상승의 효과를 기할 수 있으리라는 것은 췌언할 나위가 없다. 바로 8세기 향가의 정체성에 최대 접근 가능한 길인 까닭이다.

1세기 〈도솔가〉는 작자 미상으로 되어 있으면서 가사 또한 전하지 않고, 김부식의 『삼국사기』 유리왕 5년 겨울 11월 조에 간략한 배경담만을 볼 수 있다. 유리왕이 국내를 순행하다가 약자인 백성들을 돕는 선치(善治)를 베풀자 이웃 나라의 백성들이 이 소식을 듣고 오는 자들이 많았다며 뒤미처 이렇게 서술하였다.

　　是年 民俗歡康 始製兜率歌 此歌樂之始也.
　　이 해에 백성들의 생활이 즐겁고 편안하여 처음으로 〈도솔가〉를 지으니, 이것이
　가악의 시초였다.

김부식으로부터 약 일백년 남짓 후에 일연은 『삼국유사』 권1 기이(紀異)1의 노례왕(弩禮王) 조에서 왕이 6부(六部)의 이름을 개정하고 여섯 성씨를 내렸다고 한 뒤, 이 노래에 대해 언급하였다.

　　始作兜率歌 有嗟辭詞腦格.
　　〈도솔가〉를 처음으로 지으니, 차사(嗟辭) 사뇌격(詞腦格)이 있다.

차사(嗟辭)는 오늘날의 감탄사에 해당한다. 사뇌격(詞腦格)은 사뇌의 격조란 말인데, '詞腦'에 대해서는 10구체 향가, 사뢴다는 뜻, 동천(東川)·동국(東國)설 등

여러 주장들이 있다. 어쨌거나 이 두 문헌이 확보하고 있는 권위에 기대어 말하면 필경 한국 최초의 가악(歌樂)을 지칭하는 말은 바로 이 〈도솔가〉가 되는 셈이다. 이 노래 생성의 때를 연표상으로 짚었을 때 전자는 A.D.28년, 후자는 A.D.32년이 된다. 두 문헌 사이에 4년의 시간차가 발생했으니 그 또한 기이하나, 아무튼 한국의 1세기에 이 땅 최초의 노래가 성립이 되었다는 선언처럼 여겨진다.

하지만 우리나라 최초의 노래에 대해 묻는다면 과연 누구나가 이 〈도솔가〉로서 응구첩대할 것인지에 대해서는 확신이 어렵다. 오히려 같은 책 『삼국사기』의 고구려 본기에는 이보다 앞서 저 고구려 2대 유리왕(瑠璃王, ?~18)이 기원전 17년에 〈황조가(黃鳥歌)〉를 불렀다고 하면서 노래 가사까지 옮겨 실은 것이 있다. 그런데도 가악의 시작을 논하는 마당에 시간적으로 먼저인 이것을 세우지 않고 더 나중인 도솔가를 천명하는 일은 언뜻 생각에 이해가 어렵다. 이는 혹 신라중심 사관에 젖은 김부식과, 일연 두 사람의 편견일까? 아니면 같은 노래라 하더라도 가악의 정확한 의미를 알 순 없지만 〈황조가〉가 '가악(歌樂)'의 조건에 못 미치는 부분이 있어 나중의 〈도솔가〉에 시작의 의미를 부여했던 걸까? '樂'이라는 글자가 여러 악기를 나열해 놓은 상형문자이고 보면 혹 〈황조가〉의 경우 그냥 한 사람이 악기의 반주 없이 홀로 노래하는 가요 형태이고, 〈도솔가〉가 정식 악기의 연주와 함께 노래하는 형태라서 여기에 시작이라는 의미를 둔 것일까? 그렇다면 더 할 말은 없겠으나, 그렇다 하더라도 여전히 〈황조가〉가 문헌에 가장 먼저 나타난 노래라는 사실만큼은 명백함에도 그에 대한 어떤 언급도 주지 않은 데 대한 완석(惋惜)의 여운이 감돈다.

그렇게 처음 지었다고 하는 '도솔가'에서 도솔의 정의에 대해 십인십색(十人十色)의 이견이 있어 왔다. 원래 '도솔'이 뜻하는 바는 미륵보살이 사는 네 번째 하늘, 곧 '미륵보살의 정토'에 있지만 여기의 '도솔'이 정토의 의미로 사용되었다고는 보기 어렵다. 『삼국사기』가 자체로 서기 372년 고구려에 비로소 불교가 들어왔다고 한 바, 샤머니즘만 독장(獨場)하던 1세기 때의 노래에 미륵보살 정토의 공간을 담았을 리 만무인 까닭이다. 따라서 논자들은 예외 없이 이 두 글자에 대해 고대 한국어의 어떤 말을 한자로 차음(借音)한 글자, 다시 말해 향찰어로 간주하고 저마다의 접근을 시도하였다.

그런데 공교롭게도 '兜率' 음은 두 글자 각각 읽는 방식이 다양하다. '兜'에 '도'와 '두', '率'에 '솔'과 '률', '살', '리' 등의 적용이 그러하다. 이 독음(讀音)을 기본 축으로 하면서 얼마간의 융통성 발휘로 확대 부연한 독해의 양상들이 전개되었다. 이를테면 초기에 '돗' 또는 '두(도)리'로부터 연역하여 텃노래 설이 등장했다. 나라의 기틀을 구축한 국기가(國基歌)·국도가(國都歌)라는 뜻이다. 한편 '도살(푸리)'·'살(푸리)'로 읽으니 무당의 신악(神樂)으로, 또 비슷한 관점에서 '덧(소리)'에서 온 제신가(祭神歌)로 보기도 했다. 그런가 하면, 돌아악(突阿樂)의 다른 표기로 후렴의 특징을 따라 붙인 '돌이놀애' 설도 나왔고, '다슬노래'에서 다스리는 노래 즉 치리가(治理歌)라는 추정도 대두하였다. 일방, 두레노래[農樂]의 원류어로서 '두률'로 보기도 하는가 하면, '도살놀애' 곧 되살고, 되살리는 소생(蘇生)·재생의 노래로 보기도 한다. 혹은 기쁘고 편안하다(歡康)라는 뜻의 '두리'로 읽으니, 저 중국 문헌들이 동이악(東夷樂)을 '조리(朝離)·주리(侏離)'로 표기한 것과도 맥락이 닿는다는 주장도 있었다.

혹자는 1세기의 도솔가는 향찰 차음이되, 8세기의 도솔가에선 미륵보살이 거처하는 공간인 도솔천(兜率天)을 의미한다고 각각 다르게 분석하기도 하지만, 기본의 상식으로는 같은 어휘에 같은 해법이 타당하다. 앞서 말했듯이 소위 '도솔가'란 이름이 8세기의 향가에도 고스란히 반복 재현된 현상은 큰 의의를 지닌 것이다. 이 점은 향찰 음차 글자인 '兜率'의 올바른 순 국어 발음 및 의미를 추적하는 과정에서 결코 쉽게 취급할 수 없는 사안이다.

예컨대 신(神)을 뜻하는 고대국어 '검(곰)'을 향찰로 옮기는 방법은 음차로서

'儉', '黔', '今', '錦' 등이 모두 가능하다. 그리고 훈차로서 '黑(검)', '熊(곰·금)', '龜(검·금)' 등등 얼마든지 그 선택의 폭은 넓기만 하다. 마찬가지로 지금 그 옛 언어적 진실이 '다슬', '두률', '두리', '도살' 중 어느 쪽에 있든지 간에 간직된 말을 표현하기 위한 방법은 '兜率' 아니고도 가져다 쓸 수 있는 활용자가 얼마든지 많다. 그런데 하필 다른 모든 글자 다 사양해버린 채 전후 간에 동일자를 적어놓고 사실은 상이한 의미의 어휘임을 이해 받고자 기대한다면 무리가 있다. 그리하여 지금 1세기의 도솔가와 8세기의 도솔가가 같은 글자를 채택했을 때는 그 의미 또한 같은 바탕에 있다고 보는 것은 지극히 당연하고 자연스런 발상이다. 단지 후세의 기록자가 1세기 노래를 표제 차음(借音)하는 과정에서 역시 기왕이면 당시 사회가 이념의 종교로 숭상했던 불교의 지고지선(至高至善)한 용어인 '兜率'을 선택해 썼을 것이다. 그렇지 않고 1세기의 도솔가에서 도솔의 뜻은 저런데, 8세기 도솔가에서의 도솔의 의미는 이렇다로 앞뒤 다르게 얘기한다면 상당히 난감해진다. 논자 중에는 '도솔가'란 이름이 재등장하는 것을 보면 노래 이름이 아니고 노래의 갈래 이름임을 재확인할 수 있다고도 했고, 둘 다 나라를 편하게 하는 노래라고도 했거니, 역시 전후 간의 도솔에 대한 의미를 다르게 생각지 않은 결과이다.

그리고 장차 향가 〈도솔가〉가 어떠한 면모의 노래인지를 마저 타진해 보면 '兜率' 어휘의 진실 쪽에 진일보하는 방도가 될 법하다. 〈도솔가〉 사연이 담긴 배경담의 검토를 말함인데, 다행히도 그 내용에 다분히 낭만적인 국면이 가미되어 있어 족히 설화라고 불러도 좋을 만큼이다. 이제 그 배경설화는 이러하다.

　景德王 十九年庚子四月朔 二日並現 挾旬不滅 日官奏請 緣僧作散花功德
則可禳 於是 潔壇於朝元殿 駕幸靑陽樓 望緣僧 時有月明師行于阡陌之南路
王使召之 命開壇作啓 明奏云 臣僧但屬於國仙之徒 只解鄕歌 不閑聲梵 王曰
旣卜緣僧 雖用鄕歌可也 明乃作兜率歌賦之 其詞曰 … 旣而日怪卽滅.

경덕왕 19년(760) 경자년 4월 초하루에 두 개의 해가 함께 나타나 열흘이 지나도록 사라지지 않았다. 천문을 보는 관리가 아뢰기를 "인연이 있는 중을 청해서 산화공덕(散花功德)을 행하면 물리칠 수 있을 것입니다."라고 하였다. 이에 왕궁의 정전(正殿)인 조원전(朝元殿)에 단을 깨끗이 하고 청양루(靑陽樓)에 행차하여 인연이 닿는 중을 기다렸다. 이때에 월명사(月明師)가 밭두둑의 남쪽 길을 가고 있었다. 왕이 그를 불러오게 하여 단을 펼쳐 계시(啓示)토록 명하였더니, 월명사가 아뢰기를, "신(臣) 소승은 다만 국선(國仙)의 무리에 속해 있으므로 오직 향가(鄕歌)만 알 뿐, 범패(梵唄)는 익숙치 못하옵니다." 이에 왕은, "이미 인연 있는 중으로 정하였으니 향가로 해도 좋겠소."라고 하였다. 월명은 이에 〈도솔가(兜率歌)〉를 지어서 바쳤는데, 그 가사는 이러하였다. … 그러자 해의 괴변이 즉시 사라졌다.

연속하여 글 바로 뒤에 일연이 주석을 붙였으되, "지금 세상에서 이를 '산화가(散花歌)'라고 부르는데 잘못이다. 마땅히 '도솔가'라 해야 한다. 산화가는 따로 있

경주시 내남면 부지리 소재의 경덕왕릉. 사적 23호.

으나 글이 번잡하여 싣지 않는다(今俗謂此爲散花歌 誤矣 宜云兜率歌 別有散花歌 文多不載)"고 했다. 이 〈도솔가〉와 저 〈산화가〉를 혼동하지 말라는 말인데, 여기 대해선 지금껏 논란이 없지 않다. 다만 일연의 말이 확실하다는 전제에서는 기존해 있던 〈산화가〉를 부르면서 〈도솔가〉를 지었다는 말로 이해된다.

아울러 위의 기록에 이 노래 만들어진 때가 경덕왕 19년이라 했다. 서기 760년이 되니, 초창기 〈도솔가〉와 700여년 정도의 차이가 있다. 그 맥락의 형상이 같은 계통의 노래인 저 〈구지가〉와 〈해가〉 사이 약 700년 가까운 시간적 거리를 떠올리게 한다. 이처럼 다른 시대의 두 개체가 시대를 초월해서 공통의 현상을 나타내 보임은 문학상의 큰 사건으로 비상한 관심사가 아닐 수 없는데, 하물며 〈도솔가〉의 경우는 표제도 똑같고 치리(治理)・회복(恢復)의 주제도 상통하니 더욱 공교롭다.

이제 월명이 지었다는 노래는 4구 분행(分行)의 37자 향찰로 되어 있으매, 이러하였다.

　　　今日此矣散花唱良
　　　巴寶白乎隱花良汝隱
　　　直等隱心音矣命叱使以惡只
　　　彌勒座主陪立羅良

이에 대한 양주동과 김완진의 풀이를 한 자리에 대조해 보면 이러하다.

오늘 이에 散花 블어　　　　　　오늘 이에 '산화'의 노래 불러
샌쏠본 고자 너는　　　　　　　　뿌리온 꽃아, 너는
고돈 ᄆᅀᆞᄆᆡ 命ㅅ 브리ᅌᅳ디　　곧은 마음의 명을 심부름하옵기에
彌勒座主 뫼셔롸　　　　　　　　미륵좌주를 모셔라!

　　　　　　　　　　　　　　　　　　　　　　　　　　　　-양주동 역

오늘 이에 散花 블러   오늘 이에 산화 불러
샌쏠본 고자 너는   솟아나게 한 꽃아 너는,
고든 ᄆᆞᅀᆞ미 命ㅅ 브리이악   곧은 마음의 명에 부리워져
彌勒座主 모리셔벌라   미륵 좌주 뫼셔 나립하라(벌려 늘어서라)

-김완진 역

이와는 판연히 다르게 나간 경우도 있었다. 이를테면 유창균(俞昌均)은 "오늘
이딕 散花(산화) 브르라 / 돌보술본 고라 너흰 / 고든 ᄆᆞᅀᆞ미 命人(명인) 브리아기
/ 彌勒座主(미륵좌주) 모리라라."로 읽으니, 현대말로는 "오늘 이곳에 모든 화랑(花
郎)을 부르는 바라. (나라의) 은총을 입고 있는 화랑 너희들은, 한결같이 굳은 마음으
로 목숨을 바쳐, 여기에 미륵좌주를 뫼셔 받들 것이로다."로 풀어 보였다.

그런데 마침 〈도솔가〉 가사를 향찰로 옮겨 놓은 일연이 이 노래에 대한 한역시
한 편을 첨부해 놓았거니, 노랫말의 정체성 파악을 위한 막중한 자료가 아닐 수
없다.

龍樓此日散花歌   오늘 용루에서 산화가를 부르며
挑送靑雲一片花   청운에 꽃 한 송이 띄워 보낸다.
殷重直心之所使   정중한 곧은 마음이 시키심이니
遠邀兜率大僊家   멀리 도솔천의 미륵보살 뫼셔라.

바로 이 한시 덕분에 거지반 〈도솔가〉의 실체도 잘 드러난 셈 되었고, 역시
양주동 쪽의 해독과 부합됨이 무난히 간파된다. 그리하여 논자들 간에 약간의 음
운상 차이는 있을망정 전체를 감안하면 이렇게 정리해볼 수 있다.

오늘 이에 산화가를 불러
뿌린 꽃아, 너는

이내 곧은 마음의 발현이니
미륵좌주를 모시어라!

산화(散花)란 범패, 일명 게송(偈頌)이라고도 하는 찬불가(讚佛歌)를 부르며 꽃을 뿌리는 불교의식이다. 좌주(座主)는 원래 선가(禪家)에서 경론을 강(講)하는 스님이다. 그러면 여기의 미륵좌주는 보살의 몸으로 도솔천(兜率天)에 머물면서 수도자를 위해 설법(說法)하는 승려인 미륵보살이면서, 동시에 미래에 중생을 구제한다는 미래의 부처인 미륵불을 가리킨다.

이렇듯 〈도솔가〉가 미륵좌주를 모시는 단 앞에서 꽃을 맞이해 모시겠다는 노래라고 한 바에, 미륵사상에 입각한 순수 불교가요라는 주장이 있었다.

하지만 순 불교노래와는 조금 다른 뉘앙스로서 화랑도 고유한 신(神)의 관념에 불교의 미륵사상이 융합된 낭불융합(郎佛融合)의 노래로 보는 견해도 나왔다. 여기선 월명이 경덕왕의 범패 요청에 대한 대답이 단서가 될 터이다. '소승은 다만 국선(國仙)의 무리에 속해 있으므로 오직 향가(鄕歌)만 알 뿐, 범패(梵唄)는 익숙지 못하다'고 했으매, 여기서 뜻밖에 놀랍고 희한한 국면을 맞게 된다. 범패란 부처의 공덕을 찬미하는 노래인데, 명색이 승려라 하고선 찬불(讚佛) 게송(偈頌)을 못한다니 정녕 아이러니가 아닐 수 없다. 비유하자면 교회의 목회자(牧會者)가 찬송가는 잘 하지 못하고 다만 유행가는 안다고 하는 것과 다를 바 없는 얘기이니, 진정 월명이 승려가 맞는지에 대한 의구심마저 불러일으키는 순간이기도 하다.

아닌 게 아니라 논자들 간에는 월명사(月明師)·충담사(忠談師)·융천사(融天師) 할 때의 '사(師)'가 꼭 통일신라시대에 임금이 덕이 높은 승려에게 내려주던 칭호인 대사(大師)의 의미가 아닐 가능성에 대해서도 논급이 있어 왔다. 그러면 월명사 또한 외관으론 승려의 행색이지만 전수 불교에 귀의한 불자(佛者)는 아닌, 화랑의 근본 위에 승려를 표방한 특이한 신분으로 다가온다. '소승은 다만 화랑의

凡志 박정식 筆. 양주동 풀이의 〈도솔가〉

무리에 속해 있을 뿐'이라는 월명의 자기 소명(疏明)이 이를 잘 입증한다.

화랑도(花郞徒)는 무릇 화랑의 무리라는 뜻이고, 이는 풍월주(風月主)·화랑(花郞)·낭두(郞頭)·낭도(郞徒)의 위계로 구성되어 있었다. 제일 우두머리인 풍월주에서 빌미하여 풍월(風月) 혹은 풍월도(風月徒)라고도 했고, 나중 단계에 선도(仙道)를 지향하면서는 국선도(國仙徒)라고도 했다. 그런데 월명사는 '국선지도(國仙之徒)'라고 했으니, 화랑이 쇠잔했던 시기의 명칭을 구사한 셈이다. 실제로 이 노래의 제작 연대인 760년이면 이미 화랑 출신이 중앙 권력에서 밀려난 지 한참 지난 사양(斜陽)의 때라 할 수 있으니, 월명사는 자기 시대의 국외자(局外者)로서 왕을 위한 의식요를 지은 것이 된다.

화랑사상은 신라가 외래의 유불선 사상을 통합하여 독자적으로 창출해 낸 자긍심 넘치는 정신 영역이었다. 월명사도 바로 화랑의 근본을 지닌 인물로 나타나 있고, 그같은 처지에 있는 인물이 지은 노래라고 한다면 노래의 해석 또한 불교 일변도로만 다루기 어려운 입장에 놓이게 된다. 그리고 월명사와 관련한 여타의 정보 역시 자못 이런 쪽에서 호응을 이룬다. 유일하게 월명사를 소개한 문헌인 『삼국유사』에서 〈도솔가〉의 배경담 뒤에 이어진 내용은 이러하다.

又嘗爲亡妹營齋, 校勘 作鄕歌祭之 忽有驚颷吹紙錢飛擧向西而沒 … 明常居四天王寺 善吹笛 嘗月夜吹過門前大路 月馭爲之停輪 因名其路曰月明里師亦以是著名 師卽能俊大師之門人也 羅人尙鄕歌者尙矣 盖詩頌之類歟 故往往能感動天地鬼神者非一.

월명사는 또 일찍이 죽은 누이를 위하여 제(祭)를 올리고 향가를 지어 그를 추모했는데, 그때 갑자기 바람이 불어 지전(紙錢)을 서쪽으로 날려 보내 사라지게 했다. 그 노래는 이러하다. … 월명은 항상 사천왕사에 머물렀는데 피리를 잘 불었다. 한번은 달 밝은 밤에 그가 문 앞 큰 길에서 피리를 불며 지나갔는데 달님이 그 소리에 운행을 멈춘 일이 있다. 이 사연에 말미암아 그 길을 월명리라 했고, 월명사도 이로

음력 9월 보름에 경주에서 월명사를 기리는 행사인 '월명재(月明齋)'를 개최한다.
그림은 1998년 행사를 위해 허만욱이 그린 월명사 탱화 ―『향가와 서라벌 기행』에서

인해 이름이 났다. 월명사는 바로 능준대사(能俊大師)의 문하였다. 신라 사람들 중에
는 향가를 숭상하는 이가 많았는데, 이것은 대개 『시경』의 송(頌)과 같은 것이었다.
그러므로 종종 천지와 귀신을 감동케 하는 일이 한둘이 아니었다.

월명이 찬불가(讚佛歌)는 잘 못하고 향가에 능하다는 말 못지않게, 무언가 심상
치 않아 보이는 대목은 그가 일찍 죽은 누이를 위해 지었다는 〈제망매가(祭亡妹歌)〉

에도 있었다. 누이의 죽음 앞에 첫 발성인, '생사(生死)의 길은 바로 여기 있으매 두렵고'라 했으니, 생사를 초월한 고승의 풍모 대신, 죽음 앞에 한낱 무력하기만 한 자연인의 면모와 체취가 느껴진다. 거듭하여 최종 구절에, "아아, 미타찰에 만나볼 나는 도 닦아 기다리겠노라" 역시 도를 닦으며 살다가 내세에조차 오누이의 관계로 다시 만나겠다는 말이다. 혈육의 정에 미련 두고 연연하는 그 마음 태도가 속세 인륜의 연(緣)을 뒤로하는 불교의 기본 이념과 잘 호응하는 듯 보이지 않는다.

〈도솔가〉의 규명에 있어서 화랑 개념과 더불어서 마저 감안하지 않으면 안 될 중요한 또 한 가지 사실이 있다. 위 인용의 말미에서도 향가가 천지와 귀신을 감동시키는 일이 비일비재하였다고 했지만, 월명사가 이 향가를 지어 부르자 '이윽고 해의 괴변이 사라졌다(既而日怪卽滅)'고 했으니, 여기서 다시 한번 향가의 주술성이 실감된다. 저 〈서동요(薯童謠)〉·〈혜성가(彗星歌)〉·〈원가(怨歌)〉·〈처용가(處容歌)〉 등에서 이미 향가의 주술적인 성향이 탐지되었거니와, 지금 〈도솔가〉가 역시 그것의 또 다른 사례가됨을 부인할 길 없다. 그런데 주술성의 원류 및 근간은 궁극 샤머니즘의 무속신앙 안에서 맥락을 찾을수 있겠다. 그렇거니와 1세기의 〈도솔가〉를 '(도)살

海亭 최민렬의 휘묵 〈도솔가〉

풀이'로 본 논자도 월명사가 범패를 지양하고 우리말 향가로 노래하였다는 자체가 재액을 물리치는(禳災) 주술적 성격과도 맞는다고 하였다.

나아가 〈도솔가〉가 전통적인 주사(呪詞)에 직접 맥을 대고 있는 주사적(呪詞的) 양식의 것으로 파악하여 〈구지가(龜旨歌)〉와 그 성격을 같이 한다고 보는 논의도 있었다. '龜'를 거북이라 보면서 이를 사람인양 의인화하여 부른 뒤에 명령을 내린 〈구지가〉와, 꽃을 의인화하여 그 꽃으로 하여금 미륵좌주를 모시라고 명령한 〈도솔가〉는 돈호(頓呼)와 명령의 틀 안에서 서로 유사 분위기를 연출한다.

뿐만 아니라 둘 모두에 공통분모처럼 깔려 있는 주술성의 국면이 유대감을 더한다. 이는 의인 대상에 대한 돈호와 명령의 형태로 되어 있는 다른 시가들과 대조했을 때 실감이 더해진다. 이를테면, "달하 노피곰 도다샤 머리곰 비취오시라" 내지, "새야새야 파랑새야 녹두밭에 앉지 마라", "해야 솟아라 말갛게 씻은 얼굴 고운 해야 솟아라" 등은 비록 명령하고 돈호한 형태로 되어 있지만, 모두 '어떤 바람이나 원망을 실현시킨다고 믿으며 외는 글귀'인 주문(呪文)의 내용과는 무관하다. 그런 의미에서 〈구지가〉와 〈도솔가〉가 모처럼 주문의 특성을 갖춰 있다는 사실은 특필할만한 것이다.

다만 전자가 의인화 대상을 부르고, 명령하고, 가정을 짓고, 으름을 놓는 이른바 '돈호+명령+조건+위하'의 4단계 구성으로 되어 있는 반면, 후자는 단순히 부르고 명령하는 '돈호+명령'의 2단계만으로 되어 있다. 그렇지만 저 〈구지가〉와 〈해가〉의 이래 곧 현출된 호응임에 의미가 크다.

〈도솔가〉는 하늘에 해가 둘 나타난 이른바 '이일병현(二日竝現)'의 괴변을 없애기 위한 의식에서 불린 노래인 바에, 해가 둘 나타난 것의 실상에 대해 논의가 불가피했다.

그 하나로서, 이것을 기록된 문자 그대로 천체의 이변으로 보는 견해가 있었다.

실제로『삼국사기』경덕왕 조를 살피면 천구성(天狗星)이 땅에 떨어지고, 나무를 뽑는 폭풍, 달걀만한 우박 등 빈번하게 일어나는 재해로 인해 김사인(金思仁)이 상소하여 이에 대한 정치의 득실을 논한 일까지 있었다. 그 뒤에도 혜성이 늦봄에 나타나 가을에나 없어지고, 무지개가 해를 꿰뚫었는데 해에 귀고리가 생겼으며, 혜성(彗星)이 동남쪽으로 흘러가고, 용이 양산(楊山) 밑에 출현했다가 갑자기 날아 갔다고 했다. 그러면 두 개의 해가 나타났다는 표현 역시 태양계 천체상의 어떤 변화를 해가 두 개 나타난 것처럼 보았을 수 있다는 소견이다. 하지만 그랬을 경우 『삼국사기』경덕왕 19년 조에는 정작 '이일병현(二日竝現)'의 기록이 없는지 의아 한 면이 있다.

이와는 달리 해가 둘 나타나는 일은 현실적·합리적 사고로는 있을 수 없기에, 사실적 언어가 아닌 우회적인 표현으로 보기도 한다. 다시 말해 서술의 이면에 별도의 의미를 숨기고 있다고 생각하니, 신라 정치 사회의 지각변동으로 관측한 다. 해는 곧 왕에 대응하는 상징 표현이니, 이것이 둘이 되었다 함은 군왕인 경덕 왕에 대항하는 반왕당파(反王黨派) 세력이 대두했거나 내지 급격히 부상(浮上)했다 는 것이다. 곧 그 당시 정치사회에 대해 신충(信忠)·김옹(金邕)·이순(李純) 등의 친왕당파와, 김사인(金思仁)·김양상(金良相)·만종(萬宗) 등의 반왕당파간 대립구 도로 놓고, 경덕왕 24년(764)에 반왕당파인 만종이 상대등(上大等)으로, 김양상이 시중(侍中)으로 임명된 일을 반왕당파가 승세한 정변으로 간주했다. '이일병현'은 이 임명이 있기 4년 전의 일이지만, 이미 김양상 쪽의 도전이 치열했을 가능성과 함께 이를 두 개의 해로 인지한 것이다.

그러나 확인해 보면 이 역시『삼국사기』에 명시된 내용은 아니다. 어디까지나 앞뒤 정황을 유추하여 이끌어낸 추정이기에 그 확실성 여부에는 한계가 있다. 또 정녕 이같은 왕권의 흔들림이 있었다고 했을 때 기록하지 않고 넘어갈『삼국사기』 가 아니다. 저 선덕여왕 16년(647)의 비담(毗曇)과 염종(廉宗)의 반란과, 신문왕 원년(681)의 김흠돌(金欽突)의 모반 같은 사건을 빠뜨리지 않고 수록했던 『삼국사기』이다. 그러매 진정 두 파당 간의 충돌 대립이거나 왕권에의 도전 같은 정변이 있었다면 하필 거기 대해서는 기록하지 않았을까 역시 의문으로 남는다. 뿐만 아니라 이것을 정치적 지각변동으로 해석할 경우, 해당 경덕왕 때의 천변(天變)으로 기록된 잦은 혜성의 출현, 해의 귀고리, 용의 출몰 등에 대한 은유화 문제도 이에 다루지 않으면 안 될 숙제로 남게 된다.

어떤 내막이었든지 간에 그 불안한 문제를 해결해 보고자 애썼던 보람은 〈도솔가〉로 구현되었다. 이 노래를 두고 논자들 사이에 불교가요로, 혹은 낭불(郎佛) 융합의 노래로, 다른 한편으로 주술가요로 각기 주장을 달리 하였다. 막상 이 노래가 표면상으로는 온전히 미륵신앙을 앞세운 불교가요로만 보이는 국면이 커 보였다. 하지만 실제 노래의 이면에는 불교개념만 아니라, 저 신라가 기존의 유불선 사상을 묘합(妙合) 창출해 낸 고유한 화랑도 사상이 저변에 깔려 있었고, 더하여 재래 무속전통의 주술성까지 수용돼 있었다. 미륵보살의 법력을 빌리고자 하는 의식인 것은 분명하지만 불단(佛壇)을 펼쳐 찬불가(讚佛歌)를 부르는 방법 대신에, 신라 독창의 노래인 향가로 수행했다는 이야기의 흐름이 그 실상을 강력하게 뒷받침한다. 그렇다고 이 삼자가 서로 간에 대치(對峙)되는 일이 아니었으니, 그 시절에 벌써 화랑과 불교의 융화, 그리고 무불(巫佛)의 습합(褶合)같은 분위기가 조성되어 있었다. 그리하여 이미 전성기 때의 화랑이 국선(國仙)으로 바뀐 시대였지만 의연한 화랑도 본분으로서 미륵보살 앞에 축원 드리는 의식을 갖춘 위에, 연원 깊은 토착신앙의 주술성을 이기(利器)로 삼아 현실의 난제를 풀고자했을 개연성과 함께 만들어진 노래가 〈도솔가〉였다.

진실은 꼭 선택해야만 하는 한 개의 답 안에서만 존재하는 것은 아니다. 이를테면 인간 생명의 근원이 부(父)의 형질과 모(母)의 형질 중 어느 쪽 인자(因子)가 더 중요한지 판가름 하겠다면 난감할 수밖에 없다. 또 탄수화물·지방·단백질 중 최고의 영양소 하나만을 취하라 한다면 곤혹스런 일이 된다. 택일의 강박관념이 불필요하기는 지금 이 향가 한 작품에서조차 매일반이 된다. 요컨대 〈도솔가〉는 화랑도와 불교사상과 무속신앙의 융복합(融複合) 속에 이룩된 삼위일체의 노래인 것이다. 이는 서쪽으로 날아간 지전(紙錢)의 주술성에 의지하면서 아미타불로의 귀의를 노래한 월명의 또 다른 창작이라는 〈제망매가〉에서도 한 가지로 통하는 원리가 된다.

8

제망매가 祭亡妹歌

피안(彼岸)을 넘보는 오뉘사랑

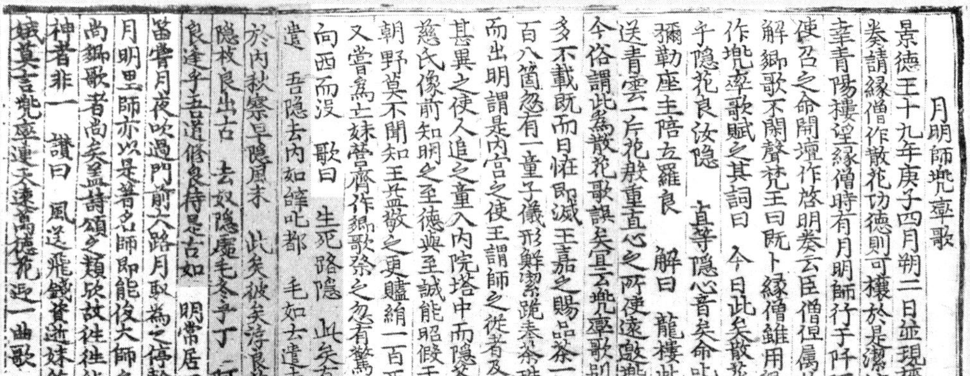

『삼국유사』권5 감통(感通)에 실린 '月明師兜率歌'.
이 안에 월명사가 지었다는 향가 〈도솔가〉와 〈제망매가〉 두 편이 실려 있다.

生死路隱 此矣有阿米 次肹伊遣
吾隱 去內如 辭叱都 毛如云遣 去內尼叱古
於內秋察 早隱風未 此矣彼矣 浮良落尸葉如
一等隱枝良出古 去奴隱處毛冬乎丁
阿也 彌陀刹良逢乎吾 道修良待是古如

生死路는 예이샤매 저히고 나는간다 일ㅅ도 몯다 닏고 가닛고
어느 ㄱ을 이른 ㅂ로매 이에 저에 뻐딜 닙다이
호든 가재 나고 나는곧 모르온뎌
아으 彌陀刹애 맛보올 내 道닷가 기드리고다

제망매가를 쓰다 甲午가을 한얼 이종선

한얼 이종선 存錄의 양주동 풀이 〈제망매가〉

신라 경덕왕(景德王, 재위 742~765) 시절에 화랑 출신의 승려 월명사(月明師)가 죽은 누이를 위해 제사하며 불렀다는 10구체 향가가 있다. 보통 〈제망매가(祭亡妹歌)〉라고 하고 〈위망매영재가(爲亡妹營齋歌)〉라고도 한다. 같은 경덕왕 시절에 역시 화랑 출신 승려인 충담사(忠談師)가 기파랑(耆婆郎)이라는 인물을 찬양하여 지었다는 〈찬기파랑가(讚耆婆郎歌)〉와 함께 『삼국유사』에 남은 14수 향가 중에서도 뛰어난 작품이란 평가를 듣는다. 그 이유로 통상 문학적인 격조(格調)나 완성도 면에서 4구체나 8구체에 비해 상대적으로 10구체 향가를 한 단계 위로 보거니와, 이는 그 가운데서도 으뜸가는 서정시라고 하여도 과언이 아니다. 누이의 죽음 앞에 직면하여 지극히 인간적인 감성과 체관이 특유의 직서법과 비유법의 완전(婉轉)한 수사 안에서 정서적 강렬한 이미지와 여운에 성공한 작품이 아닐 수 없다.

노래의 가사는 『삼국유사』 권5 감통(感通)7 '월명사 도솔가(月明師兜率歌)'조에 간략한 배경 이야기와 함께 향찰로 실려 있다.

明又嘗爲亡妹營齋 作鄕歌祭之 忽有驚飈吹紙錢 飛擧向西而沒 歌曰….

월명은 또한 죽은 누이를 위해 재(齋)를 만들고 향가를 지어 제사했는데, 그때 홀연 회오리바람이 지전(紙錢)에 부니, 지전이 서쪽으로 날아올라 사라지고 말았다. 노래는 이러하다.…

生死路隱
此矣有阿米 次肹伊遣
吾隱 去內如 辭叱都
毛如云遣 去內尼叱古
於內秋察 早隱風未
此矣彼矣 浮良落尸葉如
一等隱枝良出古

去奴隱處毛冬乎丁
阿也 彌陀刹良逢乎吾
道修良待是古如

　이 노래의 경우 초창기 양주동의 해독이 사뭇 무난하게 완성도 높은 형상을
나타냈다고 볼 수 있어 이에 옮겨 놓는다.

生死路는	생사의 길은
예 이샤매 저히고	여기에 있으매 두려워지고
나는 가ᄂ다 말ㅅ도	나는 갑니다 하는 말도
몯다 닏고 가ᄂ닛고	다 못하고 가버렸는가.
어느 ᄀ술 이른 ᄇᄅ매	어느 가을 이른 바람에
이에 저에 뻐딜 닙다이	여기저기 떨어지는 잎처럼
ᄒᄃ 가재 나고	한 가지에 나고서도
가논곧 모ᄃ온뎌	가는 곳을 모르는구나.
아으 彌陀刹애 맛보올 내	아아 미타찰에서 만나볼 나는
道닷가 기드리고다	도 닦으며 기다리련다.

　향찰 해석에 대해서는 다른 향가들과 달리 아주 소극적인 논란만 있을 따름이
다. 논자들이 초창기 양주동의 풀이에 어지간히 수긍한다손, 그냥 동조하기는 그
래서 올망졸망 이런저런 다른 표현으로 대체하지 않을 수 없는 입장도 없지는
않을 듯싶다. 그렇다고 한들 결과는 거의 뉘앙스의 문제일 뿐으로 그 뜻은 대동소
이하다. 다만 두 번째 구의 '次肹伊遣'에서 다소 각이(各異)한 견해 차이를 보이는
정도인바, 그간 유수한 논자들의 지취(旨趣)를 추려 조견하면 이러하다.

生死路隱 / 此矣 有阿米 次肹伊遣

生死길은/ 이에 잇아매 저히고 (소창진평, 1929)

生死路는 / 예 이샤매 저히고 (양주동, 1942)

生死길은 / 이익 이샤매 즈흘이고 (지헌영, 1947)

생사길은 / 이에 잇아매 저흘이고 (정열모, 1947)

生死 길은 / 이의 잇사매 즈흘이고 (김준영, 1965)

죽사리 길흔 / 이익이사매 멈흐리견 (서재극, 1975)

生死 길흔 / 이에 이샤매 머뭇그리고 (김완진, 1980)

   첫 부분 '生死路隱'에 대한 풀이만 본대도 역시 한 가지 뜻을 다양한 표현으로 열거한 느낌이다. 차자(借字) 표기인 '此矣'에 대한 '예, 이에, 이익'도 마찬가지이고, '잇아매, 이샤매, 이사매'도 같은 말 다른 소리이다. 다만 어느 것이 과연 신라 당년에 발음하던 소릿값인지를 각기 추론하여 내세운 결과에 지나지 않는다. 논자들이 신라언어 '次肹伊遣'을 재현하는 과정에서, '저히고'는 '두렵고 두려워하게 하고', '즈흘이고'는 '죽고'의 뜻이라 했다. 또 '멈흐리견'은 '머므르게 하고', '머뭇 그리고'는 '머뭇거리고'라 했다.

   대체로는 죽음과 삶의 길이 여기 있으매 두렵다 내지 주저된다는 의미망 안에 있거니와, 문득 이들을 한꺼번에 부정하고 아주 다르게 나간 경우도 있었다. 월명사가 이 노래를 부를 당시에는 '-매'가 나타나지 않았기 때문에 여러 논자들의 해독은 문제가 있다고 하면서 어휘 구분 방식에서 아예 '此矣 有阿米 次肹伊遣' 대신 '此矣 有阿 米次肹伊遣'로 분절하였다. 곧 '米次'를 동사 '미즈'로, '肹'과 '伊'를 동명사어미 'ㄹ'과 계사 '이'로, 그리고 '遣'를 음차 '고'로 수용하면서 '米次肹伊遣'(미즐이고)로 읽었다. 결과 그 의미를 "이에(이 곳에) 있으면서 맺어진 것이니(것인데)" 또는 "이에(이곳에) 있으면서 매여 있으니"로 해석하였다.

   하지만 설령 신라 당년에 '(있으)매'의 어법 자체는 쓰이지 않았다손 치더라도 그 비슷한 의미까지를 무용지물로 폐기함은 못내 석연치가 않다. 하물며 유수한 전공학자들에 의해 긴 세월 각인돼 온 주장인지라 한순간에 초개(草芥)처럼 버리기 망설여진다.

이참에 필자는 또 하나의 궁리(窮理)에 미치게 되었다. 향찰자 '米'를 굳이 '매'로 풀이한 바람에 일어난 사단이지만, 그냥 자체 발음 그대로의 '미'를 대입시켜 '이샤미', '잇사미' 곧 현대말 '있음이'로 한다면 더 이상 논란거리에 말릴 일이 없게 된다. 그리하여 '생사의 길은 여기 있으매 두렵다' 대신, '생사의 길은 여기 있음이 두렵다'로서 자연스런 연결성이 확보된다.

배경설화에서 월명이 재(齋)를 올리며 이 노래를 지어 불렀더니, 홀연 바람이 지전(紙錢)을 날려 서쪽으로 흩어 사라졌다고 한다. 지전이란 돈 모양으로 오린 종이로, 실제 경제생활과는 무관하고 망자의 저승길에 노자(路資)로 쓰라고 관 속에 넣어 주던 관념상의 화폐이다. 음전(陰錢)·우전(寓錢)이라고도 한다. 『동국세시기(東國歲時記)』 '한식(寒食)' 조에도 기록이 나오거니와, 문화적 원천은 중국 편에 있다. 당나라 때 특히 성행했다고 하는데, 지금 이 배경담에서의 지전 소재 역시 신라인들이 그 영향을 받은 것임을 무난히 짐작해 볼 길 있다. 지전은 역시 상장례(喪葬禮) 같은 종교적인 의례에 썼으니, 지전이 날아갔다는 방향이 서쪽이라 함은 누이가 서방정토 극락세계로 향해 떠났음을 암시하는 표현이었다. 그 시대에 서방정토에의 왕생사상을 잘 대변한 것으로 볼 수 있다.

그리고 한 줄의 짤막한 설화 중에 이것이 월명의 또 하나의 작품이라고 했다. 하나가 더 있다는 말인데, 그것은 다름 아닌 이 작품 직전에 그가 경덕왕 19년 4월 초하루에 지었다는 4구체의 향가 〈도솔가(兜率歌)〉이다. 따라서 지금 이 〈제망매가〉에 대한 해석 또한 그의 창작이라는 〈도솔가〉와의 유기적인 관계성 안에서 살펴야만이 튼실한 접근이 될 수 있겠다.

경덕왕 19년 경자(庚子; 790) 4월 초하루에 해가 둘이 나란히 나타나서 열흘 동안 없어지지 않으니 일관(日官)이 아뢰었다. "인연 있는 중을 청하여 산화공덕(散花功德)을 지으면 재앙을 물리칠 수 있겠나이다." 이에 조원전(朝元殿)에 단을 정결히 모으고 임금이 청양루(靑陽樓)에 거둥하여 인연 있는 중이 오기를 기다렸다. 이때 월명사가 긴 밭두둑 길을 가고 있었다. 왕이 사람을 보내서 그를 불러 단을 열고 기도하는 글을 짓게 하니 월명이 아뢰기를, "저는 다만 국선(國仙)의 무리에 속해 있는지라 다만 향가만을 알 뿐이고 범패 노래는 서투르나이다" 하자, 왕이 말했다. "이미 인연이 닿는 승려로 뽑혔으니 향가라도 좋겠소." 이에 월명이 〈도솔가(兜率歌)〉를 지어 바쳤는데 가사는 이러하다. '오늘 여기 산화가(散花歌)를 불러 뿌린 꽃아, 너는 곧은 마음의 명령을 부려 미륵좌주(彌勒座主)를 모시게 하라.'

그리고 월명사의 이 노래로 말미암아 해가 둘 나타난 국난을 해결했노라고 하였다. 신라 통일 이후의 불교에서 미륵(彌勒) 신앙은 미타(彌陀) 신앙과 나란히 정토신앙(淨土信仰)의 쌍두마차 역할을 하였다. 대개 미륵신앙이 거의 귀족 중심이었던 반면, 이보다 나중 유행한 미타신앙은 서민까지 포용하는 신앙이었다. 또한 미륵불이 주재하는 정토는 도솔천(兜率川)인 반면, 미타불 곧 아미타불이 주재하는 정토는 서방정토인바, 그 지향처가 달랐다. 이 노래에선 월명이 미륵 앞에 기도하여 그 불력(佛力)을 비는 미륵신앙에 충실한 모습을 보이고 있다.

월명사 관련의 배경담 중엔 다행히도 작가로 알려진 월명사의 신상 약간 및 향가의 기능까지도 소개하고 있어 더욱 보탬이 되매, 잠깐 인용해 보기로 한다.

明常居四天王寺 善吹笛 嘗月夜吹過門前大路 月馭爲之停輪 因名其路曰月明里 師亦以是著名 師卽能俊大師之門人也 羅人尙鄕歌者尙矣 盖詩頌之類歟 故往往能感動天地鬼神者 非一.

월명이 항상 사천왕사에 있으면서 피리를 잘 불었다. 일찍이 달밤에 문 앞 큰길에서 이것을 불며 지나갔더니, 달님이 그 소리에 수레를 멈추었다. 이로 말미암아 그

1969년 7월 19일 경향신문에 鐥慶이 그린 월명(좌)과, 월명사가 머물렀다는 경주 사천왕사터(사적 제8호)

길을 월명리라 했고, 월명사도 이로 인해 이름이 알려졌으니, 월명사는 다름 아닌 능준대사(能俊大師)의 문인이었다. 신라 사람들이 향가를 숭상하는 이가 많았으니, 이는 대개 『시경(詩經)』의 송(頌)과 같은 부류였다. 까닭에 종종 천지 귀신을 감동케 하는 일이 한두 번이 아니었다.

〈제망매가〉 배경담에서 노래를 부르자 바람이 지전을 서쪽으로 날렸다고 한 것에서 벌써 초자연적인 기운을 느꼈는데, 지금 이 〈도솔가〉 배경담에서도 노래를 부르자 해의 괴변을 물리쳤다고 한 데서 거듭 초현실적인 주술성(呪術性)을 엿볼 수 있다. 그리하여 이제 일연은 더 이상 감추지 않고 향가가 천지 귀신을 감동시키는 힘이 있었노라고 피력하였거니와, 신라가 불교를 숭앙하면서도 이같은 '주술적인 힘[呪力]'에 크게 의지하게 된 원인은 다른 것 아니라 불교의 전래에도 불구하고 재래의 종교인 토착 샤머니즘을 버리지 않은 데에 있다. 점복(占卜)과 치병(治病) 등 세속의 문제를 해결하던 샤머니즘의 관습까지를 신라 불교가 수용하였던 바, 결국 신라 노래의 주술성은 종교적으로 무(巫)·불(佛) 습합(習合)의 특수한 양상에서 기인한 것이라 하겠다.

10구체로 된 향가는 대체로 의미상 세 부분으로 나눠 보는 일이 가능하다. 즉

제1구에서 제4구까지가 첫째 단락, 제5구에서 제8구까지가 둘째 단락, 제9구에서 제10구까지를 셋째 단락으로 간주할 수 있다. 그리고 제9구는 통상 차사(嗟辭)로 시작되니, 차사는 오늘날의 감탄사로 볼 수 있다. 지금 〈제망매가〉 또한 이와 같은 기본 틀에서 벗어남 없는 부드러운 투합(投合)을 나타낸다.

첫줄 1, 2구 '生死路는 예 이샤매 저히고'는 그야말로 '저승길이 구만리'로만 알았다가 한순간에 '저승길이 대문 밖'이 되어 버린 상황 말이다. 앞에서는 삶의 덧없음과 죽음 앞에 무력하기만 한 인간의 실존의식을 이 짧막한 어절 안에 함축시켜 놓았다. 그런데 월명은 최고의 지존인 왕이 초빙해서 국난을 해결해 달라고 청할 정도의 고승인데, 어찌 생사문제 앞에서 이렇게 두렵다고 주저된다고 말할 수 있을까? 하지만 누구도 월명을 깨달음이 빈약한 중이라고 폄훼하지 않고, 오히려 그의 가식 하나 없이 진솔한 인간적인 모습에 차탄해 마지않는다.

3, 4구는 너무도 어이없이 순식간에 일어난 상황 앞의 탄식이다. '오라버니 저는 갑니다' 하는 짧은 한 마디 말조차 알리지 못한 채 가야만 했는가 하는 공허한 물음인 것이니, 1, 2구의 생사의 길이 바로 목전에 있음이 무서운 이유가 된다.

이어 '어느 가을 이른 바람'이라 함은 생각보다 차디찬 가을 바람이 일찍 불었다는 말이다. 예상보다 일찍 엄습한 바람은 동시에 누이의 요절할 운명까지를 암시할 수 있으니, 중의적(重義的) 표현이 된 셈이다. 그 바람으로 말미암아 여기저기 떨어지는 잎과 같다고 한 것은 월명사 오누이의 생사간 이별을 말한다. '같이, 같은, 처럼, 듯이, 양' 등의 말로 직접 비유하는 직유(直喩)의 수사법으로 인간의 죽음과 이별을 여기저기 떨어지는 낙엽에 비긴 것이다. 뒤미처 '같은 가지에 났는데도 가는 곳을 모르는구나'에 이르러 자신과 누이의 관계를 '같은 가지'란 말로 표현하였다. 원관념과 보조관념 사이의 유사성에 기반을 두어 암시를 나타내는 은유의 경계이다. 여기서 오누이 관계가 원관념이라 한다면, '같은 가지'가 보조관념이 된다. 〈제망매가〉가 향가들 가운데도 문학성 높은 작품으로 정평을 얻게 된 데는 다른 것 다 고사하고 불과 이 5줄 10행짜리 가사 안에 내재된 다양한 수사법(修辭法)의 덕택이 크다 할 것이다.

　그런데 이 부분은 저 『천자문(千字文)』의 영향을 입어 조성된 표현이라는 생각을 지울 수 없다. 위진남북조 시절 남조(南朝) 양(梁)나라 무제(武帝)의 신하인 주흥사 (周興嗣, 468?~521)가 하룻밤 만에 완성시켰다는 『천자문』의 45번째 구절인,

　　孔懷兄弟　　　형제가 간절히 생각나는 것은
　　同氣連枝　　　한 기운으로 이어있는 가지이기에.

에서 환골탈태한 발상으로만 보인다. 형제란 한 부모로부터 같은 기운을 나누어 받은 관계이니, 나무에 비유하자면 부모는 뿌리이고 형제는 그 기운을 같이 받아 벋어 나온 가지와 같다고 하겠다. 지금도 형제자매를 동기간(同氣間)이라고 함도 이와 무관하지 않다. 그렇기에 하나의 뿌리에서 같은 기운을 받고 나온 형제는 의당 그리워할 밖에 없다고 한 것이다.

　그런데 기실 '孔懷兄弟'는 『천자문』보다 훨씬 이전인 기원전 6세기의 『시경』 소아(小雅)의 〈상체(常棣)〉 편에 이미 부조(浮彫)되어 있던 말이다.

　　死喪之威　　　죽는 일 당하는 두려움에
　　兄弟孔懷　　　형제가 간절히 생각나니.
　　原隰裒矣　　　들판과 습지에 버려질 때
　　兄弟求矣　　　형제 찾아 나서는도다.

　그 뿐이 아니다. 한무제 때의 충신 소무(蘇武, ?~B.C.60)가 친구인 이릉(李陵)에 게 준 〈별시(別詩)〉 첫 구에서도 골육지친(骨肉之親)을 가지와 잎에 비유한 형상이 나타난다.

骨肉緣枝葉	골육의 인연은 가지와 잎이요
結交亦有因	사귀어 맺어짐도 다 인연일지라.
四海皆兄弟	세상 모든 이가 다 형제인 것을
誰爲行路人	길 떠날 이는 따로 누구란 말인지.
況我連枝樹	황차 우리는 한 나무에 연한 가지
與子同一身	그대와는 한 몸으로 맺어진 것을.

　벗인 이릉이 비록 가지에 잎과 같은 혈육은 아니지만 그 맺은 정분이 거기 못지 않음에 둘 사이를 한 나무에 이어진 같은 가지로 강조한 것이다. 소무는 한나라 관리로서 기원전 99년에 중랑장(中郎將)으로 흉노에 사신 갔다가 억류되어 북쪽 황무지에서 양을 치는 신세가 되었다. 친구인 이릉이 흉노를 치러 갔다가 포로가 되어 두 사람이 만났을 때 흉노를 따르자고 회유했으나, 듣지 않고 19년 동안의 고난 끝에 귀국한 충절(忠節)이다. 그런데 마침 이 시는 역시 양무제 시절의 소명 태자(昭明太子) 소통(蕭統, 501~531)의 『문선(文選)』에도 고스란히 수록되어 있음으로 보아 자못 회자가 된 내용인 듯하다.

　5구에서 8구까지 오면서 누이의 죽음으로 인한 슬픔의 격정이 얼마만큼 여과되는 모습을 보이고 있다. 노래의 초반부에 보였던 슬픔이 곧장 표출되어 나타나는 대신, 그 감정이 서서히 안쪽으로 잦아들고 있음을 엿볼 수 있는 대목이다. 자신과 누이의 처지를 가지와 잎에다 비의하였으니, 이같은 문학적인 비유법을 구사할 수 있다는 것은 더 이상 감정의 소용돌이가 아닌, 차분히 생각하는 사유의 단계에서 가능하겠기 때문이다.

　제9구와 10구, 노래가 막바지에 달하면서 월명은 죽은 누이를 미래의 세상인 미타찰(彌陀刹)에서 만날 것을 다짐한다. 미타찰은 아미타불이 거처하는 서방정토 극락세계이다. 괴로움 걱정이 없는 지극히 안락하고 자유로운 이 공간은 인간 사바계에서 서쪽으로 십만 억 불토(佛土)를 지난 곳에 있다고 한다. 배경설화 중에

회오리바람에 지전이 서쪽으로 날렸다는 말로 월명의 죽은 누이도 서방의 극락정
토로 잘 갔음을 암시하여 있고, 장차 월명도 사후에 그곳으로 가겠다는 의지를
나타낸 것이다. 이로써 월명이 굳건히 믿고 받드는 종교심이 미타신앙에 있음을
알 수 있다.

　다른 작품 〈도솔가〉에서는 월명이 미륵신앙에 의존하여 나라의 큰 문제를 해결
했었는데, 여기 〈제망매가〉에서는 그와 대치되는 미타사상에의 귀의를 말하고
있으니, 그의 면모가 어느 한 쪽에 치우치지 않음을 본다. 다만 월명 관련의 설화
들을 포괄해서 보면 국난 등의 공사(公事)에 임해서는 종래 왕족 중심으로 신앙
되어오던 미륵불을 내세워 해결을 구했지만, 사사롭게는 여전히 아미타불에 대한
깊은 의존심을 간직해 두었던 것이다. 월명의 이러한 면모는, 신라 통일 이후에
여염가나 길거리를 다니면서 미륵, 미타의 정토신앙 및 관음신앙을 대중에게 전
파하던 교화승(敎化僧)들이 왕궁이나 대사찰에 부름을 받기도 하던 시절의 한 풍
속적인 단편이라고 할 수 있다. 더구나 월명이 찬불가는 잘 못하고 향가는 지을
수 있다고 한 것도 교화승다운 면모를 잘 암시한 표현이다.

경주 첨성대 잔디광장에서 열린 제22회 월명재 공연

    최종구에서 월명은 서방정토에서 만나기 위해 도를 닦으며 기다리겠다고 하였
다. 도를 닦는 이유가 누이를 만나는 데 있다는 말도 되니, 형제간 공회(孔懷)의
정조(情操) 그 뿌리가 이만저만 깊은 것이 아님을 느끼게 한다. 그런데 이 말이
유가의 선비거나 세간의 여느 필부(匹夫)가 아닌, 승려의 입에서 나왔다는 사실이
너무도 의아하다. 속세의 인연으로부터 초월해야 할 가장 우선적인 당사자가 누
구보다 강렬히 육친애의 깊은 연민에 빠져 있음에 그 의외성이 큰 것이다. 그런데
이렇듯 불교의 근본 개념이 미래 세상 지향임에도 이와는 다르게 현재의 인연을
중시함은 하필 월명사한테서만 발로된 기이한 개별적 양상같지는 않다. 그보다는
신라인 전반이 믿고 있던 현세(現世) 불교적 신앙, 이른바 호국불교(護國佛敎)에서
우러난 보편적 현상으로 간주된다.

    아울러 망극한 이별의 고통에도 불구하고 노래는 맨 마지막에 누이와의 재회를
기약함으로써 한 단계 더 높은 영역으로 나아갔으니, 정신적인 승화를 이룩한 것
이다. 비록 시대가 다르고 그 대상이 같지 않을 수 있으나 처연한 이별의 와중에
빠졌다가 막바지에 초극과 승화를 나타내는 일례를 한용운(韓龍雲, 1879~1944) 시
〈님의 침묵〉에서도 볼 수 있다.

    사랑도 사람의 일이라 맛날때에 미리 떠날 것을 염려하고 경계하지 아니한 것은
아니지만 리별은 뜻밧긔 일이되고 놀난 가슴은 새로은 슯음에 터집니다 그러나 리별
을 쓸데없는 눈물의 源泉을 만들고 마는 것은 스스로 사랑을 깨치는 것인줄 아는
까닭에 것잡을 수 업는 슯음의 힘을 옴겨서 새 希望의 정수박이에 드러부엇슴니다
우리는 맛날때에 떠날 것을 염녀하는 것과 가티 떠날때에 다시 맛날것을 밋슴니다

    8세기 〈제망매가〉에서의 '생사의 길은 여기 있으매 저히고'가, 20세기 〈님의
침묵〉에서 '이별은 뜻밖의 일이 되고 놀란 가슴은 새로운 슬픔에 터집니다'와 서
로 부절(符節)을 맞춘 양하고, 전자에서 '미타찰에 만나볼 나는 도 닦아 기다리겠

朴世采의 『南溪集』 권11 수록의 〈祭亡妹文〉　　李敏敍의 『西河集』 권11에 있는 〈祭亡妹文〉

노라'가, 후자의 '우리는 맛날때에 떠날 것을 염려하는 것과 같이 떠날 때에 다시
만날 것을 믿습니다'와 상통된다. 두 사람이 똑같이 승려 신분임에도 불구하고
두려워 머뭇거리는 월명이나 놀란 가슴이 새로운 슬픔에 터진다는 만해의 심사가
둘 아닌 하나로 보여 공교롭기만 하다.

〈제망매가〉가 뭇 향가들 가운데도 손꼽히게 된 이유는 무엇보다 휴머니즘을
기저(基底)로 애절한 감성이 넘치는 시의 경계에 도달한 까닭이다. 월명이 불자
승려라는 사실에 구애 받음이 없이 그의 인간적인 슬픔이 시간을 초월해서 이를
듣거나 읽는 이에게 가슴 찡하게 전달될 수 있었다는 말이다. 무릇 이 노래의 성격
에 대해 논자들 중에는 의식요(儀式謠)거나 제요(祭謠)로 분류하기도 한다. 또 문체
론상으로는 저 조선조 김수항(金壽恒, 1629~1689)의 〈제계매문(祭季妹文)〉, 박세채
(朴世采, 1631~1695)의 〈제망매문(祭亡妹文)〉, 이민서(李敏敍, 1633~1688)의 〈제망매

문(祭亡妹文), 이덕무(李德懋, 1741~1793)의 〈제매서처문(祭妹徐妻文)〉 같은 애제문(哀祭文) 류(類)에 속한다 하겠다. 그러나 의식요거나 애제문 등의 문예 등속은 대개 유사한 형식에 탄식의 투어(套語)도 서로 엇비슷하기 십상인데, 문득 〈제망매가〉 만큼은 그같은 평명(平明)한 틀에서 벗어나 일약 격조 높은 서정시의 지평을 펼쳐 보였다.

그렇지만 〈제망매가〉는 한갓 뜨거운 감성의 노래만은 아니었으니, 여기에 고원(高遠)한 이성이 그 격조를 더하였다. 이 노래가 향가의 명품 수작(秀作)으로 고평(高評)을 얻게 된 또 하나의 이유는 그 유원(悠遠) 절절한 서정성은 그것대로 유지된 가운데, 절정에 이르러는 유한한 인간의 죽음과 애절한 슬픔을 종교적인 경지로 초극 승화시킨 그 확장성 때문이라 할 것이다. 바로 이 점이 슬픔이 슬픔만으로 끝나는 다른 의식요거나 애제문과 차별되는 특성으로 자리잡았다. 문학과 예술이 정서적 카타르시스의 역할만 아니라 삶에 기운을 불어넣는 기능을 더할 때 더욱 값진 보석으로 빛을 발하는 법이다.

9
찬기파랑가 讚耆婆郎歌
숭고한 초월의 임에게

景德王　忠談師　表訓大德

德經等大王備禮受之〈王御國二十四年，五岳三山神等，時或現侍於殿庭〉。三月三日，王御歸正門樓上，謂左右曰：「誰能途中得一員榮服僧來？」於是適有一大德，威儀鮮潔，徜徉而行。左右望而引見之。王曰：「非吾所謂榮僧也。」退之。更有一僧，被衲衣，負櫻筒〈一作荷簣〉，從南而來。王喜見之，邀致樓上。視其筒中，盛茶具已。曰：「汝為誰耶？」僧曰：「忠談。」曰：「何所歸來？」僧曰：「僧每重三重九之日，烹茶饗南山三花嶺彌勒世尊，今茲獻訖而還矣。」王曰：「寡人亦有一甌茶分乎？」僧乃煎茶獻之，茶之氣味異常，甌中異香郁烈。王曰：「朕嘗聞師讚耆婆郎詞腦歌，其意甚高，是其果乎？」對曰：「然。」王曰：「然則為朕作理安民歌。」僧應時奉勅歌呈之。王佳之，封王師焉。僧再拜固辭不受。

安民歌曰：
君隱父也　臣隱愛賜尸母史也　民焉狂尸恨阿孩古為賜尸知　民是愛尸知古如　窟理叱大肹生以支所音物生此肹喰惡支治良羅　此地肹捨遺只於冬是去於丁　為尸知國惡支持以　支知古如後句　君如臣多支民隱如　為內尸等焉國惡太平恨音叱如

讚耆婆郎歌曰：
咽嗚爾處米　露曉邪隱月羅理　白雲音逐于浮去隱安支下　沙是八陵隱汀理也中　耆郎矣兒史是史藪邪　逸烏川理叱磧惡希　郎也持以支如賜烏隱　心未際叱肹逐內良齊　阿耶栢史叱枝次高支好　雪是毛冬乃乎尸花判也

音叱如

『삼국유사』 권2 기이(紀異) 제2 '景德王 忠談師 表訓大德' 조에 실린 〈찬기파랑가〉

咽鳴爾處米 露曉邪隱月羅理 白雲音逐于浮去隱安支下

沙是八陵隱汀理也中 耆郎矣皃史是史藪邪 逸烏川理叱

磧惡希 郎也持以支如賜烏隱 心未際叱肹逐內良齊 阿耶 栢史叱枝次高支好 雪是毛冬乃乎尸花判也

열치매 나토얀 ᄃᆞ리 ᄒᆡᆫ구룸 조ᄎᆞ ᄠᅥ가ᄂᆞᆫ 안ᄃᆞ하 새파ᄅᆞ니리 나ᅀᅡ오

耆郎이 즈ᅀᅵ 이슈라 일로 나릿ᄌᆞᄫᆡᆨᄒᆡ 郎이 디니다샤온

ᄆᆞᄋᆞ맷 ᄀᆞᅀᆞᆯ 좇누아뎌 아으 잣ㅅ가지 노파 서리 몯누올 花判이여

甲午冬忠談師讚耆婆郎歌也 張世勳謹書

梁柱東先生譯

外玄 張世勳 錄. 양주동 풀이의 〈찬기파랑가〉

〈찬기파랑가(讚耆婆郎歌)〉는 신라 경덕왕(景德王, 재위 742~765) 시대에 충담사(忠談師, ?~?)란 이가 기파랑(耆婆郎)이라는 인물의 숭고한 인품을 예찬하여 지었다는 10구체 향가이다. 『삼국유사(三國遺事)』 권2 기이(紀異) 제2 '경덕왕 충담사 표훈대덕(景德王忠談師表訓大德)' 조에 실려 전한다. 역시 『삼국유사』에 실린 향가 14편 가운데 〈제망매가(祭亡妹歌)〉와 더불어 뛰어난 작품성으로 평가를 받는 작품이다.

다만 '제망매가'니 '찬기파랑가'니 하지만 원래부터 고유(固有)한 제목이 있어서 전승된 바가 아니요, 『삼국유사』에서 그렇게 이름 붙여 정한 바도 아닌, 20세기 이후의 향가 연구자들 사이에 배경설화 속의 어느 한 부분을 따서 편의상 붙인 이름일 뿐이다. 이러한 현상은 향가 전체에서 동일하고, 그렇기 때문에 학자들간 향가 작품들의 표제 설정 과정에 이런저런 논란이 야기되기도 한다. 〈찬기파랑가〉의 경우는 배경담 안에 있는 '찬기파랑사뇌가(讚耆婆郎詞腦歌)'란 표현이 제목으로서 가장 무난해보였는지 별 논란 없이 일치를 보고 있는 실정이다. 사뇌가(詞腦歌)란 '향가'란 말을 향찰어로 나타낸 말, 혹은 10구체 향가를 이르는 말로 통념된다.

이제 〈찬기파랑가〉의 배경담은 이러하였다.

王御國二十四年 五岳三山神等 時或現侍於殿庭 三月三日 王御歸正門樓上 謂左右曰 誰能途中得一員榮服僧來 於是適有一大德 威儀鮮潔 徜祥而行 左右望而引見之 王曰 非吾所謂榮僧也 退之 更有一僧 被衲衣負櫻筒 從南而來 王喜見之 邀致樓上 視其筒中 盛茶具已 曰 汝爲誰耶 僧曰 忠談 曰 何所歸來 僧曰 僧每重三重九之日 烹茶饗南山三花嶺彌勒世尊 今玆旣獻而還矣 王曰 寡人亦一甌茶有分乎 僧乃煎茶獻之 茶之氣味異常 甌中異香郁烈 王曰 朕嘗聞師讚耆婆郎詞腦歌 其意甚高 是其果乎 對曰 然 王曰 然則爲朕作理安民歌 僧應時奉勅歌呈之 王佳之 封王師焉 僧再拜固辭不受.

경덕왕이 재위한 지 24년에 오악(五岳)과 삼산(三山)의 신(神)들이 때때로 궁전 뜰에 나타나 왕을 모시기도 하였다. 어느 해 3월 삼짇날에 왕이 귀정문 문루에 행차하여 좌우의 신하들에게 말하기를, "누가 나가서 훌륭한 모습을 한 스님[榮服僧] 한 분을 모셔올 수 있겠느냐?"고 하였더니, 그때 마침 기품 있고 깨끗이 차린 큰스님 한 분이 유유히 길을 가고 있었다. 좌우 신하들이 그 분을 모시어 뵙게 하였더니, 왕은 "내가 말하는 훌륭한 모습의 스님이 아니다" 하고 돌려보냈다. 다시 한 스님이 허름한 장삼을 입고 목이 긴 병 모양의 통을 짊어지고 남쪽에서부터 오고 있었다. 왕은 기쁜 마음으로 바라보다가 문루 위로 맞아들였다. 통 속을 살펴보니 차 달이는 기구만을 담았을 뿐이었다. 왕이 "그대는 누구이뇨?" 하고 묻자, 그는 "충담입니다." 하였다. 왕이 "어디서 오는 길이오?" 하니, 충담은 "소승은 매년 3월 3일과 9월 9일이면 차를 달여 남산 삼화령(三花嶺) 미륵세존께 공양하는데, 오늘도 이미 차를 드리고 돌아오는 길입니다."라고 하였다. 왕이 "과인에게도 차를 한 잔 줄 수 있겠소?" 하자 곧 차를 달여 드렸는데, 차 맛이 다르고 그릇에서도 특이한 향기가 작열했다. 왕은 "짐이 듣건대, 대사의 기파랑을 찬양한 사뇌가 그 뜻이 매우 고상하다 하는데, 그러하오?" 하고 묻자, 충담사는 "그러하나이다." 하고 대답하였다. 왕이 말하기를 "그렇다면 짐을 위해 백성을 다스려 편안케 할 노래를 짓도록 하오." 하니 충담사는 곧 명을 받들어 노래를 지어 바쳤다. 왕은 이를 가상히 여겨 왕사(王師)를 봉하려 하였으나 두 번 절하며 굳이 사양하고 받지 않았다.

바로 이 내용에 뒤미처 '안민가는 이러하다(安民歌曰)'고 하면서 향찰 가사를 소개하여 있는데, 그 전체의 대의는 '임금은 아버지요, 신하는 사랑하시는 어머니, 백성은 어린아이라고 하실지면 백성이 그 사랑을 알리이다. 구물구물 살아가는 백성을 먹이고 다스린 나머지, 이 땅을 버리고 어디로 갈 것인가 한다면 나라 안에 다스려짐을 알 것입니다. 아아! 임금답게, 신하답게, 백성답게 한다면 나라가 태평하니이다'가 된다.

그리고 곧 뒤달아 "찬기파랑가는 이러하다(讚耆婆郎歌曰)"고 하면서 역시 향찰 가사를 올렸으니, 다음과 같다.

咽鳴爾處米
露曉邪隱月羅理
白雲音逐于浮去隱安支下
沙是八陵隱汀理也中
耆郎矣貌史是史藪邪
逸烏川理叱磧惡尸
郎也持以支如賜烏隱
心未際叱 兮逐內良齊
阿耶 栢史叱枝次高支乎
雪是毛冬乃乎尸花判也

　　충담사가 화랑이었던 기파랑의 높은 인격을 영모(榮慕)하여 불렀다고는 하지만,
실상은 여느 향가처럼 노래와 직결된 배경설화가 없는 것이 또 하나의 특징이다.
다만 왕이 충담사에게 "그대가 지은 〈찬기파랑가〉가 그 뜻이 매우 높다고 했는데
사실인가"라고 물었을 때, "그렇습니다."라고 한 문답 한 가지가 고작 〈안민가〉
배경담에 부수되어 있을 뿐이다. 여기의 배경담을 문면 그대로 받아들였을 때 〈찬
기파랑가〉가 〈안민가〉보다 먼저 만들어진 작품이 된다.
　　그런데 노래의 수준이 얼마나 높았으면 이미 한 나라의 국왕이 그저 단순히
들은 정도가 아니라, 그 의미가 매우 높다는 말까지 들었다고 했는지 신기한 일이
아닐 수 없다. 하물며 그 물음에 대해 노래 지은 당사자가 조금의 의례적인 겸손도
나타내지 않은 채 그렇다고 응수한 상황이 도무지 보통의 상식으로는 쉽게 납득이
가지 않는다. 여기서 그 의미가 높다는 말은 가사에 내포된 의미가 고상(高尙)하
다, 또는 고원(高遠)하다쯤 될 것이다. 다르게 표현하면 의미심장(意味深長)하다는
뜻이겠다. 이때 심장한 의미의 근거를 대개 높은 수준의 수사법에 두는 경우가
지배적이다.

우선 향가 연구의 선두 주자인 양주동의 신라어 재현과 더불어 그것을 현대어로 옮겨 둔다.

열치매	(구름을) 열어젖히고
나토얀 드리	나타난 달이
힌구룸 조초 뼈가는 안디하	흰 구름 좇아 떠가는 것 아닌가?
새파론 나리여희	새파란 냇물에
耆郎이 즈싀 이슈라	기파랑의 모습이 있어라.
일로 나리ㅅ 지벽히	이로부터 냇물 속의 조약돌에
郎이 디니다샤온	기파랑이 지니시던
ᄆᆞ슨민 ᄀᆞ훌 좇누아져	마음 끝을 따르고자
아으 잣ㅅ가지 노파	아아, 잣나무 가지 높아
서리 몯누올 花判이여	서리를 모르올 花郎長이여.

이에 비해 향가 풀이의 최종 집대성자라 할 수 있는 김완진의 해독이 사뭇 대조적이라 해석의 다양성을 실감케 한다.

흐느끼며 바라보매
이슬 밝힌 달이
흰 구름 따라 떠간 언저리에
모래 가른 물가에
기랑의 모습이올시 수풀이여
일오(逸烏)내 자갈벌에서
낭이 지니시던
마음의 갓을 좇고 있노라
아아, 잣나무 가지가 높아
눈이라도 덮지 못할 고깔이여.

'흐느끼며 바라보매'로 들어간 김완진은 아마도 기파랑에 대한 찬양 이전에 추도(追悼)의 심사를 보탠 양하다. 김동욱이 〈찬기파랑가〉를 기파랑의 사후재식(死後齋式)에서 올린 불찬가(佛讚歌)로 판정 지은 것도 같은 맥락인 듯싶다. 두 번째 구의 '露'도 양주동은 동사 '나타나다'로 본 반면, 김완진은 명사 '이슬'의 음가를 적용했다. 양주동의 '새파란 냇물'에 비해 김완진은 '모래 가른 물가'로, 전자의 '자갈돌 조약돌'도 후자는 화자가 서 있는 공간으로서의 '자갈벌'로 풀었다, 맨 끝의 '花判' 역시 전자의 '화랑' 대신 후자는 '고깔'로 의미화 했다. 하지만 자구(字句) 해석의 차이에도 불구하고 기파랑에 대한 깊은 충정(衷情) 내지 찬양의 규모에서만큼 별로 달라질 일이 없다.

　무릇 10구체의 향가는 의미상 1·2·3·4구가 첫 번째 단락, 5·6·7·8구가

경주 계림에 있는 향가비. 여기에 신라 향가 〈찬기파랑가〉가 새겨져 있다.

두 번째 단락, 그리고 맨 끝에 9·10구가 세 번째 단락으로 마무리 결구(結句)를 이루는 것이 일반이다. 전체 10구가 4-4-2로의 단락 분단이 가능함을 〈제망매가〉에서도 보았고, 이와 같은 3단 구성은 여타 10구체의 향가들인 〈원왕생가(願往生歌)〉·〈도천수대비가(禱千手大悲歌)〉 등에서도 공통한 현상을 나타낸다.

그런데 지금 여기 〈찬기파랑가〉에서는 첫 번째 단락이 완결된 문장이 아닌, 뜻밖에도 '새파란 냇물에'로 매듭짓는 모습을 보게 된다. 10구체 향가로선 생경하지만 유일한 현상인 바, 바로 이 노래만의 특징이라 하겠다. 아울러 뒤에 야릇한 긴장과 여운이 감득되니, 이러한 효과는 애당초 노래를 쓴 이가 짐짓 노렸던 수법이었을 가능성까지 예감하게 된다.

작가라는 충담사의 존재도 기이하다. 그는 위기에 처한 경덕왕의 국난(國難)을 해결하였다. 뿐이랴. 왕이 그로 하여금 왕사(王師)를 봉하려 하였지만 끝내 사양할 정도의 고승대덕 큰 인물이었다. 그러한 충담사임에도, 그의 존재가 정사(正史)인 『삼국사기』엔 눈 씻고도 찾아볼 수 없다. 이를테면 경덕왕 13년 우두주(牛頭州)에서 영지(靈芝)를 바쳤다느니, 영흥사(永興寺)·원연사(元延寺) 두 절을 수리했다느니 하는 소소한 기사까지 챙기는 이 정통 역사서에 한 나라의 위난을 구한 국사(國師)급의 인물을 모르고 혹은 무시한 채 넘어갔다는 것은 암만해도 이해가 안 되는 일이다. 그럴 뿐 아니라 신라 충담사와 같은 시대를 살았을 김대문의 『화랑세기(花郎世紀)』거나 고려의 각훈(覺訓, ?~1259)이 지었다는 『해동고승전(海東高僧傳)』 같은 다른 어떤 문헌에도 기록이 없어 생몰연대는 물론이고 신변의 한 편린조차 모색의 길이 막연하다. 그 때문에 훗날의 연구에선 우선 작가라고 하는 충담사가 신라인들의 상상 속 가상의 인물이라는 논지도 등장했을 정도이다. 아이러니한 것은, 그 어떤 문헌에서도 고증할 길 없는 존재인지라 가상인물론까지 나온 판에 1983년 문화공보부가 민족문화발전에 위대한 업적을 남긴 '민족문화위인 57인' 중 문학·어학 부문 19인의 한 사람으로 선정하였다는 사실이다.

더더욱 기가 막힐 일이 있다. 그렇게 대단한 충담사가 최고 최대의 찬사로서 더할 나위 없는 경모심을 극구 노래로 표출해낸 바의 기파랑임에도, 그 정체(正體)에 관해서조차 일시 세상 어떤 문헌에서도 고증할 길이 막막하다는 점이다. 충담사의 신원 확인이 난감했었는데, 지금 여기 와서 똑같은 상황에 봉착하고 말았으니 사실은 그 시작부터 난해한 상황일 수밖에 없다.

이렇듯 두 인물에 대한 불확실성이 똑같은 중에서도 충담사에 대해서는 별 추적이 없는 반면, 여기 충담사가 우러러 마지않은 흠선(欽羨)의 대상인 기파(랑)의 존재에 대해서만큼 갖은 요량을 발휘한 이런저런 추측들이 나타났다. 우선 그 이름 끝에 '랑(郎)'이 붙은 것으로서 대개는 화랑으로 유추함이 일반이다. 하물며 화랑이라 해도 노래 속 내용을 보면 이만저만 훌륭한 화랑이 아니다. 대관절 그가 화랑으로서 어떤 위업을 수행하였기에 그토록 절대적 찬사를 받았는지 어리둥절할 정도이다. 게다가 국난을 해결해 달라는 위촉을 받을 국사(國師) 수준의 충담사가 오히려 자신은 기파랑의 끝자락이라도 잡고싶을 뿐이라고 극한 찬양을 할 정도의 인물이니 상상을 초월하는 인격자거나 엄청난 능력의 소유자임이 예측된다.

이에 탁월한 화랑 지도자였을 것으로 짐작하는 논의도 나왔다. 양주동은 충담이 화랑장(花郎長)인 기파랑을 찬양한 노래로 보았다. 보다 냉정하게 삼국통일이 된지 100년 가까이 된 시점에서 화랑들이 목표와 구심점을 잃고 음풍영월(吟風詠月)에만 빠져 정신적으로 유약해 있던 시절이라는 점에 착안한 견해도 있었다. 곧 화랑의 전성기에 대한 아쉬움과 향수, 나아가 부활에 대한 기대에 따라 기파와 같은 이상적인 화랑을 찬양했다는 해석이다. 경덕왕 때야말로 왕권과 왕도가 심하게 흔들리던 시기라는 불변의 큰 명제에 의지하여, 이같은 시대에 그 환난을 치유할 인물은 불전(佛典) 설화에 나오는 기파(耆婆)와 같은 화랑밖에 없다는 간절함 속에서 만들어진 노래로 본 경우이다. '기파'는 인도 석가모니 시대에 왕사성(王舍城)의 명의(名醫)로, 의왕(醫王)으로까지 칭송 받던 지대의존자(持大醫尊者)의 이름이다. 『장아함경

(長阿含經)』의 「사문과경(沙門果經)」에 의하면, '기파'는 수명동자(壽命童子), 활동자(活童子), 능활(能活), 갱활(更活) 등의 의미라고 한다. 곧 병든 것을 되살려 오래 장수토록 하는 기파의 영검한 능력을 노래로써 빌려보고자 했다는 뜻이겠다.

경덕왕 때는 전제 왕권이 새로운 귀족세력의 반발로 인해 흔들리기 시작하니, 이에 왕권의 재 강화에 힘쓰는 시기로 인지된다. 그 당시 하늘에 해가 두 개 나타난 괴변이 일었다 함도 바로 왕당파와 반왕당파의 대립 내지 그 알력을 은유화한 표현이라 함이 유력한 정설처럼 되어 있다. 이같은 황망한 정치적 기류 속에서 왕권강화의 전략적 근간을 한화정책(漢化政策)에 두고, 시중(侍中) 벼슬에 있는 이들이 그 선봉에 나섰다고 한다. 이 벼슬의 경력자 중, 755년(경덕왕 14) 7월 이찬(伊湌)의 관등으로서 시중이 된 김기(金耆, ?~758)라는 인물이 기파랑이라는 추정도 나왔다. 김기는 경덕왕의 전제왕권과 중앙집권의 강화를 위한 제도적 장치 마련을 위해 757년 3월에는 관료의 월봉 대신 녹읍을 부활시켰고, 8월에는 지방조직의 정비작업에 착수하니 단위행정의 지명을 중국식으로 고치는 등 경덕왕의 한화(漢化) 정책 추진에 주도적인 구실을 담당한 인물이다. 시중을 지낸 지 3년만인 758년(경덕왕 17)에 작고하였지만, 그 이듬해인 759년 신라 고유의 관부 명칭이 중국 방식으로 변경되면서 한화정책에 성과가 따랐다고 한다. 〈찬기파랑가〉는 신라 경덕왕 24년(765)에 지어졌다 했으니, 과연 김기가 기파랑이라면 김기가 죽은 뒤 7년이 지난 시점에서 그를 기린 노래인 셈이다.

표훈대덕(表訓大德)이라는 설도 있다. 그에 관한 정보는 지금 여기 '경덕왕 충담사 표훈대덕(景德王忠談師表訓大德)' 조에 있는 것이 고작이고 전부인데, 해당되는 내용은 이러하다.

경덕왕은 옥경의 길이가 여덟 치나 되었는데, 자식이 없어 왕비를 폐하고 사량부인으로 봉하였다. 후비 만월부인은 시호가 경수태후로, 각간 의충의 딸이었다. 왕이

하루는 표훈대사를 불러 명하였다. "하늘이 짐을 돕지 않아 후사를 얻지 못했으니, 원컨대 대사께서 상제에게 청하여 사내아이를 점지하게 해주시오." 표훈대사가 하늘로 올라가 천제에게 말하고 돌아와 아뢰었다. "천제께서는 딸을 구한다면 모르지만 아들은 될 수 없다고 하셨습니다." 왕이 말하였다. "원컨대 딸을 아들로 바꾸어 주시오." 표훈대사는 다시 하늘로 올라가 청하니, 천제가 말하였다. "가능은 하나 아들일 경우 나라를 위태롭게 할 것이다." 표훈대사가 하늘을 내려오려 할 제 천제가 다시 불러 말하였다. "하늘과 인간 사이를 어지럽혀서는 안 되는데, 지금 대사는 이웃 마을 왕래하듯 천기를 누설하고 있으니 이후로는 아예 다니지 말도록 하라." 표훈대사가 와서 천제의 말을 전했으나, 왕이 말하였다. "나라는 비록 위태롭게 되더라도 아들을 얻어 후사를 삼고 싶소." 그러구러 달이 차서 왕후가 태자를 낳자, 왕은 매우 기뻐하였다. 태자가 8세가 되었을 때 왕이 죽고 태자가 즉위했으니, 이 사람이 혜공대왕이다. 왕이 어렸기에 태후가 섭정에 나섰으나 정사가 다스려지지 않았고 도적이 벌떼처럼 일어나도 막지 못하였으니 표훈대사의 말이 징험된 것이다. 왕은 원래 여자였다가 남자로 태어났기 때문에 돌 때부터 왕위에 오르는 날까지 항상 여자가 하는 놀이를 일삼고 자랐다. 비단주머니 차는 것을 좋아하고 도사들과 어울려 장난하며 노니 나라가 크게 어지러워졌더니, 결국 선덕왕과 김양상에게 시해되었다. 표훈대사 이후로는 신라에 성인이 태어나지 않았다고 한다.

바로 이 설화와 연관 지으면서 표훈이 장래 출생할 왕세자를 위한 발원(發願)으로 〈찬기파랑가〉를 지은 것이라는 추정이었다.

이상은 모두 이미 알려진 어떤 사실을 전제로 하여 새로운 판단이나 결론을 이끌어낸 추리라 하겠으나, 기파랑이 누군지에 대한 논리적 변증(辨證)의 아쉬움이 있다.

이 마당에 거듭 왕도 '그 뜻이 의미심장하다니 정말인가'고 확인할 정도인데다가 충담사 스스로도 당당히 인정하였거니, 바로 이 노래의 최대 관건이라 할 '其意甚高'를 이해하는 일에 보다 진지하고 중후한 시선을 쏟을 필요가 있다. 말하자면

〈찬기파랑가〉의 진체(眞諦)가 훨씬 더 심대(深大)하고 고원(高遠)한 수준에 놓일 수 있는 해석을 의미한다.

노래 속의 기파랑은 '구름을 헤치고 나온 달'이라고 했다. 혹 김완진의 분석대로 '흐느끼며 바라보매 이슬 밝힌 달이 흰 구름 따라 떠간 언저리에'의 해석이 맞다고 할망정 그 대의(大義)는 같다. 일반적으로 달은 광명과 염원, 흰 구름은 추구하는 숭고한 이념 또는 이상세계를 상징하지만, 특히 충담사의 세계관인 불교에서 구름은 번뇌, 달은 해탈의 상징이매, 기파는 번뇌로부터 해탈한 자이다. 그럼에도 그렇게 헤쳐 나온 구름을 다시 따라가는 그는 자신만의 해탈에 그치지 않고 고해(苦海)의 중생들을 제도(濟度)하러 가는 대승(大乘)의 수행자인 격이다.

새파란 냇물에 기파랑의 모습이 있다고 함은, 다름 아닌 냇가 수면 위에 아른거리는 달을 의미한다 하겠다. 시냇물은 유동적이니 시간의 흐름을 타는 유한한 생명 곧 중생에 대한 은유일 수 있다. 이미 앞의 1~3구에서 기파랑이 달로 형상화된 까닭에 물결에 비친 달그림자는 바로 중생과 함께 살아가는 기파랑의 얼굴이 된

月庵 정영남의 〈찬기파랑가〉 - 월간서울아트코리아 웹진에서

다. 동시에 달은 천상(天上)에도 있고 수상(水上)에도 있어 공간의 제약 너머에 비치는 존재인 까닭에 기파랑이 문득 더 이상 범상한 인간이 아닌 초월적 존재임을 암시케 한다. 그렇기 때문에 바로 그 맑은 수면의 달그림자 아래 조약돌들을 보고 기파랑의 심수(心髓)까진 감히 생각조차 못하니 그 끄트머리일망정 따라가고 싶다고 하소연했을 것이다. 여기의 희고 깨끗하며 모나지 않고 부드러운 조약돌에서 원만한 인격 표상을 느낀다. 조약돌 대신 '자갈'로 보는 경우도 있는데, 이때의 자갈은 고난과 불모의 현실적 표상이라 하겠다. 작자가 자신의 내면세계를 부정적인 장애의 표상으로 겸사한 뜻으로 된다.

첫머리에 기파랑을 공간 초월의 '달'로 형상화했던 노래는, 끝에 이르러 이번에는 기파랑을 일러 '서리 모르는 높은 잣(나무)가지'라고 했다. '서리'는 늙음이거나 속세의 시련에 대한 상징이다. 모든 생명 있는 존재는 봄과 여름의 전성을 누리다가 늦가을 서리에 기운을 잃고 황락(黃落)해버리지만 기파랑은 그런 것과 상관없다고 했으니, 거연(遽然)히 피안의 존재처럼 부각되었다. '잣나무'는 역경에 굴하지 않는 높은 지조의 상징이다. 효성왕 때 신충(信忠)이 지었다는 향가인 〈원가(怨歌)〉에서도 노래를 잣나무에 붙여 신의를 밝히기도 했으니, 신라인들 사이에는 이것이 이념의 표상목(表象木)인 듯했다.

이로써 달의 모습처럼 해탈자요 중생의 제도자이면서, 천상에도 있고 지상에도 있어 공간개념을 초월해 있고, 잣나무처럼 서리를 타지 않으니 시간개념을 초극해 있는 기파랑의 존재는 한순간에 문득 초월의 당사자로 다가온다. 기파에 '장수

영생(長壽永生)'의 의미가 있다 하였거니와, 그러면 해탈에다 장수와 영생의 의미까지 더해진 기파랑은, 어쩌면 세간(世間)의 탁월한 인간 혹은 화랑의 모습이 아니라 불교의 대도(大道)를 깨달아 영원한 삶을 획득한 성인(聖人) 즉 출세간(出世間)의 부처는 아닐까?

그러고 보니 여기 찬기파랑의 찬(讚)이라는 글자도 예사롭지 않아 보였다. 찬은 '찬미(讚美)'·'찬양(讚揚)'의 뜻이니, 이 단어들에 대한 사전의 정의는 각각 '어떤 대상의 아름다움을 기리어 칭송함' 내지 '아름다움이나 훌륭함 따위를 기리고 드높임'으로 되어 있다. 동시에 '특정 대상에 대해서 미덕을 기리고 칭찬함'의 뜻을 지닌 '찬송(讚頌)'의 말과도 통하는 바가 있다. 그런데 찬송의 표현을 두고 찬(讚)과 송(頌)을 이분법으로 나누어 풀이하는 논자도 있었는데, 이때 기리는 대상이 보다 숭고한 경우에 '찬'이라 하고, 그보다는 아래의 단계일 경우 '송'이라 했다. 만약 이 개념 그대로를 적용할 것 같으면 지금 충담사가 '찬(讚)'하는 기파랑의 위상도 예상보다 훨씬 높아지게 된다. 게다가 이 말이 실생활에서 부처님의 공덕을 찬양하다(稱讚佛之功德也)는 뜻의 '찬불(讚佛)'을 포함하여, 불경 경문을 왼다(諷誦經文也)는 뜻의 '찬패(讚唄)' 등 불교와 긴밀하게 쓰여 왔고, 근현대에 이르러는 기독교의 '찬송가(讚頌歌)'란 용어도 생겨났으니, '찬(讚)'은 대개 사람보다는 종교상의 대상을 기리는 표현에 가깝다고 하겠다. 하물며 기파란 말 자체, 그 안에 숨어있는 장수·영생의 뜻으로 이미 범속의 경계는 아니다. 그리하여 기파랑 존재가 장수영생의 당사자인 부처님(佛)이라 하고 '耆婆郞'의 자리에 '佛'자를 대치시켰을 때 찬기파랑가(讚耆婆郞歌)는 문득 '찬불가(讚佛歌)'가 된다.

이 노래와 나란히 월명사의 〈제망매가〉가 격조 높은 비유 수사(修辭)의 백미를 이룬다고 했다. 이로써 이러한 향가들이 나온 당년의 문학적 수준이 도저(到底)한 경지에 이르렀음을 증명해 보이고 있다. 〈제망매가〉에서는 비유법 가운데 직유와 은유의 감성적 수사법으로써 영오(穎悟)한 문학성을 나타냈거니와, 여기 〈찬기파랑가〉에서는 같은 비유법으로되 그와는 또 다른 높은 수준의 상징 기법으로 여타 향가에서 보기 어려운 정채미(精彩美)를 획득하였다. 그러면 경덕왕이 이 노래에 대해 소문으로 들은바 '그 뜻이 매우 높다(其意甚高)'고 한 칭찬의 우선성은 노래 속의 시어(詩語)들인 달과 구름, 냇물과 조약돌, 잣나무, 서리와 잣 가지 등 은유 및 상징 등 수사의 기법이 뛰어남을 지적한 뜻이라고 하겠다. 나아가 논자들 사이에는 흰색과 푸른색 사이의 색채 대비를 높이 평가하기도 한다. 이 때 달·흰 구름·조약돌·서리 등은 흰색의 시각적 심상을 환기시키고, 시냇물과 잣나무는 푸른색 이미지를 띠는 것이라 하겠다.

하지만 노래가 고상(高尙)·고매(高邁)하다는 말, 다시 말해 노래가 품격있고 수준이 높다 함은 한갓 수사 표현상의 우수함 뿐 아니라, 노래를 유기적인 총체(總體)로 묶어 통괄하는 깊은 속뜻이 포함되었을 때 보다 말의 견고와 의미의 견실이 확보될 것이었다. 말하자면 여기서처럼 부처님 찬양의 경지에 이른 노래쯤 되었을 때 그야말로 '其意甚高'다운 충일함, 아울러 숭고미(崇高美)의 절정을 기할 수 있을 터였다. 같은 찬불가로되, 저 고려 때 균여(均如)가 지은 찬불가들인 〈보현십원가(普賢十願歌)〉가 직설법으로 찬양하여 건조무미(乾燥無味)를 면치 못했던 일과 대조하여 신라의 〈찬기파랑가〉가 드높은 수준의 문학성을 자랑하고 있는 소이이기도 하다.

10

처용가 處容歌

관용의 저력과 승리의 앙상블

處容郎 望海寺

第四十九憲康大王之代自京師至於海內比屋連墻無一草屋笙歌不絶道路風雨調於四時於是大王遊開雲浦（在鶴城西南今蔚州）王將還駕晝歇於汀过忽雲霧冥曀迷失道路怪問左右日官奏云此東海龍所變也宜行勝事以解之於是勅有司為龍刱佛寺近境施令已出雲開霧散因名開雲浦東海龍喜乃率七子現於駕前讚德獻舞奏樂其一子隨駕入京輔佐王政名曰處容王以美女妻之欲留其意又賜級干職其妻甚美疫神欽慕之變無人夜至其家竊與之宿處容自外至其家見寢有二人乃唱歌作舞而退歌曰東京明期月夜入伊遊行如可入良沙寢矣見昆脚烏伊四是良羅二肹隱吾下於叱古二肹隱誰支下焉古本矣吾下是如馬於隱奪叱良乙何如為理古時神現形跪於前曰吾慕公之妻今犯之矣公不見怒感而美之誓今已後見畫公之形容不入其門矣因此國人門帖處容之形以僻邪進慶王既還乃卜靈鷲山東麓勝地置寺曰望海寺亦名新房寺乃為龍而置也又幸鮑石亭南山神現舞於御前左右不見王獨見之有人現舞於前

『삼국유사』권2 소재의 〈處容郎望海寺〉조

東京明期月良
夜入伊遊行如可
入良沙寢矣見昆
脚烏伊四是良羅
二肹隱吾下於叱古
二肹隱誰支下焉古
本矣吾下是如馬於隱
奪叱良乙何如為理古

시볼 불긔 도래
밤드리 노니다가
드러아 자리 보곤
가라리 네히어라
둘흔 내해엇고
둘흔 뉘해언고
본디 내해다마른
아사날 엇디 하릿고

丙申年 세밑에 처용가 원문의 향찰과 양주동선생의
해독본을 아울러 쓰다 靑石居人三如

三如 송용근 書의 양주동 풀이 〈처용가〉

한국 문학의 흐름상에는 주술성을 지닌 한 무리의 시가들이 있다. 동시에 그 주술성은 시대를 거슬러가면 갈수록 더욱 집중되어 나타남이 당연하다. 그 대표적인 사례가 기원후 1세기의 가락국을 배경으로 한 〈구지가(龜旨歌)〉라 할 수 있다. 이 경우 특히 그 공명의 폭이 커서 7백년 뒤인 신라 성덕왕 배경의 〈해가(海歌)〉 노래로 재창출되는 양상을 보였기에 가일층 주목을 받았다.

향가 가운데는 진평왕 때 혜성이 심대성(心大星)을 침범하니 그 흉조를 없애기 위해 융천사가 불렀다는 〈혜성가(彗星歌)〉가 있었고, 하늘에 해가 둘 나타나는 괴변을 해결하고자 경덕왕의 명을 받아 월명사가 지어 바쳤다는 〈도솔가(兜率歌)〉도 있었다. 뿐만 아니라 신충(信忠)이 왕이 된 후 자신을 잊어버린 효성왕이 다니는 길목 잣나무에 노래쪽지를 붙이니 나무가 시들어버림으로써 왕을 깨닫게 만들었다는 〈원가(怨歌)〉거나, 희명(希明)이란 여인이 갑자기 눈이 보이지 않게 된 다섯 살 아들로 하여금 관음보살에게 빌도록 하였더니 홀연 광명을 얻게 되었다는 〈도천수대비가(禱千手大悲歌)〉 등 노래들에 하나같이 주술적인 신비성이 담겨 있었다. 진정 신라인들은 향가에 초현실적이고 초자연적인 힘이 있다고 믿어서 그 주력(呪力)으로 길흉과 화복의 문제를 해결하고자 했던가 보다. 그랬기에 『삼국유사』의 저자 일연도 '월명사 도솔가' 조에서 이런 말을 했을 것이다.

羅人尙鄕歌者尙矣 盖詩頌之類歟 故往往能感動天地鬼神者非一.
신라 사람들이 향가를 숭상하는 이가 많았는데, 이는 대개 『시경』에 있는 송(頌)과 같은 것이었다. 그러므로 가끔 천지(天地)와 귀신(鬼神)을 감동시키는 일이 한둘이 아니었다.

현대인들에게 있어 노래란 희비의 정서를 보태주고 달래주는 엔터테이너의 구실 이상도 이하도 아니다. 그런데 오늘날에 그렇다고 하여 노래의 기능이 모든 시대에 똑같을 것으로만 기대할 수는 없다. 현재 중심적 사고에만 고착하여 다른 어떤 시대의 실정을 고려하지 않다간 자칫 본질 포착에서 멀어질 수 있는 것이다. 지금 1500년 전 신라 노래들의 경우 역시 금인(今人)의 안목으로는 납득이 어려운 현상들일 수밖에 없으니, 정녕 금석지감(今昔之感)이 크다 하겠다.

　아울러 노래 속의 주술성은 근본적으로 샤머니즘과 가장 긴밀히 결부되어 있다. 하지만 샤머니즘은 불교의 전파 이후에는 점차 배척되어 퇴영 일로를 걸어야만 했다. 따라서 더 이상 주술 성향의 노래가 양성화될 수 없었고, 설령 어쩌다 드러나는 경우라 하더라도 샤머니즘의 신들이 받는 대우는 저급을 면치 못하였다. 그 여실한 사례를 〈해가(海歌)〉 같은 데서 발견할 수 있으니, 상고시대엔 위세 높았던 용신(龍神)을 향해 함부로 명령하고 위협을 가하고 있는 현상을 보게 된다. 이 노래의 배경이 되었던 신라 성덕왕 8세기 무렵은 불교가 흥왕한 시기였던지라 더 이상 샤머니즘 신에 대한 존숭의 념(念)은 사라지고 오로지 현실문제 해결의 대상으로만 이용했던 결과였다.

　그런 분위기 속에서도 샤머니즘의 맥을 잇는 노래 하나가 올연(兀然)히 모습을 드러낸 바, 다름 아닌 〈처용가(處容歌)〉가 그것이다. 이 향가는 신라 49대 헌강왕 (憲康王, 재위 875~886) 시절을 배경으로 처용(處容)이 지은 것으로 되어 있고, 역시 노래와 관련된 배경설화가 딸려 있다. 헌강왕 5년(879)에 처용이 자신의 아내와 역신(疫神)의 동침 현장을 보고 이 노래를 부르자 역신이 사죄하며 물러갔다고 하는 내용이니, 『삼국유사(三國遺事)』 권2의 〈처용랑 망해사(處容郎望海寺)〉 조에 실려 있다.

如邨 이상태의 心象圖, 〈처용의 마음〉

第四十九 憲康大王之代 自京師至於海內 比屋連墻 無一草屋 笙歌不絶道
路 風雨調於四時 於是 大王遊開雲浦在鶴城西南今蔚州 王將還駕 晝歇於汀邊
忽雲霧冥曀 迷失道路 怪問左右 日官奏云 此東海龍所變也 宜行勝事以解之
於是勅有司 爲龍創佛寺近境 施令已出 雲開霧散 因名開雲浦 東海龍喜 乃率
七子 現於駕前 讚德獻舞奏樂 其一子隨駕入京 輔佐王政 名曰處容 王以美女
妻之 欲留其意 又賜級干職 其妻甚美 疫神欽慕之 變爲人 夜至其家 竊與之宿
處容自外至其家 見寢有二人 乃唱歌作舞而退 歌曰 … 時神現形 跪於前曰 吾
羨公之妻 今犯之矣 公不見怒 感而美之 誓今已後 見畫公之形容 不入其門矣
因此 國人門帖處容之形 以僻邪進慶 王旣還 乃卜靈鷲山東麓勝地置寺 曰望
海寺 亦名新房寺 乃爲龍而置也.

49대 헌강대왕(憲康大王) 때에는 서울에서 내륙에 이르기까지 집과 담이 연이어
있고 초가(草家)는 하나도 없었다. 풍악과 노래가 길에 끊이지 않았고, 바람과 비는
사철 순조로웠다. 이러한 때에 대왕이 개운포(開雲浦, 지금의 蔚州)에서 놀다가 돌아
올 제, 낮에 물가에서 쉬고 있는데 홀연 구름과 안개가 자욱하여 길을 잃었다. 왕이
괴상히 여겨 좌우 신하들에게 물으니 일관(日官)이 아뢰되, 이는 동해(東海) 용(龍)의
조화이니 의당 좋은 일을 행하여 풀 것이라 하였다. 그러자 왕은 담당 관원에 명하여
근처에 용을 위한 절을 짓게 했다. 명령이 내리자 구름이 걷히고 안개가 흩어졌다.
그리하여 그곳을 개운포라 했다. 동해의 용은 기뻐서 아들 일곱을 거느리고 왕의
앞에 나타나 덕을 찬양하여 춤을 추고 음악을 연주했다. 그 중의 한 아들이 왕을
따라 서울로 들어가 왕의 정사를 도우니 이름을 처용(處容)이라 했다. 왕은 처용이
마음 붙여 머물기를 원했기에 아름다운 여자로 아내를 삼게 했고, 또 급간(級干)이라
는 관직까지 주었다. 처용의 아내는 무척 아름다워서 역신(疫神)이 흠모하고 사람으
로 변한 채 밤에 그 집에 가서 남몰래 동침했다. 처용이 밖에서 자기 집으로 돌아와
두 사람이 누워 있는 것을 보자 이에 노래를 부르고 춤을 추면서 물러나왔다. 그
노래는 이러하다. … 그때 역신이 형체를 드러내어 처용의 앞에 꿇어앉아 말했다.
"내가 공의 아내를 사모한 나머지 지금 잘못을 저질렀으나, 공은 노여움을 나타내지
않으니 감동하고 거룩히 여기는 바입니다. 맹세코 이후로는 공의 모습이 그려진 것
만 보아도 그 문 안에 들어가지 않겠습니다." 이 일로 인해 나라 사람들은 처용의

형상을 문에 그려 붙여서 사기(邪氣)를 물리치고 경사로움을 맞아들이게 되었다. 왕은 서울로 돌아오자 이내 영취산(靈鷲山) 동쪽 기슭의 경치 좋은 곳을 가려서 절을 세우고 이름을 망해사(望海寺)라 하였다. 신방사(新房寺)라고도 했거니, 다름 아닌 용을 위해서 세운 것이다.

『고려사』 악지의 속악(俗樂) 조에도 〈처용(處容)〉이라는 제목 하에 배경담을 적은 것이 있는데 훨씬 간략하다. 학성(鶴城) 개운포에서 기이한 용포에 해괴한 옷을 입은 이가 왕 앞에서 춤과 노래로 덕을 찬양했고, 왕을 따라 서울에 들어와서는 자칭 처용이라 하고서 달밤이면 저자에서 가무를 하였다 한다. 그러나 마침내 그 소재를 알지 못해 당시 사람들이 신인(神人)이라 했고, 뒷사람들이 이를 기이하게 여겨 이 노래를 지었다는 것이 내용의 전부일 뿐이다. 그리고 노래 가사의 소개도 없다.

처용암에서 펼쳐진 공연 - 유네스코 홈페이지에서

한편, 당시의 서라벌이 호사로웠다 함은 『삼국유사』보다 일백 년 이상 앞선 『삼국사기』에 이미 새겨졌던 내용이었다. 게다가 오히려 좀 더 자세함이 있다.

왕6년(880) 9월 9일, 왕이 좌우의 신하들과 월상루에 올라가 사방을 바라보니, 서울에 민가가 즐비하고 노래 소리가 연이어 들렸다. 왕이 시중(侍中) 벼슬의 민공(閔公)을 돌아보며 묻기를, "내가 듣건대 지금 민간에서는 짚이 아닌 기와로 지붕을 덮고 나무가 아닌 숯으로 밥을 짓는다 하니 과연 그러한고?" 하자, 민공이 "저도 일찍이 그렇다는 말을 들었나이다!"라고 한 데 이어, "왕께서 즉위하신 이후로 음양이 조화를 이루고 바람과 비가 순조로워 해마다 풍년이 들고, 백성들은 먹을 것이 넉넉하며 변경이 안정되고 민정(民情)이 즐거워하니, 이는 왕의 어진 덕의 소치이나이다." 하였다. 이에 왕이 즐거워하며 "이는 경들이 도와준 때문이지 나에게 무슨 덕이 있겠는가?"라고 말했다.

금박을 입힌 부유한 큰 저택을 '금입택(金入宅)'이라 했는데, 이것이 35채나 되었다는 소식도 잊지 않았다. 886년 봄에는 북쪽의 보로국(寶露國)과 흑수국(黑水國) 사람들이 신라와 통교(通交)를 청했다 했고, 당나라 및 일본국과 우호적으로 사신 왕래한 기록들도 보이는 등 외교 또한 원만한 시절이었다. 이렇듯 이 시절이 표면상으로는 호화로운 전성기를 구가했던 이면에는 진골(眞骨) 귀족의 모순이 첨예화되고 민심이 점차로 이반(離反)되는 정황이 지적되기도 한다. 때문에 이 무렵을 신라가 사양길로 접어드는 초입새로 보기도 한다.

처용설화는 바로 이러한 시기를 배경 삼고 있다. 이야기 중간에 처용이 역신 앞에서 불렀다는 노래가 향찰로 유전(遺傳)되었고, 후대에 이를 〈처용가〉라고 일컬었던 것이니, 8구체로 된 원문의 향찰을 옮기면 이러하다.

東京明期月良
夜入伊遊行如可
入良沙寢矣見昆
脚烏伊四是良羅
二肹(肹)隱吾下於叱古
二肹(肹)隱誰支下焉古
本矣吾下是如馬於隱
奪叱良乙何如爲理古

이 향찰어에 대한 양주동의 신라어 해독 및 현대말 풀이는 다음과 같다.

시볼 볼긔 드래   서울 밝은 달에
밤드리 노니다가   밤들이 노니다가
드러사 자리 보곤   들어와 잠자리를 보니
가르리 네히어라   가랑이가 넷이도다
둘흔 내해엇고   둘은 나의 것이었고
둘흔 뉘해언고   둘은 누구의 것인가?
본더 내해다마론   본디 내 것이지마는
아사눌 엇디흐릿고   빼앗긴 것을 어찌하리오?

  고려시대에도 신라 처용과 〈처용가〉를 모델로 삼은 창작이 이루어졌는데 그것
이 연극 형태를 취했기에 〈처용희(處容戲)〉로 부르기도 한다. 그런데 뜻밖에도 여
기 〈처용희〉에 향가 〈처용가〉의 가사 일부가 그대로 한글로 표기되어 전함으로써
〈처용가〉 가사의 정체성이 소연(昭然)히 드러나게 되었다. 곧 『악장가사(樂章歌詞)』
와 『악학궤범(樂學軌範)』 안에 향가 〈처용가〉의 전체 8구 가운데 6구 씩이나 한글
가사로 적어 놓은 덕분에 안개 속을 걷는 듯, 미궁을 헤매듯 하던 향찰 해독이

처용무 – 유네스코 홈페이지에서

활연(豁然)한 통로를 만난 계기가 되었던 것이니, 일대 행운이 아닐 수 없다.

가사의 의미에 대해, 혹자의 경우 5~6구는 침입자를 나무라는 뜻이 강하게 나타난다고도 하고, 7~8구는 강한 저항이 담긴 항거의 뜻으로 해석하기도 한다. 대개 고려 〈처용희〉는 향가의 가사에 비해 처용의 모습이 훨씬 자세히 묘사되어 있고, 역신에 대한 분노까지 드러나 있는 등 내용이 더해졌기 때문이다. 하지만 역신에의 분노는 고려가요 〈처용희〉에 관한 평 안에서 혹 가능할 수 있는 해석일 뿐, 신라향가 안에서는 관조와 체념 외에 다른 무엇도 내비치는 것이 없다.

아울러 고려 〈처용희〉는 자체로서 처용무(處容舞)까지 포괄하고 있던 양하다. 고려조의 문인인 익재(益齋) 이제현(1287~1367)의 '소악부(小樂府)'에는 처용무 관련의 시가 실려 있고, 목은(牧隱) 이색(1328~1396)이 나례(儺禮)에 대해 읊은 시인

평양감사 환영도 중 부벽루 연희도에 보이는 궁중정채 처용무

〈구나행(驅儺行)〉도 볼 수 있으니, 그 시대를 넘어간 계승과 전통이 〈구지가〉와 〈해가〉의 관계에서보다 더한 감이 있다.

하지만 시대인들의 처용과의 동행은 여기서 끝이 아니었다. 조선시대에 들어서서는 궁중행사로서 섣달그믐에 귀신을 쫓는 의식인 나례가 고려 때보다 본격화되었는데, 뒷풀이처럼 처용무가 유희성을 띠고 공연되었다. 처용무가 본래 흑포(黑布)의 사모(紗帽)와 붉은색 가면을 쓰고 춘 일인무(一人舞)였더니, 뒤에 다섯 사람이 대열을 지어 춤을 추는 오방처용무(五方處容舞)가 있게 되었다는 성현(成俔, 1439~1504)의 『용재총화(慵齋叢話)』의 기록을 통해서도 그 확대 발전한 양상을 알 수 있다. 이 같은 통시적인 흐름상 어쩌면 초창기의 신라 〈처용가〉에조차 벌써 노래만 아니라 춤까지 겸해 있던 것인지도 알 수 없다. 동시에 이 노래가 또한 헌강왕 때를 시간적 배경으로 삼고 있는 점으로 미루어, 헌강왕 재위 중에 처용 가무가 행해졌을 가능성도 배제하긴 어려울 듯싶다.

신라의 〈처용가〉가 고려시대에도 〈처용희〉 같은 형태로 고스란히 계승되고, 나아가 조선시대에는 본격적인 〈처용무〉로서 궁중 나례에까지 의연히 전승될 수 있던 그 저력은 어디서 나온 것일까?
저 신라의 설화 총중(叢中)에 유명한 〈도화녀비형랑(桃花女鼻荊郎)〉이 있다. 신라 진지왕(眞智王) 때 미녀 도화랑(桃花娘)과 그의 도깨비 아들 비형(鼻荊)에 관한 이야기이다. 『삼국유사』 권1 기이(紀異)의 '도화녀비형랑(桃花女鼻荊郎)' 조에 수록되어 있으니, 줄거리는 이러하다.

진지왕이 사량부에 사는 아름다운 도화녀를 보고 범하려 하였으나, 도화녀가 남편이 있는 몸이라고 하자 놓아주었다. 바로 그 해에 왕이 폐위되어 죽고 2년 뒤에 도화녀의 남편도 세상을 떠나매, 죽은 진지왕의 혼령이 도화녀의 거소로 찾아와 7일 동안 함께 머물다 떠났다. 만삭이 되어 한 사내아이를 낳았고 이름을 비형이라 하였다. 진평왕이 그 기이한 행적을 듣고 궁중에 데려다 기르면서 15세에 집사(執事) 벼슬을 주었다. 비형이 밤만 되면 궁궐 밖으로 나가 도깨비들을 인솔하여 놀았더니, 그 사실을 확인한 왕은 비형에게 다리를 놓을 것을 명하였다. 비형이 도깨비들을 부려 하룻밤 새 다리를 놓으니, 인하여 '귀교(鬼橋)'라고 불렀다. 비형은 자신이 부리는 무리 가운데 길달(吉達)을 조정에 천거하여 아들이 없는 신하로 하여금 그를 양자로 삼게 하였다. 길달은 흥륜사 남쪽에 성문을 세우고 밤마다 그 위에서 잠을 자니 그 문을 길달문(吉達門)이라 하였다. 어느 날 길달이 여우로 변해 도망가자 분노한 비형은 도깨비들을 시켜 그를 잡아 죽이니, 도깨비들이 비형의 이름만 들어도 두려위 달아났다. 이에 당시 사람들이 비형을 두고 글을 지었고, 나라 풍속에 이 글을 문에 써 붙여 잡귀를 쫓아버리곤 하였다.

그러고 보니 저 신라에는 초현실적인 영험한 존재가 처용랑뿐 아니라, 비형랑이란 또 다른 인물이 아울러 존재하고 있었다. 처용과 비형이 기이한 행각을 취한 사실뿐 아니라, 둘 모두가 민간에서 그들의 화상(畫像)이거나 또는 글귀의 힘으로 마(魔)를 퇴치했다는 점도 공통하였다. 나쁜 기운을 물리치고 경사로움을 가져다 준다는 말인 '벽사진경(僻邪進慶)'의 주역들이었던 것이다.

그런데도 어찌된 셈인지 오늘날 사람들은 처용을 기억하되, 비형은 기억하지 못한다. 처용은 신라와 고려와 조선이라는 긴 시대의 터널을 거뜬히 통과해 왔던 반면, 비형은 신라 한 시대로 더 이상의 진전을 이루지 못했으니 이 무슨 조화일까? 필경 근본적인 원인이 있으려니와, 대개 '힘의 논리'와 '덕의 논리' 안에서 그 이유를 찾을 수 있겠다. 이를테면 처용은 자신이 당한 수모를 분노 대신 관용으로 참고 넘겨버렸던 데 반해, 비형은 자신이 왕 앞에 추천한 길달의 도망에 분노를 못 참고 대뜸 부하들을 시켜 잡아 죽였다고 했다. '인지위덕(忍之爲德)'이라는 말처럼 잘 인내한 처용은 덕을 수행한 셈이 됐고, 동시에 그 덕성으로 상대방을 감복시켰으니 이를테면 '이덕복인(以德服人)'의 경우에 든다고 하겠다. 반면, 비형은 덕이 아닌 힘으로써 무리들을 굴복하게 만들었으니 '이력복인(以力服人)'의 경우에 들어간다. '이덕복인'의 명제는 곰과 호랑이가 사람이 되기 위해 동굴에서 일백 일 동안을 마늘과 쑥만으로 견디는 경합에서 곰이 승리하고 호랑이가 패배했다고 하는 단군신화에서도 이미 수립되어 있었다. 호랑이는 백수(百獸)를 제압하는 힘과 용맹의 상징이고, 곰 역시 외부와 대적할 힘이 없음은 아니로되 미련하기 곰 같다는 속담도 있듯이 미련할 정도로 뛰어난 인내력의 이미지를 갖추고 있다. 그리하여 힘의 논리와 덕의 논리 중 한국인이 선택하고 지향해온 바가 과연 어디에 있는지

절로 명백하다. 지금 처용이 한국의 문화사 안에서 긴긴 세월 관류하고 정착되었던 힘도 바로 덕의 논리 안에 있었던 셈이니, 현실의 갈등 정황 속에서 인내하며 한 걸음 물러나는 미덕(美德)은 물론, 춤과 노래로 대처하는 여유까지 수행해 보인 셈이었다.

이 마당에 설화 속 주인공인 처용의 이름에 대해서도 그 이름이 혹 어떠한 필연적인 동기에 따라 만들어진 결과는 아닐까 감지토록 할 만한 단서마저 느껴진다. 다름이 아닌 '處容'은 '관용(寬容)으로 다스려 처리(處理)했다' 내지 '관용(寬容)의 처신(處身)을 실행한 당사자'라는 말의 축약을 상기케 만든다. 자기 아내를 범한 상대에게 통상 있을 수 있는 유혈의 보복이 아닌, '관대한 용서(容恕)의 태도로 처신(處身)'했던 특이한 행위 앞에, 굳이 그에게 맞는 이름을 지어보라고 했을 때에 붙일 수 있는 어휘가 있다면 '처용'이 아니고 다른 무엇이 있을 수 있겠는가 하는 뜻이다.

〈처용가〉와 해당 설화의 진실에 대한 많은 연구가 있었지만, 그 요령은 처용이 누구인지를 밝히는 일과 직결해 있다. 설화와 노래의 분석을 통한 처용의 정체 파악이 처용가의 진실을 규명해내는 첫 실마리가 된다는 뜻이다. 지금까지 그것은 대체로 다음의 몇 가지 관점 안에서 전개되었다.

첫째, 민속신앙적 관점에서 처용을 무당으로 보는 것이 가장 보편을 이루었다. 구체적으로 무당이 섬기는 시조신(始祖神)인 무조(巫祖)로 보는가 하면, 천연두를 앓게 한다는 귀신인 역신(疫神)을 몰아내는 의무주술사(醫巫呪術師)로 보기도 했다. 초자연적인 힘으로 요사스런 귀신을 물리치는 신격(神格)의 제웅으로, 아니면 불행이 못 들어오게 문을 지키는 문신(門神)이라는 견해도 없지 않았다. 신라시대의 남격 화랑(男覡花郞) 곧 남자무당으로 보겠다는 입장에서는 무당굿이 통상 한밤중에 행해진다는 것과도 관련이 닿는다고도 하였다. 또, 동해의 용왕을 주신(主神)으로 섬기는 강신무(降神巫)로 보는 시점에서 역신은 역병을 주는 귀신이며, 처용 아내와 역신의 간통은 처용의 아내가 역병에 걸린 상태를 의미한다고 하였다. 이렇듯 세부적인 차이에도 불구하고 큰 골자에서는 서로 일맥상통한다.

둘째, 불교신앙적 관점에서 처용이 출현한 시점이 어두운 일식(日蝕) 직후인지라 일식의 신(神)인 나후(羅睺)와 연상하여 불교에서 욕됨을 견디는 인욕보살(忍辱菩薩)인 나후라(羅睺羅)와 연결한다. 보살의 인욕 고행을 처용설화로 형성시킨 뜻이니, 처용이 아내와 역신의 간통을 잘 참아낸 사실이 그 증거라고 하였다. 불교적 다른 입장에서 처용은 호국호법의 용이라 그가 왕정(王政)을 보좌하는 것은 중생 교화(敎化)를 수행하는 의미이고, 처용 노래에서의 가무 역시 교화적 의미를 띤다는 견해도 있었다.

셋째는 역사 현실적 관점으로, 우선 처용을 동해 지방 호족의 아들로 추정하는 견해가 하나 있다. 신라에는 중앙왕권에 순순히 따르지 않는 지방 호족의 자제를 볼모로 수도인 경주에 와 있게 하여 통제를 했던 이른바 상수리(上守吏)라 하는 제도가 있었다. 이는 고려 때 기인제도(其人制度)의 기원이 되기도 했거니와, 처용은 바로 용으로 상징되는 지방 호족의 아들로 중앙에 입경(入京)한 인물이고 그 자격으로 왕정을 보필했다는 것이다. 이때 가해자 격인 역신은 중앙귀족의 자제로 간주한바, 결국 내외 귀족들 간의 갈등체계로 인지하고자 했다. 다른 역사학자는 처용이 나타난 개운포(開雲浦)는 울주(蔚州) 곧 오늘날 울산이니, 처용이 당시 울산만에 들어왔던 이슬람 상인 가운데 한 사람일 것으로 유추했다. 덧붙여서 큰 눈에 오뚝한 코로 그려진 처용 화상을 보면 내국인이 아닌 외지 아랍인일 가능성이 있다고도 하였다. 그 외, 홀로 노래와 춤으로 분노를 삭이면서 깨끗이 체념하고 울적함을 달랜 그 기품이 풍월도적 미륵신앙 안에서 신라 사회 최고 교양을 갖추었던 화랑다운 모습이라 하며 처용을 화랑으로 파악한 것이 있다. 또 이와 전혀 반대로 상층의 권력 강자로부터 침해를 당한 약자인 민중 그룹 안의 한 실존

신라 38대 원성왕릉으로 알려진 괘
릉의 무인석, 처용으로 보인다.
– 박진논술 홈페이지에서

『악학궤범』에 실린 처용 가면. 옻칠한 베로 만든 사포
에 부귀 상징인 모란꽃과 장수 상징의 복숭아 열매,
그리고 재앙을 쫓는다는 의미의 납이나 주석으로 만
든 귀고리를 붙였다.

인물로 본 논지도 있다.

　다른 한편, 정신분석학적 입장에서 용왕과 아들이라는 부자간 설정에 포착하여
아내를 뺏고 빼앗긴 처용과 역신의 관계에서 부자간(父子間) 오이디푸스 콤플렉스
의 요인이 깔려 있다는 설도 있었다. 이는 저 김만중의 〈구운몽(九雲夢)〉이 어머니
윤씨 부인에 대한 마더 콤플렉스(Mother complex)의 산물이었다는 추론보다 좀
더 생경한 느낌이다. 그런가 하면 처용은 의식세계를 뜻하고 역신은 무의식의 본
능을 의미한다는 설 등, 다채로운 주장들도 이에 가세하였다. 문학 연구 방법론의
다양한 사례로서 볼 수 있지만, 처용이란 존재가 원인적으로 재앙을 막고 복을
맞게 해주는 이른바 벽사진경(僻邪進慶)의 소망에 따라 발생한 존재이고, 또 실제
로 일천 년 넘는 긴 시간 속에 사회적 내지 신앙적으로 그 역할을 담당해 온 주체
였다는 중심 요체(要諦)가 배려되지 않아 소원(疏遠)한 감이 있다.

불교 신앙적 관점은 대개 신라가 불교를 종교상의 이념으로 삼았던 사실에 초점을 둔 논의였겠으나, 신라 정신은 하필 불교 한 가지에만 구애 받지 않았다. 유·불·선의 장점을 모두 취용하였고, 나아가 현실문제의 해결을 위해서라면 무격신앙을 끌어들이는 일조차 불사하지 않았음에 유의된다. 게다가 치욕스런 일을 견뎠다는 인욕의 부분이거나 왕정을 보좌한 부분까지 설명할 순 있겠지만, 처용이 동해 용왕의 아들이었다는 것과, 화를 멀리하고 복을 가져다주는 '원화소복(遠禍召福)'의 의미까지 채워 만족케 할만한 내용의 부재가 폐단으로 남는다.

역사 현실적 관점도 부수되는 문제가 따른다. 『삼국유사』는 역사서가 아닌 문화사 기록이라는 사실은 어느 경우도 망각될 수 없는 사실이다. 그것은 설화, 종교, 민속, 문학, 음악, 역사 등을 포괄하는 개념으로서의 문화사라는 큰 단위 안에서 이루어진 유기적인 총체이다. 『삼국유사(三國遺事)』의 제목 맨 끝의 글자가 역사의 '史'가 아닌 '事'로 하였음에 유념할 이유가 있다. 게다가 한민족의 역사 속, 생활 깊숙히 강렬한 종교 대상으로 부각된 처용이 과연 이슬람 상인이랄 수 있을까? 또한 신라 당시에 타의에 따라 중앙에 구인(拘引)되었던 가련한 상수리들이 일천 년 넘게 신앙되었던 처용의 정체랄 수 있을는지 의문이다. 하물며 처용 신앙이라는 것도 어디 웬만한 정도에서 흐지부지 되어버린 문화가 아니었다. 고려시대와 조선시대에까지 연면히 이어져 일천 년이 넘는 기나긴 전통 흐름 안에서, 처용의 노래와 처용의 화상과 처용의 춤은 역신 구축(驅逐)의 벽사(辟邪) 능력 내지 복을 가져다주는 진경(進慶)의 주력(呪力)을 품어 왔다. 그리고 그 능력의 주체가 처용이었다는 사실을 염두하는 순간 자가당착을 면치 못하게 된다.

궁극에 처용은 무당이었다. 한국사의 이른 시기인 고대사회로부터 무당이 사회적으로 수행하는 몇 가지 역할이 있어 왔으니, 요컨대 사제(司祭)·치병(治病)·예언(豫言)·유희(遊戱)의 기능 등이 그것이었다. 상고시대의 제정일치 시대에는 정

처용무 – 장콩 선생님과 함께 묻고 답하는 세계문화유산 이야기(한국편)에서

치와 사제를 다 도맡았지만, 제정이 분리되면서부터 무당은 사제(司祭)의 역할만 담당하였다. 심지어 무당이 배척 당하는 시대였던 신라와 고려, 조선시대에조차 가뭄에 비를 기원하는 기우제 행사의 일선에 있었다. 앞서 〈헌화가〉와 〈해가〉 안에서 수로부인이 강신(降神)을 겪고 뒤미처 기우제 수행을 담당했던 무녀임을 언급한 바 있다. 점을 치는 예언자의 구실 역시 만만치 않았지만, 또한 한 사람의 무의(巫醫)로서 민간의 병을 치료해주는 이른바 치병(治病)의 역할은 무당이 수행하는 가장 보편적인 사회적 기능이었다. 『삼국사기』의 고구려 유리왕 19년 9월

조에서, '왕이 병들었는데, 무당이 탁리(託利)와 사비(斯卑)의 귀신이 화근이 되었다고 하므로, 왕이 그를 시켜 귀신에게 사죄하니 곧 왕의 병이 나았다' 같은 기록으로 벌써 무당이 예언과 치병을 병행 실시한 실제가 엿보인다. 유희의 기능은 샤머니즘이 본래 노래와 춤으로써 신령과 교감하는 종교인지라 그 과정에 발달하는 가무와, 또 무당이 죽은 사람의 뜻이라고 하여 전하는 말인 공수 등 서사적인 이야기를 빌미하여 전개되었다. 무당이 연출하는 가무와 이야기 등 모든 형태가 무당의 굿 행사에 참여한 사람들 쪽으로 확장되고, 일약 연대(連帶)를 이루면서 한바탕 활기 띤 판을 형성하게 된 것이다.

샤머니즘의 시대를 지나 삼국에 불교가 들어왔다는 4세기 이후에는 샤머니즘이 점차 음성화되고 퇴락하면서 무당 관련의 내용 또한 부정적으로 다루어진다. 그럴 뿐 아니라 아예 『삼국유사』 같은 곳에서는 전체 책 내용 안에 무당 '巫' 글자 자체가 자취를 감추는 지경까지 가게 된다. 다른 무엇 아닌, 무당에 대한 금기와 혐오에서 비롯된 결과였다. 무당 이야기는 초창기 무당의 이야기인 단군신화부터 고주몽, 박혁거세 그리고 수로부인 등등에서 철저히 은유화된 문자로만 상대해 볼 길 있다. 이렇게 얼버무려 감추었기에 그 호도(糊塗)된 실체를 찾아내는 일이 오늘날 인문학 연구 과제 중의 하나가 된 셈으로, 지금 이 〈처용가〉 또한 예외가 아니었다. 방문한 역신과 처용 아내가 한 몸이 되었다는 수사(修辭)는 역시 아내의 몸속에 역병이 들어 온 상태, 곧 역병에 걸렸음을 은유의 문자로 교묘히 감춰 표현한 결과의 이상도 이하도 아니다. 감기 바이러스가 사람의 몸속에 침입해 들어온 상태가 감기이니, 이에 감기와 자신이 한 몸 되었다는 말로 형상화함과 하등 다를 바가 없는 이치인 것이다.

처용보다 조금 앞서 성덕왕 때의 샤먼인 수로부인이 강신무가 되었다는 사실도 곧장 말하기 꺼려지는 정보였다. 그 나머지 길 가던 노인이 빨간 철쭉꽃을 바쳐 애정을 고백했다고 했다. 또 그렇게 무당이 된 수로가 용신 앞에 기우제를 드리다가 정신을 잃은 형이상(形而上)의 상태를, 용이 그녀의 몸을 빼앗아 간 모양의 사상적(事象的)인 수사법으로 은유 처리했다. 그리고 지금 처용 아내가 역병에 걸린 불가시적(不可視的)인 상태 또한, 아내가 역신과 한 몸이 되었다는 구상적(具象的)인 언어로 은유 표현하였다. 혐오스러운 무당의 얘기를 어떡해서든 나타내지 않고 돌려 기록하고자 하던 그 획책이 거듭 시현된 셈이다. 아울러 그렇게 아내가 역신과 사통한 모양으로 되어버린 그 현장에서 일어난 처용의 춤과 노래 또한 샤머니즘의 한 마당인 유희적인 기능과 연결되는 두렷한 한 양상이었다.

그리고 보면 향가 속에 샤머니즘의 기운이 저 〈헌화가〉와 〈해가〉에서는 '사제'의 기능으로서, 그리고 여기 〈처용가〉에서는 '치병'과 '유희'의 기능으로서 고르게 작용한 셈이다. 그리하여 이 노래들이야말로 가장 장구한 세월에 연면한 전통으로 이어진 샤머니즘 문학의 정수(精粹)가 아닐 수 없겠다.

11

추야우중 秋夜雨中

한류(韓流) 전설의 영광과 그늘

詩

寓興

顧言屬利門。不使損遺體。豈奈採利者。輕生八海底。
身榮塵易染。心垢難洗濯。澹泊與誰論。世路嗜甘醴。

蜀葵花

寂寞荒田側。繁花壓柔枝。香經梅雨歇。影帶麥風欹。
車馬誰見賞。蜂蝶徒相窺。自慚生地賤。堪恨人棄遺。

江南女

江南蕩風俗。養女嬌且憐。性冶恥針線。粧成調管絃。
所學非雅音。多被春心牽。自謂芳華色。長占艶陽年。
却笑隣舍女。終朝弄機杼。機杼縱勞身。羅衣不到汝。

古意

狐能化美女。狸亦作書生。誰知異類物。幻惑同人形。
變化尚非難。操心良獨難。欲辨真與偽。願磨心鏡看。

秋夜雨中

秋風惟苦吟。擧世少知音。窓外三更雨。燈前萬古心。

郵亭夜雨

旅館窮秋雨。寒窓靜夜燈。自憐愁裏坐。真箇定中僧。

孤雲先生文集卷之一　二

『孤雲先生文集』 권1 '詩' 안에 수록된 〈秋夜雨中〉

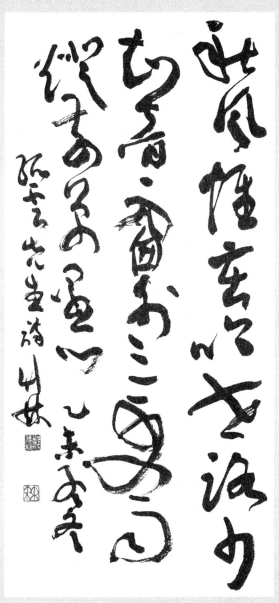

竹林 정응표 揮灑의 〈秋夜雨中〉

최치원(崔致遠, 857~?)은 통일신라 말기의 문장가이자 학자이다. 무릇 신라 3대 문장가로 최치원·강수(强首)·설총(薛聰)을 들고, 또한 통일신라 말기의 뛰어난 지식인 학자들 중 '삼최(三崔)' 곧 세 사람의 최씨(崔氏)라 하여 최치원·최승우(崔承祐)와 최언위(崔彦僞)를 꼽는다. 최치원이 두 분야 모두에 들어가니 가히 문장과 학문을 겸전한 큰 인물임을 알겠다.

사실은 최치원보다 앞서 유학교육에 공헌하고 이두(吏讀)를 정리 집대성한 설총 (薛聰, 655~?)이 있었고, 무열·문무·신문왕의 3대에 걸쳐 문명을 떨치고 특히 외교 문서에 능하여 삼국통일에 크게 공헌하였던 강수(强首, ?~?) 같은 천재적인 인물이 있어 한 시대의 문병(文柄)을 장악했음에도, 하필 최치원을 한문학에 있어 첫 개산(開山) 원조로까지 추대함은 어인 일일까? 필경 이유가 따로 있을 터인즉, 바로 신라 당년에 중국으로 유학한 인사들 가운데 다만 최치원 한 사람이 해동의 자존심을 살렸다는 사실이 적잖이 작용했을 것이다. 이미 그가 활동했던 시대에 는 당나라와 신라, 발해의 큰 단위 국가가 서로 정립해 있던 때였다. 그리고 신라 와 발해는 견당유학생으로 당나라에 가서 외국인을 상대로 하는 빈공과(賓貢科)에 응시하여 더 많은 합격자를 내는 일로 서로 간에 미묘한 자존심을 겨뤘던 시기였 다. 그러한 때에 최치원이 당당히 장원을 차지하고, 몇 년 뒤 황소(黃巢)가 내란을 일으킨 정치적 큰 사건이 계기가 되어 일약 중원(中原)의 문단에 실력을 인정받을 수 있는 호기(好機)마저 얻었다. 절로 그의 국적이 신라라는 사실이 대내외에 알려 졌을지니, 신라 편에서도 최치원이 국제적 인사로서 국위선양의 큰 역할을 한 당 사자라는 이미지가 형성되면서 그에게 한문학의 비조(鼻祖)라는 영예로운 이름도 얹혀졌을 터이다.

기실은 중국에 유학하여 동방 자국의 존재감을 선양한 경우는 신라의 최치원이 처음이 아니었으니, 6세기 후반 고구려 승려 정법사(定法師)가 이미 육조(六朝) 시 절에 중국에서 문학으로 활약한 바 있었다. 그가 지은 〈영고석(詠孤石)〉 한 작품이 중국의 시선집인 『고시기(古詩紀)』 안의 반열에 들어가 있었을 정도였으매 최치원보다 대략 300년이나 앞서 이미 자국 고구려의 면목을 해외에 세운 셈이다.

또한 역대의 유수한 문인들 간에 최치원의 문학을 그다지 높은 위치에 두지 않는 평설도 종종 보였다. 고려의 이규보(李奎報, 1168~1241)는 『백운소설(白雲小說)』에서, "그의 시는 경지가 별로 높지 못했는데, 다름 아니라 그가 당나라 만년에 중국에 들어간 때문인가 한다(然其詩不甚高 豈其入

崔致遠의 초상

中國 在於晩唐後故歟)"하면서 최치원의 시격(詩格)에 대해 안타깝게 여겼다. 조선조의 성현(成俔, 1439~1504) 역시 『용재총화(慵齋叢話)』에서 "우리나라 문장은 최치원에서부터 처음으로 발휘되었다. 치원이 당나라에 들어가 급제하니 문명(文名)을 크게 떨쳐 오늘날 문묘(文廟)에 배향되어 있다. 이제 그의 저서를 보면, 시구에는 능숙하나 뜻이 정밀하지 못하고, 사륙문체(四六文體)는 재주가 있으나 말이 정리되지 못하였다(我國文章 始發揮於崔致遠 致遠入唐登第 文名大振 至今配享文廟 今以所著 觀之 雖能詩句而意不精 雖工四六而語不整)"는 평까지 하였으매 더욱 그러하였다.

그럼에도 정법사보다 최치원의 이름이 더 커진 것은 일차적으로는 외국인을 위해 설치한 과거 시험에 높이 올랐던 것이 한 이유였을 터이다. 최치원이 유자(儒者) 근본으로 빈공과에 단연 장원하고, 이후에도 그쪽의 벼슬아치들을 따라 시를 창화(唱和)하였으며, 당면한 현실문제에 요긴한 문장을 많이 지어서 그 재주와 공로를 인정받을 수 있었던 기회가 많았다. 이규보가 역시 『백운소설』에서 이르기를, "고운(孤雲) 최치원은 천황을 깨치는 큰 공이 있었으므로 우리나라 학자들이 모두 종장으로 삼았다(崔致遠孤雲 有破天荒之大功 故東方學者 皆以爲宗)"고 했을 때의

'천황을 깨치는 공로'란 말도 이와 다른 뜻일 수 없다. 하나 더 덧붙이자면, 통일의 주체가 고구려 아닌 신라였다는 점도 이에 자못 작용하였을 수 있다.

이제 최치원 하면 가장 먼저 떠오르는 첫 번째 시가 바로 〈추야우중(秋夜雨中)〉이다. 그의 또 다른 옥영(玉詠)에 〈제가야산(題伽倻山)〉·〈등윤주자화사(登潤州慈和寺)〉 등이 역시 대표 걸작으로 꼽히지만, 거연(居然)히 오언절구 이 작품을 선두에 세운다. 『고운선생문집(孤雲先生文集)』 권1에 수록되어 있다.

강창화 墨 〈추야우중〉

秋風唯苦吟　　가을바람에 하 괴로워 읊나니
世路少知音　　세상에 날 알아주는 이 없고나.
窓外三更雨　　창밖에는 한밤중의 비 내리는데
燈前萬里心　　등불 너머 만 리에 치닫는 마음.

천여 년 중구(衆口)에 회자되어 내려오니, 한국문학사에 빛나는 명시이다. 조선조에 시감(詩鑑)이 뛰어난 허균(許筠, 1569~1618)과 이수광(李睟光, 1563~1628)도 수작(秀作)으로 높이 칭도하였다.

비 오는 가을밤, 자신을 알아 줄 이 없는 땅에서 다른 환우(寰宇)에의 미련과 함께 외롭고 쓸쓸한 심사를 노래하였다. '세로(世路)'를 '거세(擧世)'로, '만리심(萬里心)' 대신 '만고심(萬古心)'이라 한 곳도 있다.

첫머리 기구(起句)의 '고음(苦吟)'은 여기선 괴롭게 읊는다고 하면 좀 어색하다. 최치원 정도의 시인이 시상이 정체되거나 회심(會心)의 언어를 찾지 못해 괴로워할 정도는 아니기

때문이다. 괴로움의 이유는 금세 밝혀진
다. 작가 스스로가 뒤미처 다음 구에 속내
를 피력하고 있으니, 바로 세상에 알아주
는 이가 없어서였다. 가을밤 바람 쓸쓸한
속에 못내 괴로운 정상(情狀) 즉 고정(苦情)
을 시로 음영(吟詠)하고 있는 그런 상황으
로서 타당해 보인다.

승구(承句)의 '지음(知音)'은 옛날 백아(伯
牙)와 종자기(鍾子期)의 고사에서 나왔으
니, 지기(知己)란 말의 다른 표현이다. '少
(적다)'는 '거의 없다'는 뜻을 함유한 표현
이다. 제3구, 삼경에 내리는 비에서 한밤
중까지 잠 못 이루는 화자의 번민이 고스
란히 드러나 있다. 동시에 밤의 창가와 내

文昌侯 孤雲崔先生 영정

리는 비의 연상 안에서 공간적인 회화미까
지 확보하였더니, 결구(結句)의 '등전만리심(燈前萬里心)' 즉 등잔불 앞으로 갑자기
만 리에 곧게 뻗은 길이 열리는 일대 스펙터클한 장관을 조출해내니, 기상천외의
묘구(妙句)가 아닐 수 없다. 조선 명기 황진이(黃眞伊)의 시조에서 동짓달 기나긴
밤을 춘풍 이불 속에 넣는다고 함으로써 시간을 공간화시킨 그 기발함을 높이
평가하거니와, 그보다 훨씬 전에 최치원이 벌써 마음을 공간화한 경인구(驚人句)
를 한국의 시단에 선창(先唱)해 보였다.

이 〈추야우중〉은 최치원이 당나라에 있으면서 고국 신라를 그리워하며 지었다
는 설과, 그가 신라에 귀국한 다음 아득히 떠나온 중국을 잊지 못해 지은 시라는

저자 揮墨의 〈秋夜雨中〉

설의 두 가지가 있다. 혹자는 아예 이 두 가지 상치에서 벗어나서 전혀 색다른
견해를 세우기도 했으니, 결구의 '만리심(萬里心)'은 글자 그대로의 만리타국에 있
는 작자의 심경이기보다는, 마음과 일이 서로 어그러져 세상과 이미 천리만리 떠
나가 있는 작자의 방황하는 심회(心懷)를 호소한 것으로 타당성을 삼기도 했다.
설령 그렇다고 해도 세상길에 날 알아주는 이 거의 없다는 승구의 독백이 핵심인
만큼, 그것이 대관절 어느 공간에서 이룬 결과인지에 대해 해결 없이 넘어갈 방도
는 없는 것이다.

　우선 망향(望鄕)의 시로 추정하는 측면에서는 당나라에서 암만 빈공과의 장원에다
하루아침에 그의 성가를 크게 올려준 〈격황소서(檄黃巢書)〉 등으로 인정 받고 지냈더
라도 궁극에는 신라라는 동방 작은 나라의 이방인 대우 이상을 넘어가지 못한
데 따른 자괴 내지 공허의 감정을 유추해 볼 수 있다. 일찍이 최치원과는 같은
문족(門族)인 고려 시인 최해(崔瀣, 1287~1340)가 『졸고천백(拙藁千百)』 안의 〈송봉사

이중부환조서(送奉使李中父還朝序)〉에서 이에 관한 아쉬움을 표한 바가 있다.

吾家文昌公 … 當是時也 屬於唐季 四海兵興 而公以羈旅孤跡 寄食于藩鎮
雖授憲秩 職非其眞.
　우리 집안의 문창공은 … 이때는 당나라 말년에 들어간지라 온 천지에 병란이
일어났고, 최치원 공은 나그네 외로운 발걸음으로 이방(異邦)에 기식하니, 비록 헌질
(憲秩)을 제수 받았다고 하지만 실속 있는 자리는 아니었다.

　이가원도 위의 생각을 그대로 도습(蹈襲)하는 가운데 타국에서의 망향가로 추정
하였다.

　비록 일찍이 당나라 빈공과에 등제(登第)하여 벼슬에 올랐으나 기려고적(羈旅孤跡)
으로 번진(藩鎮)에 기식하였고, 벼슬이 헌질(憲秩)에 이르렀으나 실직(實職)이 아니었
다. 또 고운(顧雲)·나은(羅隱) 등과 같은 시인 몇몇 지음(知音)이 있을 뿐인 바, 그
어찌 고독하지 않았겠는가? 창밖에는 밤 깊어 비 내리고 방 안에는 외로운 등불만
경경할 제, 먼 고국으로 돌아갈 마음이 얼마나 간절하였을까?

　반면, 귀국 후에 떠나온 당나라 시절을 그리워하여 지은 이국(異國)에의 추억
및 향수의 시로 간주하는 견해도 이에 만만찮은 대척(對蹠)을 이루고 있다. 사전들
의 설명에서 인용해 본다.

　그러나 이 작품은 그의 시문집인 『계원필경(桂苑筆耕)』에도 수록되어 있지 않을
뿐 아니라, 그의 시 경향과 내용으로 보아 귀국 후의 것으로 보는 것이 타당할 것
같다. 결구(結句)의 '만리심(萬里心)'은 그대로 만리타국에 있는 작자의 심경이기보다
마음과 일이 서로 어긋나서 이 세상과는 이미 천리만리 떠나 있는 작자의 심회를
호소한 것으로 보아야 할 것이다. ─『두산백과』

결구의 '萬里心(만리심)'은 언표(言表)에 나타난 그대로 만리타국에 있는 작자의 심경이기보다는, 마음과 일이 서로 어그러져 세상과는 이미 천리만리 떠나고 있는 작자의 방황하는 심회를 호소한 것으로 보아야 할 것이다. -『한국민족문화대백과』

그러면 이제 최치원의 생애 이력을 돌아보는 속에서 해당 작품의 실제적 좌표를 조명해 보기로 한다. 『삼국사기』 '열전(列傳)' 〈최치원(崔致遠)〉에서는, "어려서 꼼꼼하고 민첩하며 배우기를 좋아했다(少精敏好學)"고 하였다. 그랬기에 열두 살 이른 나이임에도 벌써 당나라 유학을 실행에 옮겼던가 보다. 868년 유학길에 오른 소년 최치원에게 부친 최견일(崔肩逸)은 '10년 내에 과거에 급제하지 못하면 내 자식이 아니다. 당나라에 가거든 힘써 공부하거라(十年不第 卽非吾子也 行矣勉之)'라는 말로 작별했다고 한다.

6년 뒤인 874년에 예부시랑(禮部侍郎) 배찬(裵瓚)이 주관한 빈공과(賓貢科)에 합격하게 된다. 빈공과는 당나라가 처음으로 외국인에게 보이던 과거시험 제도인데, 신라 쪽에서는 골품제로 인해 자국에서 관계진출이 여의치 않던 육두품 출신들이 응시하는 경우가 많았다고 한다. 그러나 막상 당나라에서도 합격자를 위한 특혜나 우대는 없었던 모양이다. 2년 동안 관직 발령이 없으매 최치원은 낙양 등지를 떠돌면서 서류 대필로 근근이 생활하며 시작(詩作)에만 힘썼다고 한다. 이 무렵에 쓴 시들이 『사시금체부(私試今體賦)』·『오언칠언금체시(五言七言今體詩)』·『잡시부(雜詩賦)』 등의 시문집으로 남았다고 하나 현전하진 않는다.

2년 후인 876년 지금의 강소성 남경(南京) 소재인 선주(宣州) 율수현(溧水縣)의 현위(縣尉)를 임명받았고, 이 어간에 『중산복궤집(中山覆簣集)』을 저술하였다. 그런데 그조차 마음에 차지 않았던지 이듬해인 877년 사퇴하고 내국인들이 보는 과거인 박학굉사과(博學宏詞科)를 준비한다. 하지만 신세 고단해지자 양양(襄陽)에서 이위(李蔚)의 문객(門客)을 하다가 연배인 고운(顧雲)의 주선으로 회남절도사(淮

南節度使) 고변(高騈)의 일을 가까이에서 거들게 된다. 그 덕택에 추천을 얻어 관역순관(館驛巡官)이 되었고, 1년 후에는 고변의 서기직을 맡게 되었다. 희종 광명 2년인 879년에 유적(流賊) 황소(黃巢)가 모반하여 복주를 점령하고 내란을 일으키자 조정에서는 회남절도사 고변을 제도행영병마도통(諸道行營兵馬都統)을 삼아 적을 치게 하였다. 이때 최치원은 그의 종사관으로 참전하여 4년 동안 표(表)·서계(書啓)·격문(檄文) 등의 문서를 작성하는 일을 맡았고, 그렇게 쓴 글이 1만여 편에 이르렀다고 한다. 881년 7월 8일에는 역시 고변을 대신하여 〈격황소서(檄黃巢書)〉를 짓게 되었다. '토황소격문(討黃巢檄文)'으로도 잘 알려져 있는 꽤 장문의 글이거니와, 그 중 다음의 대목이 가장 인상 깊게 훤전(喧傳)된다.

> 不唯天下之人 皆思顯戮 仰亦地中之鬼 已議陰誅.
> 다만 천하의 모든 사람이 너를 죽이고자 할 뿐 아니라, 땅속의 귀신들조차 이미 남몰래 널 베려고 모의하였다.

바로 이 구절에 이르자 반란자 황소는 모골송연에 혼비백산하여 저도 모르게 상(床)에서 떨어졌다고 한다.

이를 계기로 최치원의 명성이 중원의 안팎에 떨치게 되었다. 승세를 타고 승무랑(承務郎) 전중시어사내공봉(殿中侍御史內供奉)으로 도통순관(都統巡官)의 직위에 올랐으며 포상으로 비은어대(緋銀魚袋)를 받았고, 그 뒤에 거듭 자금어대(紫金魚袋)를 받았다. 자금어대는 황제가 정5품 이상에게 하사하는 붉은 주머니로, 이는 황제에게 실력을 인정받았다는 의미이다. 비록 관록(官祿)의 실리(實利)까지 보장받지는 못하였으나, 대국 당나라로부터 상찬(賞讚)을 받은 이 모든 행사가 당시 신라인으로서는 전례 없이 영예로운 일이 아닐 수 없었다. 그렇게 당나라에서 머문 기간이 17년이었는데, 이 기간에 쉽사리 허교(許交)를 하지 않았다는 나은(羅隱,

守中 이종훈 筆의 〈登閏州慈和寺上房〉

833~909)까지를 포함하여 고운(顧雲)·고변(高駢)·배찬(裵瓚)·장교(張喬) 등 당시 중원의 상류층 정객 및 문사들과 친교를 맺으며 문명(文名)을 높였다. 바로 이 시절 당나라 체류기간에 쓴 다음의 시 〈등윤주자화사상방(登潤州慈和寺上房)〉-윤주 자화사 상방에 올라- 역시 그의 대표작 가운데 하나로 애호를 받고 있다.

登臨暫隔路岐塵	사찰에 올라 잠깐 속세티끌 벗었으나
吟想興亡恨益新	흥망을 생각자니 한이 더욱 새롭구나.
畫角聲中朝暮浪	뿔나팔 소리 함께 아침저녁의 물결 일고
靑山影裏古今人	푸른 산 그림자 속에 고금인물 어려 있네.
霜摧玉樹花無主	수목에 내리는 서리꽃 봐줄 사람 없어도
風暖金陵草自春	금릉의 다사론 바람에 풀은 문득 봄소식.
賴有謝家餘境在	번화롭던 사씨 집안 옛 터전 남아있어
長教詩客爽精神	길이길이 시인의 마음을 보듬어준다네.

또한 이 기간 안에 사귀게 된 동년배의 고운(顧雲)이 최치원 지은 〈제여지도(題輿地圖)〉 시 가운데 다음의 대목,

| 崑崙東走五山碧 | 곤륜산 동으로 뻗어 다섯 산이 푸르렀고 |
| 星宿北流一水黃 | 별자리 북으로 흘러 황하 큰물 되었네. |

을 놓고 "이 시구는 바로 하나의 여지지(輿地誌)이다!" 하며 크게 탄복했다는 일화가 이규보의 수필집 『백운소설』에 보인다.

당나라에 있는 동안 산양(山陽)에서 마침 옛 고향 친구를 만났다가 다시 이별을 앞에 두고 남긴 시 〈산양여향우화별(山陽與鄕友話別)〉이 『동문선(東文選)』에 남아 있다.

相逢暫樂楚山春	서로 만나 잠시 楚山의 봄 즐거웠더니
又欲分離淚滿巾	다시 헤어지려니 눈물이 수건을 적시네.
莫怪臨風偏悵望	부는 바람에 서글퍼하는 날 이상타 마오
異鄕難遇故鄕人	타향에서 고향사람 만나기 참 어려운 것을.

타국에서 애틋한 감상에 젖은 최치원의 휴머니티를 엿볼 수 있는 소중한 편린이 아닐 수 없다.

당나라 체류 17년만인 885년 최치원은 신라로 돌아온다. 당 희종이 신라왕에게 내리는 조서를 품에 안고 귀국할 당시 그의 나이는 28세였다. 이 마당에 신라의 헌강왕은 최치원을 당나라에 올리는 표문을 비롯해 문서를 작성하는 직책인 '시독 겸 한림학사'로 임명했다. 그러나 기울어가는 신라에서 무력감을 느끼고 있던 그는 이듬해인 886년, 당나라에서 썼던 글들을 문집으로 정리하여 왕에게 바쳤다. 그 해 7월 헌강왕이 죽자 외직(外職)인 태산군(太山郡, 전라북도 태인) 태수 및 천령군(天嶺郡, 경상남도 함양), 부성군(富城郡, 충청남도 서산)의 태수 등 여러 곳을 전전했다. 헌강왕의 측근으로서 왕의 정책에 반발하던 진골 귀족들의 따가운 눈총을 견디기 어려워서 그랬을 터이다. 893년에는 하정사(賀正使)로 당나라에 파견의 명을 받았으나 도적떼로 길이 막혀 가지 못하고, 훗날에 다녀왔다고 한다.

앞서 최해의 글에서 당나라에서 최치원이 겪었던 고단함에 대해 언급하였으나, 이런 일은 신라에서조차 예외일 수 없으니 그 바로 뒤의 글을 놓칠 수 없다. 〈송봉사이중부환조서(送奉使李中父還朝序)〉이다.

及乎東歸 國又大亂 道梗不果復命 論其平生 可謂勞勤 而其榮無足多者.
동으로 신라에 귀국하자 나라가 크게 혼란하니 길이 막혀 왕의 당나라 파견의 명을 수행할 수 없었다. 그의 평생을 논하자면 가히 고달팠다고 할 수 있고, 누렸던 영화에 넉넉함은 없었다.

毫生館 최북의 〈崔致遠詩圖〉

그 무렵 지방 호족의 세력이 확대된 데다가 조세 문제로 민란이 일어나는 등 일련의 정치적 혼란 속에서 개혁에 대한 최치원의 의지가 되살아났던가 보았다. 894년에 국정 개혁을 위한 시무책 10여 조(條)를 진성여왕 앞으로 올렸으니, 개혁의 의지를 아주 접은 것은 아니었음을 너끈 증거 삼을 수 있다. 여왕은 그의 시무책을 받아들이면서 최치원을 6두품 신분으로서 오를 수 있는 최고 관직인 아찬(阿湌)을 제수하였다. 그러나 당시 중앙 귀족들은 그의 개혁안에 강력히 반발하였다. 6두품이라는 한계가 그의 발목을 잡은 것인지, 아니면 중외에 떨친 그의 문재(文才)와 명성을 질시 혐오한 때문인지, 그도 아니면 당시 신라 국정의 위미(萎靡) 퇴락(頹落)한 분위기에서 그처럼 엄정한 정책에 대해 엄두가 나지 않았던 조정

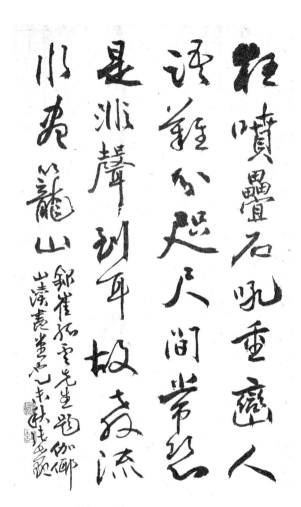

外玄 장세훈 墨의 〈題加倻山讀書堂〉

대신들의 무사안일 탓이었는지 못내 소상할 길은 없으나, 그 제안은 물거품이 되고 말았다.

　최치원은 여기서 큰 좌절감을 맛보게 되었다. 이런저런 벼슬 생활도 해보았지마는 아무런 입신의 성취감도 느껴지지 않으니, 오히려 환멸과 낙백(落魄)에 빠져들었다. 897년 효공왕(孝恭王)이 즉위하면서 급기야는 관직을 내놓고 더 이상 환로(宦路)를 걷지 않으리라 하고 방랑길에 들어섰다. 그리하여 경주의 남산(南山), 강주(剛州)의 빙산(氷山), 합천의 청량사(淸凉寺), 지리산 쌍계사(雙溪寺), 합포현(合浦縣) 별서(別墅), 동래 해운대(海雲臺) 등에 발자취를 새긴바, 부산 해운대의 지명도 그의 자(字)인 '해운(海雲)'에서 유래한 것이다. 이어 합천 가야산 해인사에 머물면서 쓴 〈제가야산독서당(題伽倻山讀書堂)〉 시가 반반(斑斑)히 하나의 절창(絶唱)으로 남아있다.

狂噴疊石吼重巒　　바위골짝 치는 물 겹겹산중 뒤흔드니
人語難分咫尺間　　지척에서 하는 말도 분간키가 어려워.
常恐是非聲到耳　　속세의 시비 소리 행여 귓전 들릴세라
故敎流水盡籠山　　짐짓 흐르는 물소리로 온 산 둘러쌌네.

　3행은 '상공(常恐)' 대신 '각공(却恐)'으로 된 곳도 있다. 『삼국사기』는 가야산 해인사를 마지막 여정으로 보고 여기서 느긋이 숨어 기거하다가 여생을 마쳤다(棲遲偃仰 以終老焉)고 했다. 일설에는 우화등선(羽化登仙)했다는 전설도 나올 만큼 그의 최후는 모호하였다. 다만 그가 909년 6월 26일부터 11월 4일 사이에 지은 문장으로 고증되는 〈신라수창군호국성팔각등루기(新羅壽昌郡護國城八角燈樓記)〉의 존재로 적어도 52세까지 생존해 있었으리라는 정도를 유추할 따름이다.

　기왕에 〈추야우중〉이 재당(在唐) 시절의 소산으로 본 견해들이 있었다. 역시 그

최치원의 遺墨 〈眞鑑國師碑〉

도 높은 관료거나 물질의 풍요를 원했겠지만 그보다는 자신을 알아주기를 더 갈망한 인물로만 여겨진다. 알아주는 사람이 없어 괴롭다고 하는 바로 그 〈추야우중〉의 고백 안에도 그의 진정이 직접 드러나 있다. 게다가 신라로 돌아온 그를 기다리고 있던 것은 훨씬 가혹한 환멸과 좌절이었다. 그 정신적인 고통은 저편 당나라보다 이쪽 신라에서 더 해 보였다. 뿐만 아니라 이 작품이 당에 머물 때의 창작적 결실인 『계원필경(桂苑筆耕)』에 수록되어 있지 않은 점 또한 전자를 위해 마침내 이롭지 못하였다. 또한 『삼국사기』 최치원 열전 안에는 최치원이 귀국할 때 고운(顧雲)이 그를 위해 지어 준 증별시(贈別詩)를 고스란히 옮겨 보이고 있다. 제목을

〈유선시(儒仙詩)〉라 하였거니 그 끝머리에, "열두 살에 배를 타고 바다 건너와 그 문장이 중화국을 감동시켰다(十二乘船渡海來 文章感動中華國)"로 찬사를 아끼지 않았다. 이에 대한 최치원의 화답시(和答詩)를 간과할 수 없다. 〈화고운송별시(和答顧雲送別詩)〉이다.

巫峽重峰之歲 絲入中國　　열두 살 나이에 실낱같은 존재로 중국에 들어와
銀河列宿之年 錦還東國　　스물여덟 나이엔 비단 두르고 신라로 돌아간다네.

이 두 구절 안에 17년 재당 거류(居留)의 소감이 요연(瞭然)히 축약되어 있다. 바야흐로 금의환향의 꿈에 젖은 채 당나라를 떠나는 최치원의 득의에 찬 모습이 보인다. 타국에서의 생활에 종종 울민과 비애가 없을 순 없었겠지만 전반적으로는 재당(在堂) 시절이 그다지 곤욕스러웠던 것 같지 않다. 오히려 신라 세상에 들어가면서 깊은 절망과 소외, 단절과 고독의 암담한 현실적 정황 앞에 어언지간 흘러나온 노래가 〈추야우중〉이었고, 급기야는 차라리 뒤에 두고 온 땅에 대한 아뜩한 회한의 정서, 먼 노스탤지어의 탄식이 '萬里心'으로 토로(吐露)되었다고 보는 것이다.

산문 문장은 평이한 속에 고아(高雅)한 품격이 있고, 대구(對句)로 된 유려한 필치의 4·6조 변려문(駢儷文)을 잘 구사하였다는 평가를 얻었다. 유·불·도 삼교(三敎)의 사상을 융합한 것이 신라 풍류도(風流道)임을 강조한 〈난랑비서(鸞郎碑序)〉가 널리 알려졌고, 이른바 사산비명(四山碑銘)이라 하는 〈진감선사비(眞鑑禪師碑)〉, 〈낭혜화상비(朗慧和尙碑)〉, 〈지증대사비(智證大師碑)〉, 〈숭복사비(崇福寺碑)〉 등 비문(碑文)과 〈법장화상전(法藏和尙傳)〉 등이 오늘날까지 명문으로 손꼽히고 있다. 특히 이 가운데 하동군 쌍계사에 있는 〈진감국사비(眞鑑國師碑)〉는 그의 유일한 친필 진적(眞蹟)으로 남아 전한다.

景游 金昌龍

평양 원적, 서울 출생, 연세대학교 문과대학 국어국문학과 졸업(1976), 연세대학교 대학원 국어국문학과 문학석사(1979), 연세대학교 대학원 국어국문학과 문학박사(1985), 한성대학교 인문대학장, 학술정보관장 역임, 한성대학교 응용인문학부 교수(현재).

저서

『한중가전문학의 연구』(개문사, 1985), 『한국가전문학선』(정음사, 1985), 『우리 옛 문학론』(새문사, 1991), 『한국의 가전문학·상』(태학사, 1997), 『한국의 가전문학·하』(태학사, 1999), 『중국 가전 30선』(태학사, 2000), 『가전문학의 이론』(박이정, 2001), 『고구려 문학을 찾아서』(박이정, 2002), 『한국 옛 문학론』(새문사, 2003), 『가전 산책』(한성대학교출판부, 2004), 『인문학 산책』(한성대학교출판부, 2006), 『가전을 읽는 방식』(제이앤씨, 2006), 『가전문학론』(박이정, 2007), 『교양한문100』(한성대학교출판부, 2008), 『인문학 옛길을 따라』(제이앤씨, 2009), 『고전명작 비교읽기』(한성대학교출판부, 2009), 『우화의 뒷풍경』(박문사, 2010), 『한국노래문학의 의혹과 진실』(태학사, 2010), 『대학한문』(한성대학교출판부, 2011), 『시간은 붙들길 없으니』(한성대학교출판부, 2012), 『문방열전-중국편』(지식과 교양, 2012), 『우리 이야기문학의 재발견』(태학사, 2012), 『조선의 문방소설』(월인출판사, 2013), 『문방열전-한국편』(보고사, 2013), 『고구려의 시와 노래』(월인출판사, 2013), 『고구려의 설화문학』(보고사, 2014), 『국문학연습』(공저, KNOU출판문화원, 2014), 『한국의 명시가-고대·삼국시대편』(보고사, 2015), 『열녀춘향수절가라』(한성대학교출판부, 2016)

한국의 명시가 - 통일신라 편

2016년 8월 30일 초판 1쇄 펴냄

지은이 김창룡
펴낸이 김흥국
펴낸곳 도서출판 보고사

책임편집 이경민
표지디자인 손정자

등록 1990년 12월 13일 제6-0429호
주소 경기도 파주시 회동길 337-15 보고사 2층
전화 031-955-9797(대표), 02-922-5120~1(편집), 02-922-2246(영업)
팩스 02-922-6990
메일 kanapub3@naver.com / bogosabooks@naver.com
http://www.bogosabooks.co.kr

ISBN 979-11-5516-598-0 93810
ⓒ 김창룡, 2016

정가 16,000원